내 여자 친구는 9미호 ①

드라마 원작 소설

내 여자친구는 구미호 ①

초판 1쇄 | 2010년 9월 7일
초판 3쇄 | 2010년 9월 20일

지은이 | 홍정은·홍미란
펴낸이 | 김성희
펴낸곳 | 맛있는책
기획·책임편집 | YoonGate
본문디자인 | 쏨

출판등록 | 2006년 10월 4일(제25100-2009-000049호)
주소 | 서울 광진구 능동로 155 길송빌딩 7층
전화번호 | 02-466-1207
팩스번호 | 02-466-1301
전자우편 | candybook@gmail.com

ISBN | 978-89-93174-11-3   04810
         978-89-93174-10-6   04810 (set)

내 여자 친구는 9미호 ①

홍정은·홍미란 극본 | 김성연 소설

맛있는책

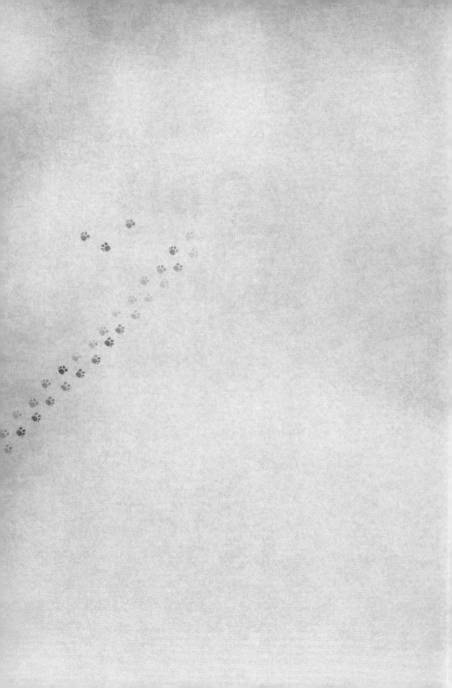

차
례

프롤로그 · 6

내 여자친구를 소개합니다 · 12

사람보다 구미호 · 56

여우비 · 106

사라진 구미호 · 154

구미호 찾아 삼만리 · 204

백일 간의 연애 계약 · 254

해피엔딩 인어공주 · 306

"대웅아!"

멀리서 자신의 이름을 부르는 미호의 모습을 발견한 순간 대웅의 낯빛이 대번에 어두워졌다.

"아씨, 또 왔어. 미치겠네."

대웅은 황급히 핸드폰을 꺼내들고 시력과 청력이라면 가히 초능력 급인 미호를 상대로 전화통화에 열중하는 연기를 진지하게 펼쳐보였다. 핸드폰을 귀에 바싹 붙인 채 미호가 서 있는 반대 방향으로 몸을 틀고는 부지런히 발을 옮기는데 등 뒤에서 미호의 목소리가 눈치 없이 쩌렁쩌렁 울렸다.

"대웅아! 웅아!"

그만 좀 불러라, 제발!

모퉁이를 돌아 미호가 보이지 않게 되자 대웅은 이제 죽기 살기로 달리기 시작했다.

뛰어야 산다! 붙잡히면 뜯어 먹힌다!

예술대 건물을 지나 사회과학대, 체육대, 건설공학관까지 거의 십여 분 동안 오르막길을 내쳐 달렸더니 숨이 턱까지 차올랐다. 더 뛰었다가는 졸도할 것 같아 걸음을 멈추고 가쁜 숨을 고르고 있는데 한줄기 쌩한 바람 같은 것이 대웅 앞으로 와섰다.

"웅아!"

미호다. 미호가 해사하게 웃으며 대웅의 얼굴을 순진무구하게 쳐다봤다.

"어, 왔어?"

가식적인 미소를 만면에 드리운 채 지레 반가운 척했다. 이럴 때 써먹으려고 단련한 연기력은 아니건만.

"아까, 나 못 봤어? 계속 불렀는데 못 들었어?"

미호의 결 좋은 긴 머리카락이 바람 장단에 맞추어 아름다운 춤을 추었다. 캠퍼스를 오가는 사람들의 시선이 죄다 그녀에게로 날아와 꽂혔다. 긴 머리에 하얀 스커트가 팔랑거리는 모습이 좀 많이 예쁘기는 하다. 모공 하나 없이 뽀얀 피부, 웃으면 천사처럼 휘어지는 눈초리, 말랑말랑해 보이는 핑크빛 입술까지. 자신을 향해 부러운 시선을 던지는 저 파란 남방에게로 달려가 대웅은 그만 무릎이라도 꿇고 싶었다.

부러우면 네가 좀 데려가!

…… 데려가 주세요!

…… 제발!

"못 봤어! 전화하느라 못 들었어."

손에 쥐고 있는 핸드폰을 흔들어 보이며 너스레를 떠는 대웅의 면전에 대고 미호가 해맑게 웃었다.

"하기야 네가 죽고 싶지 않으면 날 못 본 척, 못 들은 척하진 않겠지."

순간 머리카락이 쭈뼛 서고, 등골이 서늘해졌으며, 심장이 쿵 내려앉았다.

"그럼! 난 살고 싶어……"

미호가 바싹 졸아있는 대웅의 손목을 확 붙잡아 이끌었다.

"가자! 나 정말 대단한 걸 발견했어."

도살장에 끌려가는 소처럼 미호에게로 팔을 내맡긴 채 대웅은 그만 눈앞이 캄캄해졌다.

도대체 언제까지 얘한테 이렇게 휘둘리며 살아야 하지?

농구공을 들고 지나가는 남학생들, 저쪽 잔디밭에 앉아서 스터디하던 남학생들, 도복 입고 뛰어가는 남학생들, 하여간 눈 달린 남학생의 고개는 모두 미호가 움직이는 방향에 맞추어 자석처럼 움직였다. 모든 남자가 부러워하는 이 여자의 정체를 아는 대웅으로서는 그저 어이가 없을 따름이다. '예쁘다', '부럽다' 광분의 메시지를 날리는 저들의 저 태평한 무지가 오히려 부럽기까지 했다. 불과 며칠 전만 해도 대웅 역시 저들과 똑같은 반응을 보였을 것이다.

나 그때로 돌아갈래!

"얼른 와!"

미호가 걸음을 재촉하자 대웅의 얼굴에 걱정스러운 그늘이 드리워졌다. 미호가 저리 설레는 얼굴로 적극 추천하는 곳은 묻지 않아도 알 수 있다. 구슬픈 예감이 들었다.

"또 뭔데? 어디 가는데?"

"요 앞 식당에서 오늘 소 잡았대. 나 오늘 막 잡은 소 먹고 싶어."

왜 슬픈 예감은 틀린 적이 없을까, 최소한 미호에 한해서는.

입맛을 다시며 식당을 향해 전투적으로 전진하는 미호를 저지시키기 위해 대웅은 제 자리에 우뚝 서서 미호에게 붙잡힌 손목을 힘껏 당겼다.

"또 소? 안 돼! 미호야, 진짜 돈 없어. 오늘은 소 안 돼!"

목숨을 건 대웅의 의지 표명에 미호의 눈빛이 별스럽게 야해졌다.

"안 돼? 그럼 네가 먹고 싶어질 텐데?"

끈적끈적한 시선을 날리며 은밀하게 속삭이는 명백한 협박에 슬슬 오금이 저렸다. 아무 말 못 하고 가만 서 있으려니 미호가 가당치도 않게 제 손가락을 입에 물더니 그 손가락으로 대웅의 얼굴에 침을 발랐다. 살육을 예고하는 현장에서 숨조차 제대로 쉬지 못한 채 벌벌 떨고 있는데, 이제는 양볼을 움켜쥐고 음식물의 상태를 평가라도 하듯 코를 대고 킁킁 냄새까지 맡았다.

아아, 결국 이렇게 먹히고 마는가!

대웅의 귓가에 출처가 분명한 숨소리가 들렸다. 첫 번째로 먹히는 부위는 귓불이구나, 눈을 꾹 감고 아찔해하고 있는데 돌연 미호의 목소리가 음습하게 울려 퍼졌다.

"여우야, 여우야, 뭐 하니. 밥 먹는다. 무슨 반찬? 대웅이 반찬. 죽었니, 살았니."

전래동요를 빙자한 장송곡을 부르며 한껏 공포 분위기를 고조시키더니, 돌연 손뼉을 짝짝 치며 발랄하게 뛰어갔다.

"살았다! 소 한 마리 사주면 안 잡아먹지!"

까르르 웃으며 저 혼자 신나 뛰어가는 미호의 모습이 머리에 꽃 단 여자와 비슷하다고 해서 미친 여자로 착각하면 안 된다.

눈치가 빠른 사람들은 이미 짐작했겠지만 나, 차대웅을 먹고 싶어 하며 침을 바르던 내 여자 친구는 사람이 아니라 구미호다. 그러니까 성이 구, 이름이 미호가 아니라 꼬리 아홉 달린 구미호란 말이다. 믿기 황당하겠지만 사실이다.

내 여자친구를 소개합니다

"대웅아, 너 오디션 진짜 붙을 자신은 있는 거야?"

미용실의 옆자리에 나란히 앉아서 파마를 말고 있던 병수가 당연한 질문으로 대웅의 김을 팍 새게 했다.

얘가 지금 무슨 말을 하는 거야. 이제 곧 대한민국 영화계를 책임질 몸을 두고 고작 오디션의 성패 여부를 묻고 있다니.

시작이 반이랬다고, 오디션을 준비하는 와중에도 마음만큼 은 이미 혜인이가 황송해할 만큼 대스타가 되어 있는 대웅이 었다. 혜인은 대웅의 영화과 1년 선배로 유명 기획사에 소속 되어 광고에도 몇 번 얼굴을 내비친 경력이 있는 신인 배우다. 한강 대학교 내에 혜인을 흠모하는 무수한 추종자 중 대웅도 한 자리 차지한다.

"자신 없었으면 시작도 안 했어."

"너 그거 제대로 이해는 했어?"

병수가 턱 끝으로 대웅이 온종일 들고 다니는 〈월하검객〉

시나리오를 가리켰다.

"당근이지."

"근데 너 오디션 볼 영화, 사극 아냐? 머리 뽀글뽀글해도 돼?"

병수의 말에 대웅의 표정이 심각해졌다.

"아, 그 생각을 못 했네. 중화제 바로 뿌려 달라야겠다!"

대웅이 자리에서 벌떡 일어서자 선녀가 걱정스러운 표정을 지었다.

"대웅아, 진짜 여기 너희 할아버지 건물이라 파마 공짜야?"

"울 할아버지가 받을 월세에서 제하는 거지 뭐."

대웅의 뻔뻔한 대답에 병수가 신난 표정으로 한 마디 더 보탰다.

"이 건물 월세 가겐 대웅이 이름만 대면 다 먹고 놀 수 있어."

"대웅이랑 친하게 지내야겠다."

선녀의 말에 다소 으스대는 기분으로 미용실 직원한테 걸어가고 있는데 갑자기 입구 쪽에서 낯익은 얼굴이 보였다.

"할아버지!"

대웅이 기겁하여 소리를 질렀다.

"너 여기 또 공짜 파마하러 왔다며? 친구들까지 몰고?"

할아버지의 서슬 퍼런 목소리에 대웅이 카운터 앞에 앉아 있는 원장을 매섭게 노려봤다.

"할아버지 공짜는 무슨. 계산할라 그랬어. 나 돈 있어."

"돈, 네가 지금 말한 그 돈이 등록금은 아니겠지."

등록금이란 소리에 대웅은 지레 제 발이 저렸다.

설마, 할아버지가 그걸 눈치 채신 것은……

"너 등록금 안 냈다고 학교에서 연락 왔다. 내가 준 등록금 어쨌냐?"

매섭게 소리치는 할아버지의 노기 서린 얼굴에 대고 대웅이 천연덕스러운 거짓말을 늘어놓는다.

"아! 계좌 이체하는 걸 깜빡했네. 내가 머리 다 하구 얼른 은행 갈게."

말을 끝내기 무섭게 은근슬쩍 빠져나가려는데 할아버지가 대웅의 귀를 아프게 꼬집었다.

"가긴 어딜 가! 너 그 돈 갖다 오토바이 샀다며! 고모가 다 불었어, 이놈아! 너 오토바이 어따 숨겨 놨어!"

이쯤 되면 순순히 인정하는 수밖에 다른 도리가 없다.

"알았어, 알았어. 오토바이 내놓을게. 내놓을게!"

"당장 가, 이놈아!"

팔뚝을 붙잡고 다짜고짜 잡아끄는 할아버지를 쳐다보며 대웅이 애걸복걸했다.

"잠깐! 할아버지, 나 중화해야 해! 머리, 머리! 이거 그냥 놔두면 뽀글뽀글해진단 말이야."

"뽀글뽀글? 뽀글뽀글이 아니라 빡빡 밀어버릴 줄 알아."

어림없다는 표정으로 재차 손목을 잡아끄는 할아버지에게 버럭 소리를 질렀다.

"알았어. 알았으니까 놔 봐! 누가 안 간대? 중화제만 뿌리고 갈게! 아, 진짜! 완전 뽀글뽀글해지면 할아버지가 책임질 거야?"

얼굴이 시뻘게져서 펄쩍 뛰는 대웅의 옆에서 병수가 조심스레 끼어들었다.

"할아버님. 중화제는 뿌리게 해주세요. 늦으면 대웅이 진짜로 뽀글뽀글해져요."

병수의 말에 할아버지가 못 이기는 척 팔뚝을 놓았다.

"얼른 중화젠가 중국젠가 끝내."

"알았어."

대답을 하고 저쪽으로 가는 척하는가 싶더니 대웅이 돌연 몸을 돌려 입구를 향해 전력 질주한다.

"저, 저, 차대웅!"

할아버지의 고함 소리를 등 뒤로 하고 머릿수건을 꼭 붙든 채 주차장에 세워둔 오토바이를 향해 미친 듯이 질주했다. 오토바이에 올라타 시동을 걸고 나니까 머리 걱정에 인상이 찌푸려졌다.

"아씨. 내 머리 어떡해. 미장원부터 찾아야겠다!"

대웅이 머리에 수건을 동여맨 채 미장원을 찾아 헤매고 있는데 느닷없이 경찰차가 따라오며 스톱 신호를 보냈다.

아이씨. 헬멧. 오토바이를 멈춰 세우고 경찰에게 신속한 처리를 요구했다.

"빨리 좀 끊어주세요. 제가 좀 급하거든요? 머리를 풀어야 헬멧도 쓰죠."

"같이 서에 가주셔야겠습니다."

황당한 소리에 대웅의 눈이 휘둥그레졌다.

"아니, 왜요?"

"이 오토바이 도난 신고된 거네요."

"뭐라고요? 도난신고요?"

버젓이 내 등록금 주고 산 내 오토바이를 도대체 누가 도난 신고 했단 말인가.

이 말도 안 되는 상황에 대웅은 헛웃음이 다 났다.

"저 도망 안 갈 테니까 미장원 좀 갔다 오게 해주세요. 아니면 중화제라도 좀 사다주세요! 벌써 시간 많이 지났단 말이에요! 저 영화배우 될 사람이에요! 중요한 오디션이 코앞인데 완전 꼬불꼬불해지면 그때는 국가에 손해배상 청구할 겁니다!"

유치장 안에서 고래고래 소리를 지르며 나름 절실한 1인 시위를 하고 있을 때 드디어 대웅의 결백을 증명해줄 사람이 나타났다.

"대웅아!"

고모의 얼굴을 본 순간 드디어 중화를 할 수 있다는 안도감에 대웅은 그만 눈물이 나올 지경이었다.

일단 머리부터 풀고 얘기하자는 할아버지의 선처 덕분에 대웅은 탈출을 시도하였던 미용실로 도로 들어가 그토록 바라던 중화제를 바를 수 있었다. 중화가 끝나기를 기다리는 할아버지의 눈빛이 전에 없이 매섭게 빛났다. 대웅이 중화를 마치고 굽실거리는 머리를 툴툴 털며 나오자 할아버지가 곧장 자리에서 일어났다.

"할아버지…… 잘못 했어. 잘못 했어요."

대웅답지 않게 쭈뼛거리며 미안해하는 진심 어린 사과를 귀뒤로 흘려 넘기고 할아버지가 덥석 팔목부터 잡았다.

"준비 다 됐다. 가자!"

"어디를요?"

다짜고짜 대웅을 차에 밀어 넣고 할아버지가 운전석에 앉아 있는 고모에게 스파르타식 재수학원으로 출발할 것을 명령했다.

"뭐! 스파르타식 재수학원! 내가 거길 왜 가?"

어엿한 대학생인데, 더군다나 중요한 오디션의 합격을 코앞에 두고 있는 몸한테 재수학원이라니, 이게 무슨 박태환한테 스케이트 신기는 소리냔 말이다.

"너 거기 갇혀서 공부하고 대학부터 다시 가."

무슨 구국의 결정이라도 내리는 양 단호하기만 한 목소리에 대웅은 말문이 확 막혔다. 그렇지만 이 말도 안 되는 억지에 순순히 굴복할 수는 없는 일이다.

"싫어. 안 돼! 나 며칠 있다가 오디션 봐야 한단 말이야!"

기죽지 않고 맞받아쳐 보았지만 할아버지는 눈썹 하나 까딱하지 않았다.

"군대 갔다 생각하고 공부해. 수능 보는 그날 서울로 올라와라. 면회는 없다."

아무리 이래 봤자 결국 대웅의 손을 들어주는 건 언제나 할아버지의 몫이다.

"나 안 가! 고모 차 세워! 나 절대 안 가!"

할아버지가 죄 없는 고모의 등 뒤에 대고 바락바락 악을 쓰는 대웅의 얼굴을 매섭게 노려봤다.

"차대웅. 너 인간 될 때까지 한 번 갇혀 살아 봐!"

화장실이 급하다며 거듭 요구한 끝에 간신히 휴게실로 들어오기는 했는데, 할아버지가 차에서 먼저 내려 대웅이 내리기를 기다렸다가 수갑 대신 팔짱을 꽉 끼었다.

"할아버지 창피하게 왜 이래! 나 도망 안 가. 핸드폰이랑 지갑도 다 뺏었잖아. 오줌이라도 혼자 싸게 좀 내버려둬!"

길길이 날뛰는 손자를 두고 한참 고민하며 바라보던 할아버지가 마지못한 표정으로 팔을 놔줬다.

"너 그럼 신발 한 짝 벗어놓고 가."

대웅이 울컥하여 할아버지를 쳐다봤다.

"할아버지!"

"싸는 덴 지장 없으니까 깨금발로 갔다 와."

치사하게 구는 모습에 기가 막혀 헛웃음을 치다가 에라 모르겠다, 신발 한 짝 홀떡 벗어서 할아버지에게 건네주고 화장실로 들어갔다.

대웅은 화장실 안으로 들어오자마자 문부터 걸어 잠갔다. 문 앞에는 할아버지가 서 있었다. 그걸 계산하고서 일부러 창 쪽에 있는 화장실을 골라 들어왔다. 이제 머릿속 계획을 행동으로 옮기기만 하면 된다. 변기 뚜껑을 닫고 그 위로 올라가려다가 말고 대웅이 진지한 고민에 빠졌다.

액션 영화 그렇게 봤어도 주인공이 깨금발로 탈출하는 건 한 번도 못 봤는데, 너무 모양 빠지는 거 아냐?

그때 구석에 쌓여 있는 청소용품들이 신의 계시처럼 눈에 들어왔다.

아무래도 액션으론 안 되겠다. 장르 변경이다!

벌써 오 분 넘게 화장실에 죽치고 앉아 있는 손자 놈 때문에 할아버지의 표정이 점점 일그러졌다.

"이거 왜 안 나와?"

화장실 문을 몇 번 두드려보다가 아무 소리도 안 들리는 게 아무래도 불길해서 두어 번 문을 잡아당겨 봤다. 잠금장치가 허술했던지 화장실 문이 맥없이 열렸다. 한쪽 벽으로 훤히 열려 있는 유리창을 발견하고 할아버지의 얼굴이 흙빛으로 변했다.

"이놈의 자식이 이러고도 도망을 가!"

할아버지가 뻥하니 열려 있는 창문을 향해 '에이씨!' 하며 화풀이를 하더니 들고 있던 신발을 홱 내던지고 부리나케 밖으로 나갔다. 그 순간 구석에 오도카니 자리 잡고 있던 커다란 검정 비닐에서 대웅이 극적인 표정으로 도망쳐 나왔다. 할아버지가 내던진 신발을 꿰어 신고 화장실에서 나온 대웅은 일단 천막 씌운 트럭 뒤로 몸을 숨기고 주위를 두리번거렸다. 여기서 할아버지의 눈에 띄기라도 하면 모든 게 수포로 돌아간다. 곧 출발을 하려는지 트럭에서 시동 거는 소리가 요란스레 들렸다. 어디 다른 데 숨을 곳이 있나 하고 옆으로 눈을 돌린 순간, 대웅을 찾느라 눈이 시뻘게진 할아버지의 모습이 보였다. 이대로 트럭이 출발을 한다면 할아버지와의 정면충돌은 피할 길이 없다. 뭘 하든 간에 할아버지의 손에 이끌려 스파르타 학원에 갇히는 것보단 나을 것이라는 계산 하나로 대웅은 무작정 트럭 짐칸에 올라탔다. 트럭이 출발하고 할아버지 곁을 휙 지나쳐갈 때쯤 할아버지의 외치는 소리가 허무하게 공중으로 흩어졌다.

"어어! 차대웅!"

한참을 달리던 트럭이 멈춘 곳은 한적한 시골 주유소였다.

트럭 운전수가 주유소 사무실에서 커피를 마시고 잡담을 떠는 틈을 타 대웅은 짐칸 천막을 살짝 열고 트럭에서 뛰어내렸다. 도대체 어디가 어딘지 알 수가 없는데다 설상가상으로 비까지 내리고 있었다.

"목도 마르고 배도 고프고 다리도 아프고…… 아씨, 너무 성급하게 도망을 했나."

구시렁거리면서 도로를 두리번거리고 있는데 저쪽에서 작은 자가용 하나가 다가오는 것이 보였다. 반가운 마음에 손부터 흔들어 차를 세웠다.

"여기요!"

대웅 앞에 멈춰 선 자가용 운전석에는 스님이 앉아 있었다. 하늘이 도왔다는 생각에 앞뒤 안 가리고 넙죽 차에 타 스님에게 하룻밤 신세를 구걸했다.

"방학을 맞아 여행을 하는 대학생인데 그만 일행들을 놓쳐서요. 오늘 하루만 지낼 수 있을까요?"

대웅을 태우고 출발한 차는 좁은 국도를 이십 분쯤 더 달리다가 가파른 산길로 꺾어 들어갔다. 마주 내려오는 차가 한 대라도 있으면 그대로 뒷걸음질쳐 내려가야 하는 좁은 산길을 십오 분쯤 오르자 드디어 천보사라고 쓰여 있는 작은 팻말이 보였다.

다 왔구나!

어찌나 반가운지 없는 불심이 다 생길 지경이었다.

"여기서 자게. 기도하는 다른 분들이 계시니 조용히 있어야 하네."

조그마한 방 한 칸을 내어주고 바삐 자리를 뜨려는 스님을 불러 세우고 대웅이 죄송한 부탁을 했다.

"근데 스님. 저기 전화기 좀 쓸 수 있을까요?"

"고모야? 아, 죄송합니다."

스님에게 핸드폰을 건네받고 벌써 일곱 번째 통화가 실패로 돌아갔다. 매번 저장된 번호로만 걸어 버릇했더니 아무리 해도 고모의 바뀐 핸드폰 번호가 기억이 나지 않았다. 종이에 잔뜩 쓰여 있는 번호 후보군 중 일곱 개를 지우고 여덟 번째 통화를 시도하려는 찰라 핸드폰에서 안테나가 사라져버렸다. 앉은 자리에서 이리저리 핸드폰 방향을 바꾸어 보다가 그만 포기하고 방 밖으로 나갔다.

요지부동 나타나지 않는 안테나를 살리기 위해 대웅은 마룻바닥에 놓인 스님의 밀짚모자를 우산 삼아 쓰고 무작정 높은 곳으로 올라갔다. 전화번호가 적힌 종이와 펜, 핸드폰을 들고 삼신각 쪽을 향해 걸어가는 대웅을 발견하고 마루 밑에 있던 삽사리가 발딱 일어나 귀를 쫑긋 세웠다.

삼신각 안으로 들어가 돌계단을 밟는 순간 안테나가 하나씩 나타났다. 서둘러 핸드폰을 들고 여덟 번째 통화를 시도했지만 이번에도 고모는 아니었다. 아홉 번째 통화를 시도했는데 설상가상으로 이번에는 배터리가 떨어졌다는 신호음이 긴급하게 울렸다. 마지막 기회일지도 모르는데 혹시라도 안테나가 사라지면 안 된다는 생각에 핸드폰을 위로 번쩍 들고 기다리는데 갑자기 번개가 내리치며 삼신각 전체가 번쩍였다. 구르릉거리는 천둥소리가 어찌나 요란한지 하마터면 들고 있던 핸드폰을 놓칠 뻔했다.

"깜짝이야. 간 떨어질 뻔했네."

놀란 가슴을 진정시키며 들고 있던 핸드폰을 귀에 바싹 붙였다.

"여보세요?"

— 내 목소리 들려?

전화기에서 들리는 여자 목소리가 반가워 대웅이 대뜸 목청부터 높였다.

"잘 들려! 나 대웅인데! 고모야?"

— 잘 들리는구나.

쿡하고 웃는 소리가 아무래도 고모는 아니었다.

"고모 아니네. 죄송합니다."

실망하여 전화를 끊으려고 하는데 저쪽에서 다급하게 대웅을 불러 세웠다.

— 잠깐만! 내 말 계속 들어.

대웅이 깜짝 놀라 핸드폰을 다시 귀에 붙였다.

"왜요? 누구신데요?"

— 이제야 겨우 통했어! 너랑 할 얘기가 있어.

수화기 너머 들리는 들뜬 목소리에 점점 황당해졌다.

"네? 지금 잘못 걸린 전화 잡고 폰팅하자는 거예요? 저, 지금 바쁘거든요. 관심 없습니다."

어디서 별 정신 나간 여자가 다.

열이 확 올라서 모자를 획 잡아 벗는 순간 수화기에서 여자가 쿡, 하고 웃음을 터뜨렸다.

— 젊은 남자네. 모자 벗으니까 귀엽다.

'이거 지금 화상 통화 되나?'

고개를 갸웃거리며 핸드폰을 들여다보는 순간 대웅은 그대로 얼어붙었다. 맙소사. 배터리가 나가 있다. 전원이 꺼져 있단 말이다.

도대체 이게 무슨 일이지? 그럼 난 여태 누구와 통화를 한 거야?

가만 서 있는데 등골이 서늘했다. 애꿎은 폴더만 열었다 덮었다 해보다가 아무래도 이상해서 핸드폰을 다시 귀에 대봤다.

"여보세요?"

설마. 그럴 리가 없겠지. 지금 세상에 귀신이 어디 있어.

— 왜 불러? 나 계속 너 보고 있어.

순간 다리에 힘이 쭉 풀렸다.

"으으으으……."

비명이 절로 나오는 입술을 손바닥으로 꽉 틀어막은 채 사방을 둘러봤다. 비는 주룩주룩 내리고 캄캄한 산중에 인적이라고는 흔적조차 없었다. 귀신이 활동하기에는 그야말로 최적의 분위기. 그때 꺼진 핸드폰에서 다시 여자의 목소리가 들렸다.

— 나 어디 있는지 찾는 거야? 너한테 난 안 보일 거야.

생전 처음 맞닥뜨리는 괴기스러운 상황에 대웅은 그만 눈물이 터질 것만 같았다. 천천히 핸드폰을 귀에서 떨어뜨리고 바닥에 붙어 있는 발을 간신히 떼어 한 발자국 옮겼다. 여기서 이렇게 서서 속수무책으로 당할 수만은 없는 일. 도망을 쳐야 한다!

"안 돼! 계속 들어! 도망가면 나 화낼 거야!"

버럭 내지르는 호통소리에 곧바로 걸음을 멈추고 자동반사적으로 핸드폰을 귀에 찰싹 붙였다.

"저한테 왜 이러세요?"

— 네가 해줄 일이 있어. 이 안으로 들어와.

그때 바람 한 줄기가 대웅의 머리카락을 살짝 흔들고 지나가더니 등 뒤에 있는 삼신각 문을 끼익 하고 열어놓았다. 오싹한 기운이 대웅의 간담을 서늘하게 했다.

— 들어와.

서늘한 목소리가 대웅에게 강하게 명령했다. 거역했다가는 가만두지 않겠다는 강한 어조에 대웅은 하는 수 없이 열려 있는 문 안으로 조심스레 들어갔다. 구석에 있는 촛불에 의지해

삼신각 안을 찬찬히 둘러보았으나 아무리 살펴봐도 사람의
흔적은 보이지 않았다.

— 앞에 있는 그림 보이지?

대웅은 여전히 배터리가 꺼져 있는 핸드폰을 귀에 붙인 채
망망대해 구명 조끼처럼 의지했다. 핸드폰에 뭔가 오류가 있
을 거야. 꺼져 있는 것처럼 보이지만 사실은 켜져 있는 거야.
그렇게라도 하지 않으면 제정신으로 서 있을 수가 없을 것 같
았다.

"예, 할머니하고 개 그림이요?"

그러자 핸드폰의 여자가 냉큼 정정했다.

— 개가 아니고 여우야.

"죄송합니다."

대웅이 죽을죄를 지었다는 표정으로 고개를 숙이는 순간 여
자가 다시 말을 했다.

— 그림에 있는 여우는 꼬리가 없어.

여자의 설명에 대웅이 새삼스러운 표정으로 그림을 살펴
봤다.

— 그 여우한테 꼬리를 그려 줘. 아홉 개.

"아홉 개요?"

— 그래, 아홉 개. 얼른 그려.

앞뒤 생각해볼 겨를도 없이 무작정 펜을 들었다가 대웅이
갑자기 걱정스러운 표정으로 멈춰 섰다.

"이런 문화재에 낙서하면 잡혀가는데."

— 걱정 말고 그려!

다그치는 목소리에 기가 눌려 도로 펜을 잡고 떨리는 손으로 꼬리를 그리기 시작했다.

귀가 먹먹할 정도로 세찬 천둥이 산사를 내리쳤다. 강한 비바람에 맞서 나무들이 저희끼리 부딪히는 소리, 못 볼 것이라도 본 것처럼 미친 듯이 짖어대는 삽사리 소리가 캄캄한 산중을 어수선하게 떠돌았다. 그러거나 말거나 대웅은 계속해서 꼬리를 그렸다. 다섯 개, 여섯 개……. 번쩍 내리치는 천둥소리에 깜짝 놀라 엉뚱한 곳에 점을 찍었더니 대번에 재촉이 들어왔다.

— 빨리 그려. 빨리, 빨리!

여덟 개, 그리고 마지막 한 개를 다 그리는 순간 삼신각 문이 쾅 열리면서 바람이 마구 휙 몰아쳐 들어왔다. 별안간 불어닥친 돌풍에 지레 놀라 자빠지면서 대웅은 들고 있던 핸드폰을 바닥에 떨어뜨렸다. 바싹 웅크린 채 얼마를 떨었을까. 그렇게 매섭게 불던 바람이 단숨에 잦아들더니 먹구름에 숨어 있던 달님이 수줍게 모습을 드러냈다. 세차게 내리붓던 폭우도 그치고, 이제는 처마에 고여 있던 빗방울만 바닥으로 뚝뚝 떨어졌다. 갑자기 찾아온 고요한 적막에 대웅은 자리에서 부스스 일어나 바닥에 떨어져 있는 핸드폰을 노려보며 마른침만 꼴깍꼴깍 삼키다가 냅다 몸을 돌려 줄행랑을 쳤다. 귀신에게 잡아먹힐지도 모른다는 공포심에 대웅은 미친듯이 달렸다.

뛰어야 산다! 멈추면 죽는다!

가파른 산길을 내처 달리는 대웅의 등 뒤로 휘영청 밝은 달이 떠 있었다. 아래 있는 게 땅인지 허공인지 살필 새도 없이 무조건 질주하고 있는데 갑자기 발끝에 뭔가 걸리는 감촉이 느껴진다 싶더니 그대로 고꾸라져 넘어졌다.

"으악!"

외마디 비명과 함께 대웅은 험한 산길 위를 데굴데굴 굴렀다.

눈을 뜬 순간, 단 한 번도 보지 못했던 생소한 아침 풍경에 대웅은 그만 기함을 할 뻔했다. 이건 또 무슨 황당한 일이란 말인가. 침대도, 방바닥도, 하물며 바닥도 아닌 나뭇가지 위에서 취침 중이라니!

뭐야? 내가 왜 여기 걸려 있는 거야?

황당한 얼굴로 사방을 둘러보다가 어제 숲길을 도망쳐 내려오다가 굴렀던 기억이 퍼뜩 떠올랐다.

아, 그랬지. 근데, 멀쩡하네? 도대체 어떻게 굴렀기에 나무 위로 떨어진 거지?

혼자 감탄하고 있는데, 나무 아래서 여자 목소리가 들렸다.

"깼어?"

깜짝 놀라 아래를 내려다보는 대웅의 시선에 긴 생머리를 팔랑거리며 웃고 있는 여자가 들어왔다.

"와, 예쁘다."

어제 하루 동안 겪었던 황당한 사건들이 단숨에 날아가고 머릿속이 그저 멍했다. 저렇게 예쁜 여자는 처음이었다.

세상에, 혜인 누나보다 더 예쁘네.

넋을 잃고 쳐다보는 대웅을 향해 여자가 환하게 웃었다.

웃으니까 더 예쁘잖아!

"멧돼지가 너 먹으려고 해서 내가 못 먹게 위에 올려놨어. 이제 내려와."

황당한 소리에 대웅이 대뜸 물었다.

"누구세요?"

"난데. 기억 안 나?"

"네?"

"어제 나랑 얘기한 거 기억 안 나?"

"언제……."

멍청하게 기억을 더듬고 있는데 여자가 생긋 웃으며 가슴 철렁한 소리를 했다.

"너 밝은 데서 보니까 더 귀엽다."

세상에, 어제 그 삼신각에서 모자를 벗으니까 더 귀엽다느니 했던 그 여자랑 목소리가 똑같다!

"으악!"

순간 균형을 잃고 바닥으로 쿵 떨어졌다. 걱정스러운 표정으로 다가오는 여자를 보며 대웅이 소스라치게 고함을 질렀다.

"귀신아, 저리 가! 귀신아, 저리 못 가!"

저리 가라고 그렇게 외쳐댔건만 귀신은 혜인보다 더 예쁜 얼굴을 바싹 디밀었다.

왜 이래!?

어차피 이판사판이었다. 이래 죽으나 저래 죽으나…… . 대웅이 손가락 끝으로 귀신의 볼을 콕 찔렀다. 손가락 끝에 닿는 평범한 피부 감촉에 대웅은 오히려 깜짝 놀랐다.

"어! 사람이네."

여전히 손가락으로 볼을 꾹 누른 채 멍청하게 중얼거리자 여자가 수줍게 웃었다.

"그렇게 보여?"

싱거운 소리에 대웅은 갑자기 열이 확 받았다.

"어제 일이 다 네 장난이었구나! 숨어서 나 훔쳐보면서 장난친 거였어?! 난 전화기 귀신인 줄 알고 얼마나 무서웠는지 알아? 아, 참 어이가 없어서."

"무섭게 겁을 줘야 네가 꼬리를 그려줄 것 같았거든."

꼬리라는 소리에 어젯밤 삼신각에 있던 그림이 퍼뜩 떠올랐다.

"맞다, 꼬리! 내가 너 때문에 그림에 낙서했잖아! 딱 봐도 되게 오래된 그림 같았는데 어떡하지?"

만약 그게 대단한 그림이고, 절에서 대웅에게 그림 훼손의 책임을 물어 손해배상이라도 청구하는 날엔 그날로 제삿날이었다.

"네가 시킨 거니까 네가 책임져. 절에 가서 해명해!"

말을 끝내기가 무섭게 대웅이 여자의 손목을 붙잡고 성큼성큼 걸어갔다. 대웅에게 손목을 붙들린 채 터덜터덜 산길을 걷던 여자가 불쑥 볼멘소리를 했다.

"난 그 절에 가기 싫은데."

"싫겠지! 그러게 왜 절 그림에 낙서를 하게 시켜!"

대웅의 호통에 여자가 발끈하며 소리를 쳤다.

"거기서 나오려고 그런 거야! 나 할멈한테 잡혀서 거기 너무 오래 갇혀 있었단 말이야!"

그러자 대웅이 이해가 된다는 얼굴로 여자를 쳐다봤다.

"역시! 너 문제가 있어서 갇혀 있던 거구나! 그럴 줄 알았어. 너희 할머니가 절에다 가둔 거냐? 나도 비슷한 할아버지 있어서 네 처지 이해하는데, 그래도 그런 장난치고 도망가면 안 되지."

"얼마나 답답했는데."

제 처지를 이해한다는 말에 여자가 동조를 구하듯이 칭얼거렸다.

"얼마나 갇혀 있었는데?"

"오백 년."

딱한 생각이 들어 얘기라도 들어주자 했더니 대뜸 턱도 아닌 헛소리다.

"오백 년?"

"그래. 삼신할머니한테 잡혀서 오백 년도 넘게 갇혀 있었어."

황당하게 쳐다보는지도 모르고 여자는 저 혼자서 여전히 진지하게 푸념 중이다.

"너희 할머니가 삼신할머니야? 그럼 넌 누군데?"

도대체 어디까지 가나 궁금한 마음에 내쳐 물었다.

"난 구미호야."

"네 이름이 구미호야?"

"아니, 구미호라고."

"너 지금 전설의 고향에 나오는 그 구미호 얘기하는 거야?"

순순히 고개를 끄덕이는 모습에 순간 뒷목이 확 당겼다.

"야, 너 그래서 꼬리 아홉 개 그리라고 한 거야?"

"응."

확! 이걸 진짜!

버럭 호통이라도 쳐줄까 하는 와중에 여자가 진지한 표정으로 대웅의 손목을 덥석 잡았다.

"네 덕분에 풀려났어. 대신 나도 너 도와줬다. 네가 안 아픈 건 여기 넣어둔 내 여우구슬 덕분이야."

여자가 대웅의 티셔츠 안으로 불쑥 손을 집어넣었다. 기함 하듯 여자의 손을 빼고 대웅이 측은한 표정으로 그녀를 쳐다봤다.

"너…… 정신이 많이 힘든 애였구나."

암말 없이 쳐다만 보는 여자 때문에 갑자기 속에서 천불이 났다.

"미치겠네! 나 그럼 미친 애 말 듣고 미친 짓 한 거야? 쟤는 아프니 책임 없을 테고 나 혼자 홀랑 뒤집어쓰게 생겼네."

"안 믿네. 내 덕분에 살아있는 주제에."

"덕분에 아주 죽겠거든! 미쳤으면 미쳤다고 꽃이라도 달고 다니던가! 왜 멀쩡한 척 해! 아, 구미호 씨라고 했죠? 그럼 꼬리를 달고 다니던가!"

"지금은 안 보여. 달 떠야 보여."

천연덕스럽게 헛소리를 계속 해대는 여자 때문에 대웅은 거의 환장할 지경이다.

"달? 정말 미치겠네!"

"달 뜨면 보여줄게. 너 겁도 많던데 너무 무서워하진 마."

선심이라도 쓰듯 얘기하는 폼이 하도 같잖아서 그만 헛웃음이 튀어나왔다.

"아이고, 무서워라. 달 뜨면 얼마나 제대로 미치려나."

도대체 미친 사람이랑 무슨 대화를 해보겠다고.

몸을 홱 돌려 산 아래로 내려가는 대웅의 뒤로 여자가 졸졸 따라오며 물었다.

"어디 가?"

"난 그냥 서울 갈 거야! 절로 가! 쫓아오지 마. 저리 가."

휘이, 하고 손으로 여자를 내쫓는 시늉을 해보이고 대웅은 냅다 아래로 뛰었다.

"아까 그 멧돼지 저기 있는데. 쟤 멧돼지한테 가네."

미호가 열심히 뛰는 대웅을 안 됐다는 듯이 쳐다봤다. 그리곤 룰루랄라 느긋하게 산길을 걸어갔다. 오랜만의 산책에 가슴속이 뻥 뚫린 것처럼 시원했다.

아, 이렇게 좋은 세상을 오백 년 동안이나 그림에 갇혀 지냈네.

원래 구미호는 삼신할머니가 데리고 다니며 부리던 여우요괴다. 할머니만 따라다녔으면 아무 문제가 없었을 텐데 인간처럼 살아보고 싶어서 인간세상에 내려오곤 했던 것이, 아니 정확하게는 미호의 빼어난 미모에 홀린 사내들이 화근이었다. 미호에게 혹하여 과거공부를 소홀히 하고 농사일을 게을리하는 사내들을 보다 못한 여인네들이 삼신할머니에게로 몰려온 것이다.

"그 요사스런 구미호 꼬리질 좀 못하게 해주십시오!"

"고년 꼬리를 싹둑 잘라 주세요!"

입장이 곤란해진 삼신할머니가 고심 끝에 내린 해결책은 미호에게 짝을 지워주는 일이었다. 삼신할머니가 미호의 짝을 찾는다는 소문이 퍼지자 남편이나 아들을 미호의 신랑으로 내주기 싫었던 여자들이 요상한 이야기를 지어내기 시작했다. 구미호가 사내의 간을 파먹는다느니 사내의 간 백 개를 파먹고 사람이 되려고 하는 거라느니 황당한 소문들이 진실처럼 퍼졌다. 그러자 그 어떤 사내도 미호의 신랑이 되겠다고 나서

지 못했다. 아무도 찾지 않는 정자에서 활옷 곱게 차려입은 채 족두리에 연지곤지까지 찍고 하염없이 신랑을 기다리며 서글 피 울던 그때의 기억이 오백 년이나 지난 지금까지도 미호의 가슴 한구석을 저릿하게 만들었다.

"으아!"

저쪽에서 마구 달려오는 대웅의 모습에 미호가 씨익 웃었다.

"온다."

숨이 턱까지 걸린 채 뛰어오더니 대웅이 미호의 손을 확 붙 잡고 냅다 소리를 쳤다.

"뛰어! 멧돼지야!"

얼떨결에 대웅에게 손목을 잡힌 채 산길을 뛰어가다 커다란 바위 뒤로 몸을 숨겼다. 잔뜩 겁먹은 얼굴로 빼꼼 고개를 디밀 고 주변을 살피는 폼이 하도 같잖고 귀여워서 픽 웃음이 났다.

"이제 안 따라오지? 아무 소리도 안 들리지?"

"아직 안 갔어. 저쪽에서 부스럭거려."

얘기를 해주자 대웅이 잔뜩 긴장한 얼굴을 하고는 손바닥으 로 미호의 입술을 막았다.

"그럼 조용히 기다리자."

고작 멧돼지가 무서워 덜덜 떠는 게 재밌어서 미호는 자꾸 만 웃음이 났다. 바위 뒤에 숨어서 헤실헤실 웃고 있는데 대웅 이 턱도 없는 소리를 했다.

"넌 내 덕분에 목숨 구한 줄이나 알아. 내가 안 와줬음 너 혼자 어쩔 뻔 했냐?"

……나 때문에 도로 와준 거였어?

분수 넘치는 오지랖이 이상하게 기분 나쁘지 않았다. 놔두면 쓸모가 많을 것 같아 귀한 여우구슬을 한 개 내주며 살려줬는데, 그러길 잘했다.

멧돼지가 저쪽으로 사라지자 대웅이 손목을 붙잡아 미호를 일으켜 세웠다. 그리고는 오빠처럼 의젓한 표정으로 점잖게 타일렀다.

"이제 절에 가. 산에 멧돼지도 있는데 함부로 돌아다니지 말고."

"난 멧돼지 안 무서워."

걱정하는 것 같아서 기껏 얘기해줬더니, 대웅이 또 한심한 눈으로 쳐다봤다.

"그래, 네가 무서운 걸 어찌 알겠냐. 그래도 세상은 무서운 거야. 너 이렇게 지저분하게 다니면 아픈 거 다 티 난다. 못된 사람 만나면 큰일 나."

옷에 묻은 흙먼지를 툭툭 털어주고 제가 입던 남방을 벗어서 걸쳐주는 대웅의 기특한 마음씀씀이에 미호는 마음이 흐뭇해졌다.

"너 패 쓸모가 있다. 살려주길 잘했어."

"그래. 나도 너 도와주길 잘했다. 마음이 한결 가벼워. 절에 가서 스님한테 낙서했다고 많이 혼나지 않길 빈다. 난 간다."

　작별인사를 고하고 떠나는 대웅의 등 뒤에서 미호가 천진하게 웃었다.

　난생처음 와보는 시골 마을 전당포에 시계를 잡히고 공중전화를 찾아 거는 신세가 하도 한심해서 어쩐지 서글퍼졌다.

　"그 시계가 얼마짜린데 이십만 원밖에 안 주나?"

　공중전화 박스 안에 기대서서 시계 자국이 선명한 손목을 쳐다보며 툴툴거리던 대웅의 시야에 미호의 모습이 들어왔다. 웬일이야!

　절에 가라고 그렇게 말을 했는데 여기까지 따라온 모양이다. 미호에게 들킬세라 잽싸게 얼굴을 가리고 팔뚝 사이로 은밀하게 미호의 정황을 살폈다. 정황이라고 해봐야 그저 속절없이 미친 짓에 불과하지만 말이다. 하릴없이 멀뚱멀뚱 서 있다가 지나가는 사람이 내버린 사이다 캔을 주워들고 생전 처음 보는 물건인양 신기하게 들여다보더니 개처럼 혀를 쏙 내밀고 캔의 입구 쪽을 핥짝핥짝 핥아대는 것이 정상은 아니지 싶었는데 핥아먹는 걸로는 부족했는지 사이다 캔을 거꾸로 세워 들고 궁상맞게 밑바닥을 톡톡 쳤다. 어쩌다 저렇게까지 미쳤을까. 저렇게 예쁜데 참으로 안타까운 일이다.

　안쓰러운 표정으로 혀를 차고 있는데 한강대 영화과 과사무실로 통화 연결이 되었다.

"저는 09학번 차대웅인데요, 저기 제 등록금 입금됐나 확인 좀 하려고요."

등록금 입금을 확인하고는 모처럼 개운한 표정을 지었다.

"아, 해결됐네. 이제 맘 편히 밥부터 먹어야겠다."

공중전화 박스를 나오는 순간 미호와 정통으로 시선이 마주쳤다. 얼른 시선을 피한 채 빠르게 걸어가는데, 미호가 자연스럽게 뒤를 따라왔다. 아무래도 이쯤에서 선을 그어 두어야 할 필요가 있을 것 같아 걸음을 멈추고 미호를 돌아봤다.

"야! 너 왜 자꾸 따라와?"

"나도 밥같이 먹자."

"뭐?"

밥 먹는다는 건 어떻게 알고!

대웅의 표정이 절로 황당해졌다.

"나 고기 사줘. 나 절에 갇힌 동안 고기 한 번도 못 먹었어. 고기가 너무너무 먹고 싶어."

어찌나 간절한 표정으로 사정을 하는지 잠시 잠깐이지만 마음이 흔들렸다.

"특히 소가 먹고 싶어."

고기 사줄 사람은 생각도 않는데 군침부터 삼키는 뻔뻔한 태도에 기가 막혀, 최대한 냉정하게 잘라 말했다.

"저기, 구미호 씨. 미호 씨랑 나랑 아는 사이도 아니잖아. 우리 맑은 정신일 때 곱게 헤어집시다. 안녕."

등을 돌리고 걸어가는 등 뒤에 대고 미호가 버럭 소리를 질렀다.

"소 좀 사줘! 대웅아!"

대웅이 그 자리에 멈춰 서서 휘둥그레진 눈으로 미호를 쳐다봤다.

"너, 내 이름 어떻게 알았어?"

"너 한강대학교 영화학과 09학번 차대웅이라며."

당연한 걸 왜 묻느냐는 표정이다.

뭐야, 전화 통화한 걸 들었단 말이야? 내 목소리가 큰 건가, 아니면 쟤 귀가 겁나게 좋은 건가.

얼떨결에 식육식당으로 미호를 데리고 와, 아니 미호에게 끌려와 대웅은 비싼 한우를 불판에 열심히 구웠다.

"너 진짜 귀 밝다. 꽤 멀었는데 그걸 들었어?"

아무리 생각해도 통화 내용이 들릴 수 있는 거리가 아니었단 말이다. 남은 황당해하거나 말거나 미호는 불판에서 익어가는 고기에만 정신이 팔렸다.

"구미호니까."

성의없고 정신없는 답변에 대웅은 고개를 끄덕거리며 저 혼자 이해를 마쳤다.

"하긴…… 머리가 좀 힘든 대신 다른 감각이 좀 도와주겠지. 너, 이 고기 내가 사준 거니까 절에 가서 절대로 내 얘기하면 안 된다."

여전히 고기에게 열렬한 시선을 보낸 채 미호가 무섭지도 않은 엄포를 놓았다.

"너도 나 구미호라는 거 다른 사람한테 절대 얘기하면 안 돼. 얘기하면 죽어."

그걸 얘기하면 나도 미친놈 되는데 내가 하겠냐?

속마음이야 어쨌든 좋은 게 좋은 거라고, 얼렁뚱땅 합의를 했다.

"그럼 우리 서로 약속한 거다. 얘기하는 사람은 호되게 야단 맞는 거다."

그러거나 말거나 고기에만 온통 신경을 곤두세우고 있던 미호가 느닷없이 접시에 있는 생고기를 양손에 과자 잡듯이 와락 움켜쥐었다.

"아씨, 못 참겠다."

순식간에 벌어진 일이라 말릴 정신도 없이 쳐다만 보고 있는데 미호가 두 눈을 꾹 감고는 자기반성을 했다.

"안 돼. 이건 인간답지 않아."

하는 꼴이 하도 한심하고 우스워서 대웅은 고기를 뒤집으며 미호의 장단에 맞춰 농담을 건넸다.

"넌 구미호잖아. 생고기 먹어야지 왜 구워 먹으려고 그러냐?"

미호가 이 식당에 들어와 앉은 뒤 처음으로 고기에서 시선을 떼고 대웅을 진지하게 바라봤다.

"나 제법 인간답거든. 인간 돼 보려고 정말 많이 노력했어."

인간이 되어라. 그거야말로 할아버지가 대웅만 보면 읊어대는 18번이 아닌가 말이다.

"그렇구나. 우리 할아버지가 만날 인간 되라고 노래를 부르는데. 생고기만 끊으면 인간 되고…… 참 쉽다."

"쉽지 않아. 인간 되는 거 절대 쉽지 않아."

미친 애 말이긴 하지만 틀린 소리는 아니라 가슴 한구석이 뜨끔했다.

"다 익었다."

고기만 노려보고 있던 미호가 감격스러운 얼굴로 노릇노릇 맛있게 익은 고기를 삼단으로 쌓아 한입에 털어 넣었다. 고기를 씹는 미호의 표정이 너무 행복해 보여 그만 웃음이 터졌다.

"맛있어?"

기껏 소고기 몇 점에 감동 받은 얼굴로 연방 고개를 끄덕거리는 모습이 측은하기도 하고 안 돼 보여 영 마음에 걸렸다.

"이렇게 고기 좋아하는 애가 요양한다고 절에서 지내기 힘들긴 했겠다. 내가 너희 집에 연락해줄까? 부모님 어디 계시냐?"

"그런 거 없어. 아무도 없어."

밥그릇에서 콩을 골라내다 말고 대웅이 미호를 짠하게 바라봤다.

애도 부모님이 없구나.

괜한 질문을 했나 싶어 찔려 하고 있는데 미호가 또다시 얼빠진 소리를 했다.

"난 인간이 아니니까."

순간 맥이 탁 풀리면서 허탈한 웃음이 났다.

"그렇지. 넌 구미호랬지. 내가 얘랑 무슨 진지한 대화를 하냐!"

그러고 보니 불판에 고기가 한 점도 없었다.

"야, 너 고기 다 먹었냐! 저 혼자 다 먹으려 그러네."

대웅이 손가락으로 미호의 젓가락에 있는 마지막 고기를 홱 낚아챘다. 순간 행복하게 웃고 있던 미호의 눈빛이 싸늘하게 식었다.

"내 고기 내 놔."

무시하고 먹으려다 도로 미호 앞에 내주었다.

그래, 이거나 먹고 떨어져라.

"나 잠깐 화장실 갔다 올게."

좋아라, 마지막 고기를 음미하고 있는 미호를 혼자 남겨둔 채 대웅은 좀 전의 공중전화 박스로 다시 들어갔다.

"천보사죠? 그 절에서 애타게 찾고 있을 그 사람 지금 명일갈비에 있습니다."

용건만 간략하게 전달하고 수화기를 내려놓았다. 신원을 감추기 위해 음성변조를 하는 것도 잊지 않았다.

고기도 사줬고 절에 연락도 해줬으니 인간으로 할 도리는

다했다. 그런데 버스 정류장으로 걸어가는 와중에도 자꾸만 식육식당 쪽에 마음이 쓰였다. 양심의 가책 때문에 마음이 찜찜하긴 했지만 그렇다고 해서 정신 나간 애를 서울까지 데리고 갈 수는 없는 일. 돌아설 때를 아는 것도 사람 사는 지혜였다.

아무리 그래도 명색이 절인데 정신 힘든 애가 낙서 좀 했다고 심하게 대하기야 하겠어? 별말씀 없이 나를 차에 태워 방 한 칸 내어준 것을 보면 그 스님도 좋은 사람임이 분명해.

애써 마음을 다독거리며, 발길을 재촉했다.

제보전화를 받고 달려온 천보사 사람들 때문에 조용하던 식육식당이 다소 소란스러워졌다.

"혼자가 아니었다고요?"

"예쁘장한 여자 친구랑 같이 있었어요."

"어제는 혼자였는데……. 그럼 이걸 빌려서 여자친구랑 통화를 했나?"

스님이 반색을 하며 손에 쥐고 있던 고장 난 핸드폰을 동주 쪽으로 흔들어 보였다. 동주가 핸드폰을 유심히 들여다봤다.

"고장 났다고 했죠? 그 핸드폰 제가 서울 가서 고쳐다 드리겠습니다."

"그래 주시겠습니까?"

핸드폰을 건네며 고마워하는 스님을 향해 동주가 반가운 웃음을 지어 보였다.

　어젯밤 삽사리의 상태가 아무래도 이상하다며 스님에게서 연락이 왔다. 삼신각을 쳐다보며 미친 듯이 으르렁댄다는 얘기에 뭔가 심상치 않은 기운을 느끼고 단숨에 차로 달려 천보사로 향했는데, 역시나 동주의 예감은 적중했다. 일부러 삽사리를 붙여 감시하고 있던 그림에서 구미호가 탈출을 감행한 것이었다.

　"여기 있던 여우 그림이 없어졌습니다. 지워졌다고 해야 하나, 사라졌다고 해야 하나."

　도통 이해를 할 수 없다는 표정으로 혹시나 지워진 흔적이라도 있는지 유심히 그림을 뜯어보는 스님의 등 뒤에서 동주는 실제 구미호를 포획할 수도 있겠다는 생각에 묘한 쾌감을 느꼈다.

　구미호는 어떻게 생겼을까. 분명한 것은 엄청나게 아름다울 것이라는 사실이다. 사람을 홀릴 만큼.

　동주는 스님에게서 건네받은 핸드폰을 소중하게 가방에 넣었다. 이걸 고치면 도망간 녀석을 찾을 단서가 나올 것이었다. 구미호가 그림에서 빠져나오려면 누군가의 도움을 받아야 하는데, 이 핸드폰을 사용했다는 남학생이 미호의 그림에 꼬리를 그려준 장본인임이 분명했다.

　서울행 시외버스 안에서 대웅은 마스크팩을 얼굴에 붙이고 의자를 뒤로 젖혀 누웠다. 시골은 공기는 좋은데 햇빛이 너무 센 게 문제였다. 내일 당장 피부과에 들러 관리 좀 받아야겠다고 생각하며 손으로 얼굴을 톡톡 두드리고 있는데 차장의 목소리가 들렸다.

"표 주세요."

주머니에 대충 손을 넣어 더듬더듬 승차권을 내밀었다.

"두 장 주셔야죠."

대웅이 감고 있던 눈을 부릅떴다.

"네?"

"옆에 여자 분 것도 주셔야죠."

기함을 하며 옆을 돌아보니 미호가 떡 하니 옆 좌석을 차지하고 앉아 있다. 대웅이 얼굴에 붙인 팩을 떼어내며 자리에서 발딱 일어섰다.

"너 왜 여기 있어?"

"같이 가야지."

분위기 파악 못 하고 방실거리는 미호의 손을 붙잡고 버스에서 내렸다.

"너 내가 서울 간다 그러니까 터미널까지 쫓아온 거냐?"

잘못 걸려도 단단히 잘못 걸렸다. 고기까지 사줬으면 대충 절에나 들어갈 것이지, 도대체 어디까지 쫓아오겠다고 버스까지 따라 타느냔 말이다.

"냄새 맡고 따라왔어."

미호가 손가락을 들어 손잡이에 걸어둔 비닐봉지를 가리켰다.

"너 그 안에 땡중이 좋아하는 녹차 있구나? 나도 좀 줘. 그리고 고기 냄새만 나는 덩어리도 있네. 나 처음에 그거 고긴 줄 알고 보살 아주머니 거 훔쳐 먹었다가 괜히 입맛만 버렸는데."

헛소리를 사실인 양 늘어놓는 당당함에 어이없어 슬쩍 비닐을 들춰봤다. 마시다가 만 녹차 병, 소시지 껍질을 본 순간 섬뜩한 기분이 들었다.

"너 계속 나 따라다니면서 감시했냐? 내가 뭐 사는지 뭐 먹는지 다 본 거야?"

여태 스토킹을 당했나 싶어 열이 확 받아 있는데, 미호가 분위기 파악 못 하고 가슴팍에 얼굴을 갖다 대더니 쿵쿵 냄새를 맡았다.

"네 냄새 맡고 쫓아온 거야."

느닷없이 들이대는 미호에게 소스라치게 놀라며 대웅은 저도 모르게 뒷걸음질을 쳤다.

"왜 쫓아왔는데?"

"나 네가 마음에 들었어. 너 따라갈 거야."

끔찍한 얘기를 이토록 당당하게 하며 도도한 표정으로 한발 다가서는 미호를 반사적으로 탁 밀쳐냈다. 거친 행동에 놀랐는지 미호가 멈칫하며 그를 바라봤다.

"너 나 따라다니려고 정신 나간 척한 거지? 미친 소리 해가면서 사람 정신 홀랑 빼놓고 달라붙은 거냐? 내가 그동안 남자 꼬이려고 다각도로 거짓말하는 여자 많이 봤는데 너같이 미쳤다고 뻥 치고 달라붙는 여잔 첨 봤다. 새롭네. 신선하긴 한데 좀 섬뜩하다. 무서워. 스토커 같아."

"나 거짓말한 거 아니야."

우직하게 거짓말로 일관하는 미호가 가증스러워 대웅은 얼굴을 바짝 들이밀며 비아냥거렸다.

"아, 그럼 진짜 구미호세요?"

미호가 진지하게 고개를 끄덕였다.

"그래."

"남자 홀리려고 꼬리 아홉 달고 꼬리 질 치는 그 구미혼가?"

좀 더 세게 이죽거렸더니 미호의 눈빛이 매서워졌다.

"그러고 나서 남자 간이고 쓸개고 다 빼먹는 구미호?"

"나는 너 살려줬어. 내가 준 구슬 꺼내면 넌 죽어."

할 말 없으니까 또 미친 척이다.

"그럼 미호 씨, 나 갈 테니까 내 냄새 맡고 잘 찾아와봐. 그리고 와서 달 뜨면 꼬리도 좀 보여주고 그 구슬인가 뭔가도 꺼내 가. 그럼 믿어줄게."

버스로 향해 걸어가는데, 등 뒤에서 음습한 목소리가 들렸다.

"그럼 따라가 줄게."

살짝 돌아본 미호의 표정과 눈빛이 너무 싸늘해서 대웅은 저도 모르게 등줄기에 살짝 힘이 들어갔다.

"찾아가서 네가 빌게 해줄게. 그때 넌 죽는 거야."

원망 서린 목소리로 위협하는 미호에게서 도망치듯 버스에 올라탔다. 자리에 앉고 나서도 계속해서 노려보는 시선이 내내 찜찜했다.

"쟤 미친 척이 아니고 그냥 미친 건가……."

버스가 출발한 후 뭐 하고 있나 슬쩍 창밖을 쳐다보았더니 그새 어디로 갔는지 미호는 사라지고 없다.

강남터미널에 도착해서 지하철까지 걷는데 어쩐지 오싹한 기분이 들었다. 긴 생머리 여자만 나타나도 화들짝 놀랬다가 미호가 아니라는 것을 확인하고 안도하기를 몇 번, 집으로 가는 골목길에서도 자꾸만 등 뒤에서 누군가 따라올 것만 같은 불안감에 대웅은 애꿎은 걸음만 재촉했다. 그때 갑자기 등 뒤에서 누군가 어깨를 확 잡았다.

으악!

혼비백산하여 뒤를 돌아보니 병수와 선녀였다.

"너희였구나."

살았다는 표정으로 안도의 한숨을 내쉬는 대웅을 병수와 선녀가 안쓰럽게 쳐다봤다.

"대웅아, 너 당분간 집에 들어가면 안 돼. 너희 고모가 할아버지 화 누그러지실 때까지 집에 나타나지 말래."

"그럼 어디서 지내라고?"

"당분간 액션스쿨 창고방에서 지내. 네 고모가 싸준 옷가방이랑 핸드폰 거기 놔뒀어."

선녀가 제 아버지가 운영하는 액션스쿨의 옥탑방 열쇠를 흔들어 보였다.

"창고방? 당분간 얼마나?"

호텔 방까지는 못 돼도 원룸 정도는 알아봤어야지, 액션스쿨의 창고방이 말이 되느냔 말이다. 남의 속도 모르고 선녀가 안심 푹 놓으라는 얼굴로 호기롭게 대답했다.

"우리 아빠한텐 내가 잘 말해둘 테니깐 언제까지든 있어도 돼."

어찌나 자랑스럽게 얘기를 하는지, 불평 한 마디 꺼내기 어려울 정도였다.

"얘 내가 데려다 줄 테니까 넌 그만 가."

병수가 별안간 심통을 부리며 선녀의 등을 떠밀었다.

"무슨 소리야. 대웅이 액션스쿨까지 데려다 줘야지."

"내가 데려다 주면 돼. 열쇠나 이리 내."

"나도 같이 가."

"너 친구랑 약속 있다며. 빨리 안 가? 벌써 늦었어. 당장 가."

괜찮다는 사람을 굳이 친구와의 약속장소로 내모는 병수의 어깃장을 귀 뒤로 흘리며, 대웅은 혼자 생각에 잠겼다.

그래, 기왕 이렇게 된 거 액션스쿨에 기거하면서 액션이나 좀 더 배워둬야겠다.

"여기서 지내라고? 고모는 호텔 방이라도 좀 잡아주지."

오만 장비가 다 들어차 있는 창고방에서 지낼 생각을 하니 한심해서 신세 한탄이 절로 나왔다. 더군다나 방이 있는 옥상까지 올라가려면 계단을 이용해야 했다.

하체 운동은 따로 할 필요가 없겠네.

한심한 기분으로 방 안에 들어오니 입고 있는 티셔츠에서 땀 냄새가 장난 아니게 올라왔다.

"아, 냄새."

도저히 못 참을 것 같아서 어제부터 내내 입고 있던 티셔츠를 훌떡 벗었다. 고모가 싸다 준 옷가방을 뒤적거리고 있는데 병수가 깜짝 놀라 소리를 질렀다.

"대웅아, 너 등짝이 왜 그래?!"

"등짝이 뭐?"

티셔츠를 하나 골라 들고 거울에 등을 비춰봤다. 시커먼 피멍이 커다랗게 들어 있었다. 깜짝 놀라 손으로 등을 어루만졌다.

신기하네. 왜 이렇게 멍이 들었을까?

"어디서 다쳤어? 진짜 심한데 뼈는 안 부러졌어?"

"언제 이랬지? 전혀 몰랐어."

"야, 이 정도면 뼈도 나갔을 텐데 괜찮아?"

"하나도 안 아파."

"다행이네. 근데 어쩌다 이렇게 심하게 다친 거야?"

왜 그랬지, 하고 곰곰 생각해보다가 어제 산에서 굴렀던 일이 퍼뜩 떠올랐다.

"아, 맞다. 나 어제 산에서 급하게 뛰어내려 오다가 제대로 굴렀어. 기절까지 했다니까."

"기절? 너 진짜 괜찮은 거 맞아?"

"그러게. 왜 하나도 안 아프지?"

순간 미호가 했던 말이 뇌리를 스치고 지나갔다.

— 네가 안 아픈 건 여기 넣어둔 내 여우구슬 덕분이야.

"설마. 걔가 무슨. 그건 말이 안 되지."

저도 모르게 뇌까린 혼잣말에 병수가 즉각 반응을 보였다.

"왜? 누구? 무슨 말?"

어쩔까, 하다가 그냥 말을 해버렸다.

"내가 오늘 좀 이상한 여자를 만났거든. 근데 걔가 자기가 구미호래."

병수가 황당한 표정으로 반문했다.

"구미호?"

황당할 것이다. 황당한 게 당연하다.

"어, 지가 나 구해줬다고 구미호라 그러면서……."

그러다 얘기하지 말자고 약속했던 게 기억나서 말을 중간에 끊었다.

"아, 근데 이 얘기 안 하기로 약속했는데. 걔가 말하면 죽인 다 그랬는데."

병수가 지레 과장된 표정을 지으며 겁을 주었다.

"걔가 구미호면 진짜 말하면 안 되지. 원래 옛날 얘기에선 구미호가 '내 얘기하지 마.' 했는데 남자가 입 싸게 '나 구미호 봤다' 얘기해서 간 파먹으러 오잖아."

초등학생도 하품할 얘기에 대웅이 화들짝 반응을 보였다.

"그런 얘기가 있었어?"

"야! 이런 전설은 기본 상식이야."

갑자기 기분이 확 나빠지면서 어쩐지 추운 기분이 들었다.

"난 아르바이트 하러 간다. 잘 자라."

대웅이 자리에서 일어나는 병수의 팔을 덥석 붙잡았다.

"좀 더 있다 가."

냉정하게 팔을 뿌리치며 병수가 목소리를 음침하게 낮추었다.

"간 조심해라."

"저게."

냉큼 숙직실을 나서는 병수의 등에 대고 대웅이 황급히 소리를 질렀다.

"야! 갈 때 불 끄고 가지 마!"

샤워실로 들어가 몸을 씻는데 자꾸만 터미널에서 무섭게 노려보던 미호의 얼굴이 떠올라 으스스한 기분이 들었다.

— 찾아가서 믿게 해줄게. 그때 넌 죽는 거야.

그때 미호가 했던 말이 귓전을 맴돌면서, 온몸에 소름이 오소소 돌았다. 아무래도 이대로는 잠이 오지 않을 것 같아서 대웅은 농구공을 하나 들고 훈련장으로 갔다. 이럴 때는 몸을 피곤하게 만들어서 얼른 자는 게 상책이다. 농구공을 팡팡 튀기며 드리블을 하는데 어디를 잘못 쳤는지 공이 저쪽 어두운 곳으로 데굴데굴 굴러갔다.

"에이씨."

잡으러 가려는 찰나, 공이 이쪽으로 다시 또르르 굴러왔다.

어라, 이게 왜 다시 굴러왔을까.

순간 섬뜩한 기분이 들었지만 애써 마음을 다스렸다. 벽에 맞고 튕겨왔겠지, 다른 게 뭐 있겠어. 그때 어둠 속에서 뭔가 굴러오는 게 느껴졌다.

저건 또 뭐지?

어둠 속에서 움직이는 것을 숨을 죽이며 응시했다. 움직이는 것의 형체가 드러난 순간 대웅은 심장이 툭 내려앉는 것 같았다.

왔다! 정말로 왔어.

어둠 속에서 미호가 모습을 드러냈다.

"너 정말 나 찾아왔구나."

저도 모르게 입이 떡 벌어졌다.

"내가 얘기했잖아. 너 찾을 수 있다고. 좀 힘들긴 했어."

순간 등골이 송연해졌지만 아무렇지 않은 척 미호를 향해 엄지손가락을 척 치켜 보였다.

"너 좀 대단하다."

"난 구미호라고 했잖아."

이번에는 아무런 반박도 하지 못한 채 잠자코 마른 침만 꼴깍꼴깍 삼켰다.

"이제 달이 나오겠다. 달 뜨면 보여 준다고 했지?"

"달?"

대웅이 창문 쪽으로 고개를 돌렸다. 창밖으로 구름 속에 묻혔던 달이 서서히 모습을 드러냈다. 한참 동안 달을 쳐다보다가 천천히 미호를 향해 시선을 움직였다. 순간 너무 놀라서 입도 벌어지지 않았다. 미호의 뒤로 파란 불꽃처럼 환하게 펼쳐져 있는 것은 분명 꼬리였다. 한 개, 두 개, 세 개, 네 개, 다섯 개, 여섯 개, 일곱 개, 여덟 개, 아홉 개…….

"정말 꼬리가 아홉 개였네."

간신히 말을 하자 미호가 당연하다는 눈빛으로 대웅을 쳐다봤다.

"구미호니까."

천천히 다가오는 미호를 물끄러미 바라봤다. 심장이 터질 듯이 날뛰었다. 도망이라도 가야 할 텐데 온몸이 얼어붙어 한 발자국도 움직일 수가 없었다.

"이제 내 구슬 돌려줘."

미호가 대웅의 양볼을 잡고 천천히 얼굴을 가져왔다.

안 돼. 오지 마. 이러다가 입술이 닿을 것 같다……!

사람보다 구미호

두 사람의 입술이 닿는 순간 대웅의 몸 안에 있던 구슬의 기운이 미호에게로 천천히 빨려 들어갔다. 구슬의 기운을 모조리 빼앗기고 대웅의 사지가 축 늘어지자 미호가 붙잡고 있던 손에서 힘을 뺏다. 꼬리 아홉 개가 병풍처럼 펼쳐지면서 미호의 몸이 허공으로 둥실 떠올랐다. 바닥에 쓰러져 있는 대웅의 모습을 가만히 응시했다.

"내 구슬 덕에 살아 있었는데 넌 이제 죽을 거야."

미호의 차가운 목소리에 반응이라도 보이듯 대웅은 이제 신음조차 내지 못한 채 하얗게 식어갔다. 스멀스멀 검은 연기가 대웅의 주변으로 모여들었다. 죽음의 기운이 몸을 새까맣게 뒤덮는 순간 대웅의 목숨은 완전히 끊기게 될 것이었다.

"난 너 살려줬는데 네가 버렸으니까 나도 너 몰라."

일부러 냉정하게 내뱉고 뒤로 돌아서는 순간 멧돼지를 피해 그녀의 손을 붙잡고 필사적으로 달리던 대웅의 옆얼굴이 떠올랐다. 그냥 갔어도 됐을 걸 일부러 되돌아와선 자기 덕분에 목숨을 구한 것이라며 우습지도 않은 생색을 냈었지. 어떻게 할까, 다시 몸을 돌려 검은 연기에 휩싸인 대웅의 모습을 바라보았다.

멧돼지 같은 건 하나도 무섭지 않은데, 그녀가 무서워하는 줄 제멋대로 착각하고 꼭 안아주기까지 했다. 그깟 멧돼지가 무서워 바싹 졸아 있던 얼굴, 팔딱팔딱 뛰던 심장 소리, 따뜻한 체온을 모조리 저 검은 연기에 빼앗겨버릴지도 모른다고 생각하니 어쩐지 아깝다는 생각이 들었다. 대웅의 옆에 쭈그리고 앉아서 얼굴을 빤히 들여다봤다. 아무래도 아까웠다. 다시 대웅의 머리를 감싸 쥐고 살그머니 입술을 가져갔다. 입술이 맞닿는 순간 아홉 개의 꼬리가 불꽃처럼 허공으로 흩어지며 구슬의 기운이 대웅에게로 들어갔다.

"너도 한 번 돌아와 줬으니까 나도 한 번 돌아와 준 거야."

바닥에 쪼그리고 앉아 쓰러져 있는 대웅의 얼굴을 유심히 들여다본 게 벌써 한참 전인데 아직까지도 미동이 없다.

이상하네. 이제 좀 반응을 보일 때도 됐는데.

순간 대웅이 '으' 하는 신음을 내며 눈을 떴다.

"어, 눈 떴다."

반가워서 건넨 소리에 대웅이 '으악' 비명을 내지르며 벌떡 일어났다. 그리고는 무슨 귀신이라도 본 것처럼 하얗게 질려서는 뒷걸음질을 치며 악을 써댄다.

"저리 꺼져!"

붙잡으러 가는 이도 없건만 저 혼자 다급히 도망치다 바닥에 널려 있던 농구공에 미끄러져 자빠지는가 싶더니 이내 구석에 있는 뜀틀을 허둥지둥 뛰어넘어 그 뒤로 몸을 감추는 생쇼를 한다. 그렇게 겪어놓고 아직도 도망칠 수 있다고 생각을 하다니, 순진한 건지 멍청한 건지. 아무래도 옆에 붙여 두려면 겁을 좀 줘야 할 것 같다.

"네가 거기 숨는다고 내가 안 보일 것 같아? 난 구미혼데."

잠깐 적막이 흘렀다. 대웅이 뜀틀 뒤에서 고개를 빼꼼히 내밀고 주변을 두리번두리번 거리다가 분연히 떨치고 일어나 2층 난간 아래 쌓여 있는 매트리스를 향해 무조건 돌진했다. 매트리스를 발판 삼아 멀리뛰기 선수 마냥 붕 뛰어오르는 것까지는 좋았는데, 그 난리 블루스를 춘 결과가 고작 2층 난간에 대롱대롱 매달리는 것이라는 게 영 모양이 빠진다. 난간에 매달리는 것은 계산에 없었던 모양인지 대웅의 얼굴에 당황한 기색이 역력했다.

"내가 좀 도와줄까?"

도망칠 결심을 한 주제에 고작 2층 난간도 못 넘는 게 한심하고 가소로워 일부러 살살 약을 올렸다. 자극이 좀 됐는지 제딴에 영차 힘을 내서 몸에 반동을 주더니 2층 난간 위로 기어 올라가는 기염을 토해냈다. 그런데 그렇게 힘들게 2층으로 올라가서 한다는 게 바닥에 납작 엎드려 숨기다. 저러면 안 보이는 줄 아는 모양이다. 아무래도 순진한 게 아니라 멍청한 게 분명하다. 갑자기 벌떡 일어서기에 이제 정신 차리고 탈출을 포기하는가 싶었는데, 이번에는 난간 밖으로 손을 쭉 뻗어서 공중에 매달려 있는 와이어 줄의 손잡이를 붙잡았다. 와이어 줄에 매달린 채 난간을 힘차게 박차고 쌩하니 앞으로 향하는가 싶더니 점점 속도가 줄면서 대웅이 멈춰 선 곳은 본의 아니게도 미호의 머리 바로 위였다.

"어, 왜 서? 여기서 서면 안 돼. 가! 가!"

잔뜩 당황한 표정으로 애꿎은 와이어 줄에 대고 버럭버럭 호통치는 대웅을 올려다보고 있노라니 픽 웃음이 났다.

"봐, 도망가도 소용없잖아. 난 한 발도 안 쫓아갔는데 넌 바로 내 위에 있네."

여유 있게 생글거리는 미호와는 달리 대웅은 이제 거의 사생결단의 각오로 와이어 줄과 결판 중이었다.

"움직여. 움직여!"

미호가 와이어 줄에 매달려 버둥거리는 대웅의 모습을 마치 동물원 원숭이 보듯이 신이 나서 구경했다.

"잘 됐다. 밑에서 입 벌리고 있다가 받아먹으면 되겠다."

미호가 감나무 아래서 감 받아먹는 포즈로 입을 '아' 하고 크게 벌리고 서 있자 대웅이 대경실색하며 필사적으로 버둥거렸다.

"안 돼. 싫어!"

그때, 핸드폰 벨 소리가 울렸다. 핸드폰이 탈출을 향한 마지막 비상구라도 되는 것처럼 대웅은 와이어 줄을 오른손으로 부여잡고 핸드폰이 들어 있는 바지 주머니에 왼손을 쑤셔 넣으려고 아등바등했다. 대웅이 주머니와 치열한 사투를 벌인 끝에 마침내 핸드폰을 꺼내는 순간 미호는 저도 모르게 박수를 보냈다. 그런데 샴페인을 너무 일찍 터뜨린 모양이다. 대웅이 통화 버튼을 누르려고 하는 찰라 핸드폰이 그의 손에서 미끄러져 미호 앞으로 뚝 떨어졌다.

"안 돼!"

대웅의 애절한 외침을 위로 한 채 미호는 바닥에 납작 엎드려 핸드폰에 귀를 바싹 대 봤다.

— 여보세요. 차대웅! 차대웅.

아, 깜짝이야! 핸드폰 속에서 웬 할아버지가 대웅의 이름을 격렬하게 부르고 있었다.

— 차대웅! 왜 말이 없어!

미호가 위를 쳐다보며 말했다.

"대웅아, 너 찾아."

미호의 목소리를 듣고 핸드폰 속 할아버지가 놀란 목소리로 따지고 물었다.

— 넌 누구냐? 대웅이 전화를 왜 네가 받아? 대웅이 어딨냐?

미호가 공중에 둥둥 매달려 있는 대웅을 올려다봤다. 할아버지가 자기를 찾거나 말거나 대웅은 와이어 줄에서 떨어지지 않으려 저 혼자 고군분투 중이었다. 바닥으로 수직 낙하하는 핸드폰을 잡아보겠다고 헛된 몸부림을 하다가 자세가 흐트러졌던 것이다.

"으으!"

대웅이 와이어 줄에 매달려 용쓰는 소리에 전화기 속 할아버지가 다급하게 물었다.

— 대웅아! 너 뭐 하나?

질문을 계속 무시하는 것도 예의가 아니라는 생각에 미호는 대웅 대신 대답을 해주기로 했다.

"차대웅은 지금 내 위에 있지."

— 뭐?!

그게 뭐 그리 놀랄 일이라고 뜨악하니 묻고는 더 이상은 말이 없다.

"으…… 아……."

격렬한 신음이 계속해서 이어지자 전화기에서 깊은 한숨 소리가 들렸다.

— 아무래도 내가 너무 오래 살아나 보다.

오래? 인간이 오래 살아봐야 기껏 백 년 남짓이지.

'뚝'하는 소리 이후로 더는 아무 말도 들리지 않자 미호가 대롱대롱 매달려 있는 대웅에게로 시선을 돌렸다.

"인제 그만 하고 내려와."

"싫어! 떨어져서 너한테 잡아먹히느
니, 여기 매달려 죽겠어!"

저기 매달려 있으면 안전할 거라는
생각은 어디에서 나온 발상일까?

"네가 안 내려오면 내가 올라간다? 난 구미호
잖아. 올라가서 확 따먹는다."

"내가 사과냐? 따 먹게!"

도통 안 믿는 눈치다. 구구절절 백 마디 말로 설명을 하느니
몸으로 한 번 보여주는 게 낫겠다 싶어 확 날아올랐다. 줄에
매달려 있는 대웅을 한 번 탁 낚아챘더니 단번에 바닥으로 나
동그라졌다. 아무런 방어도 없는 상태에서 바닥에 패대기쳐졌
으니 어지간히 아플 텐데도 대웅은 아픈 시늉 한 번 없이 철퍼
덕 바닥에 주저앉아서 처절하게 패배를 인정했다.

"그래, 너 구미혼 거 인정한다. 땄으니까 먹어라."

목 깃을 어깨까지 잡아 내리며 눈을 꼭 감는 게 어지간히도
비장해 보였다.

"정말로 잡아먹어도 돼?"

뭐라고 반응을 보일지가 궁금해서 부러 무섭게
물어봤다.

"먹으면서 이건 기억해. 세상에 구미호
도 있으니까 귀신도 있겠지. 내가 네
손에 사람으로 죽지만 원귀로 다시 나

타나 한 품고 복수할 거다."

실컷 폼 잡아 놓고서는 막상 죽는 건 싫고 무서운지 앙다문 입술 사이로 공포 서린 신음이 비집고 나왔다.

"왜 계속 잡아먹으라고만 해? 살려달라곤 안 해?"

"너 따위한테 구차하고 싶지 않아!"

고고한 절개가 여느 충신 못지않다.

"그래? 살려달라고 하면 살려주려고 했는데……."

말이 끝나기가 무섭게 꽉 감겼던 눈이 번쩍 뜨였다.

"그럼 살려줘!"

꼿꼿했던 허리를 구십 도로 접고 바닥에 납작 조아리며 목숨을 구걸하는 데 5초도 채 걸리지 않았다. '제발'을 외치는 눈망울이 애처롭게 젖어 있었다.

액션스쿨 창고로 쓰는 옥탑방 앞 평상에서 때아닌 통닭파티가 벌어졌다. 참석자는 두 명이지만 즐기는 것은 저 혼자뿐인 일방적인 독재 파티. 전기구이 통닭을 한 마리도 아니고 두 마리 모두 제 앞에 펼쳐 두고 우걱우걱 걸신들린 사람 마냥 열심히 뜯어 먹는 미호 곁에서 대웅이 비굴한 미소를 지으며 앉아 있었다.

"밤이 늦어서 소를 못 구했다. 일단 닭으로 허기를 달래면 내일은 꼭 소 사줄게."

미호가 들고 있던 닭 뼈를 쪽쪽 빨아먹으며 고갯짓으로 알아들었다는 표시를 했다. 비록 닭고기지만 맛있게 먹는 모습에 힘입어서, 대웅이 조심스레 말을 꺼냈다.

"저 그럼, 나한테 넣어줘서 내 몸을 치료하고 있는 고마운 구슬을 회수할 때까지는 내 옆에 있어야 한다는 거냐?"

날갯죽지 하나 권하지 않고 저 혼자 닭고기를 독점하며 먹고 있던 미호가 고개를 끄덕였다.

"저 그럼 너 있던 곳에 가 있고 내가 때 되면 돌려주러 찾아가는 건……."

말이 채 끝나기가 무섭게 미호의 시선이 닭고기에서 대웅에게로 옮겨졌다. 그래서 과욕은 금물이랬건만. 미호가 미처 입을 떼기도 전에 스스로 알아서 모범 답안을 내놓았다.

"안 되겠지. 아, 그 절은 싫다 그랬다! 이 몹쓸 기억력. 야단 맞아야겠어."

대웅이 철썩철썩 자체 체벌을 행하고 있는 중에도 미호는 손가락에 묻은 육즙을 쪽쪽 빨아먹느라 여념이 없다.

"저 그런데 지금 내 처지가 집에서 쫓겨나서 갈 데도 없고 돈도 없고 비루하기 짝이 없어서, 어려운 분을 모신다는 게 힘들 것 같은데……."

여봐란듯이 닭다리를 쭉 뜯는 미호의 거침없는 손놀림에 잠시 잠깐 내보았던 용기가 비굴하게 쪼그라들었다.

"그래도 열심히 해봐야지."

주먹을 불끈 쥐어 보이는 대웅의 모습을 흐뭇하게 바라보던 미호가 닭기름에 번들번들해진 입술로 벌쭉 웃어 보였다.

"대웅아, 내 구슬이 네 안에 있는 동안엔 난 절대 널 놔줄 수 없어. 넌 내꺼야."

"그래, 구미호 씨……."

순간 소름이 쭉 끼쳐서 더 이상은 옆에 있을 용기조차 사그라졌다.

"내가 들어가서 주무실 자리 봐둘게."

혹여 심기를 거슬릴까 조심하며 조신하게 돌아선 순간 맥이 탁 풀렸다.

대웅은 이부자리를 살핀다는 핑계로 창고방에 들어와 꽉 문을 닫고는 매트리스에 엎어져 한풀이라도 하듯 데굴데굴 굴렀다.

미치겠다! 진짜 미치겠어!

그런데 지금 이럴 때가 아니다. 중요한 것은 무슨 일이 있어도 살아남아야 한다는 것. 그러려면 계속 고기를 사다 바치면서 미호의 배를 불려 놓아야 했다. 하지만 아무리 그렇더라도 만일의 대비는 해야 할 것 같아서 영화 소품이 쌓여 있는 박스들을 뒤지기 시작했다. 한참을 뒤지다가 오래된 의상 속에서 쓸 만한 것을 발견했다. 사극에서 장군님들이 입고 나오는 갑옷이었다. 백 퍼센트 믿음직스러운 것은 아니었지만 최소한 면 쪼가리보다는 단단하지 않겠는가.

창고 문이 벌컥 열리고, 미호가 배부르고 등 따신 표정으로 들어왔다. 유심한 시선에 지레 찔려 대웅은 두 팔로 몸을 감싸 안고는 살짝 떠는 시늉을 했다.

"밤이 되니까 좀 쌀쌀하네."

"너 아직도 내가 잡아먹을까 봐 무서워서 그거 입고 있는 거야?"

"그냥 쌀쌀해서……."

말을 하면서 슬쩍 콧잔등에 맺힌 땀을 닦아냈다.

"내가 그렇게 무서워? 난 너 살려줬고 너한테 아무 짓도 안 했잖아."

"그래도 밤사이 출출해질 수도 있는데 사람 간이 내놓고 옆에 있으면 먹고 싶어질 수도 있잖아."

혹시나 심기를 거슬릴까 봐 신중하게 단어를 선택해 조심스레 꺼내놓았는데도 미호가 억울한 표정을 지었다.

"너 내가 사람 간 파먹는 거 봤어? 간 파먹는 거 봤냐고."

바락바락 따지고 드는 데 마땅히 둘러댈 말이 떠오르지 않아서 그냥 솔직하게 말해버렸다.

"구미호잖아."

대웅의 얼굴을 가만히 쳐다보던 미호가 이내 체념한 얼굴로 수긍했다.

"그래, 나 구미호다. 간 조심해."

미호가 우울한 표정으로 구석에 있는 둥근 소파에 털썩 몸을 뉘어 동그랗게 말았다.

"나 잘 거야. 이렇게 누워 자는 거 오백 년 만이네. 졸려……."

대웅은 소파에서 멀찍이 떨어져 몸을 웅크려 말고 자는 미호의 조그만 등을 유심히 쳐다봤다. 기분이 상한 것 같아서 영 마음이 쓰였다.

왜 저래. 사람도 아닌 게.

갑옷 아래 등줄기에서 땀이 주르륵 흘렀다. 덥다. 진짜 덥다. 하지만 아무리 더워도 갑옷만큼은 벗을 수가 없었다. 갑옷도 없이 구미호 곁에서 어떻게 잠을 잘 수 있단 말인가.

눈 뜨자마자 공복을 호소하며 소고기 타령을 해대는 미호를 데리고 고깃집에 온 것까지는 좋았다. 그런데 다 먹고 계산을 하려니까 신용카드가 사단이다. 지금 정지……. 한 장만 그런 것이 아니고 모조리 다 그런 것을 보니 할아버지가 내린 조치가 분명했다. 하나밖에 없는 손자를 사지에 내몰다니……. 할아버지의 처사가 답답하고 야속했지만 그렇다고 지금의 이 말도 안 되는 처지를 이해시킬 수 있는 상황도 못 되니 만만한 고모에게 전화를 걸었다.

"고모! 내 카드 정지됐대. 어떻게 된 거야?"

대웅의 목소리를 듣자마자 고모가 대뜸 추궁하듯이 물었다.

— 너 지금 여자랑 같이 있지?

대웅이 깜짝 놀라 테이블에 앉아 있는 미호를 쳐다봤다.

"어떻게 알았어?"

— 도망가서 2박 3일 계속 그 여자랑 같이 있었던 거야?

기막힌 목소리로 따지고 드는 고모의 말에 일일이 대꾸했다가는 2박 3일 계속 통화해도 부족할 판이었다.

"사정이 있어서 그렇게 됐어. 나중에 얘기할 테니까 내 카드 좀 살려줘."

— 네 할아버지, 엊저녁에 하다 하다 여자 사고까지 쳤다며 난리 나셨어! 잉어만도 못한 놈이라고 있는 욕, 없는 욕 다 하셨단 말이야.

"알았으니까, 일단 내 카드부터 좀 살려줘."

— 네 카드 살리다가 내 카드 죽어.

"고모, 난 돈 없으면 죽어!"

죽는다는 단어의 의미를 가감 없이 리얼하게 전달하려고 피를 토하는 심정으로 외쳤건만 허사였다.

— 그럼 그 여자애 정리하고 집으로 들어와. 끊는다.

수화기에 대고 '고모, 고모'를 부르짖었건만 잔인하게도 '뚝' 하고 통화가 끊기는 소리가 들렸다.

"계산 어떻게 하실 거예요?"

통화 내용을 엿듣고 있던 식당 주인의 얼굴에선 이미 여유와 자비가 사라진 지 오래였다. 하는 수 없이 지갑을 꺼내서 현금을 세어봤다.

"현금으로 할게요. 십이만 원이라고 했죠? 되려나."

"십이만 칠천 원입니다."

"예?"

조금 전에 분명 십이만 원이라고 했으면서 그새 칠천 원을 붙이다니 이게 웬 바가지 씌우는 소리인가 싶어서 매섭게 쳐다보고 있는데, 주인이 턱 끝으로 미호가 앉아 있는 테이블을 가리켰다.

"방금 갈비탕 한 그릇 추가됐는데요."

깜짝 놀라 미호를 쳐다보니, 그새 갈비탕 한 그릇을 해치우고 빈 그릇을 탈탈 털어 넣고 있다.

"아유, 원샷하셨네요. 여자친구 분이 복스럽게 잘 먹어서 예쁘시겠어요."

미호를 바라보는 대웅의 눈에 절로 살기가 드러났다.

"예, 잘 먹어서 아주 죽겠습니다."

식당에서 나와 미호와 나란히 걸어가는데 가볍다 못해 휑해진 지갑이 신경 쓰여 속이 부글부글 끓었다. 만 원짜리 지폐는 완전 전멸이고, 오천 원짜리가 한 장, 백 원짜리 동전 몇 개가 전 재산이라니, 그야말로 거지 됐다. 남은 죽거나 말거나 갈비탕을 디저트 삼아 가볍게 원샷하신 구미호 씨는 기분 좋은 얼굴로 주변을 두리번거리며 감탄사 연발 터뜨리는 중이다.

"와, 집들이 진짜 커졌다. 사람들도 되게 많네."

내 말이 그 말이다. 이 많은 사람 중에 왜 하필 내가 걸렸느냐고. 그나저나 지금 가진 돈으로는 쟤 식후 디저트 값도 안 되는데 어쩌지?

대웅이 분하고 원통한 마음을 외로이 삭히는 와중에 미호가 자판기 앞에서 걸음을 멈췄다.

"대웅아, 우리 이거 먹자!"

순간 구미호고 뭐고 간에 울컥 화가 치밀어 올라 야멸차게 쏘아붙였다.

"뭘 또 먹어?!"

그렇게나 많이 먹은 주제에 또 먹느냐는 말이 뭐 그리 못 할 말이라고 미호가 대웅의 얼굴을 빤히 쳐다보고 있다. 아무리 그래도 목숨은 부지해야겠기에 할 말을 꾹 밀어 넣고 가식적인 표정을 지어 보였다.

"그래, 뭐가 먹고 싶니?"

미호가 손가락으로 자판기 속 사이다를 콕 찍어 보였다.

"이거. 뽀글뽀글 거리는 물. 나 이거 사줘."

고기 먹고 사이다 먹는 건 또 어떻게 알아서.

속으로 툴툴거리며 몇 개 안 남은 동전을 자판기에 밀어넣고 사이다 버튼을 눌렀다. 어라? 벌써 다섯 번이나 눌렀는데도 감감무소식이다. 참다 못 해 기계를 주먹으로 퉁퉁 두드렸다.

"이거 왜 안 나와?"

답답한 마음에 주먹질의 강도가 조금 높아졌다. 역시나 감감무소식이다.

"어, 이거 동전 먹은 거야?"

순간 꾹꾹 눌러 참았던 분노가 한꺼번에 펑하고 터져 보글보글 사이다 거품처럼 넘쳐 흘렀다.

"자판기까지 날 건드리네! 내가 그렇게 만만해? 왜 나야! 왜!"

소리를 버럭버럭 지르다 보니 자판기가 미호인지, 미호가 자판기인지 점점 분별력이 흐려졌다. 애꿎은 자판기를 미호 삼아 퍽퍽 후려 차고 있는데 미호가 눈치도 없이 대웅의 행동에 적극 동조했다.

"그래! 봉이냐?"

미호가 자판기를 발로 뻥 차는 순간 기계 안에 있던 음료수가 우르르 폭포수처럼 쏟아졌다. 어, 큰일 났다!

혹시라도 자판기 관리하는 사람이 근처에 있을까 봐 조마조마해 하고 있는데, 막상 사고를 친 장본인은 무슨 대단히 장한 일이라도 한 것처럼 쏟아지는 음료수 캔들을 향해 아낌없는 박수를 보내며 '와! 와!' 거리고 있다. 대웅이 잠자코 미호의 손을 붙잡았다.

"튀자!"

카드는 지금 정지에 현금은 바닥이니 어디든 가서 목숨 값을 융통하는 수밖에 없다. 할아버지에 고모까지 등 돌리고 나

선 마당에 이제 믿을 데라고는 친구들밖에는 없다는 생각에 대웅은 미호를 데리고 학교로 갔다. 수업이 있어도 안 오던 학교를 돈을 꾸러 오는구나. 비참하고 침통한 심정으로 교문을 통과하는데, 미호가 입을 떡 벌리며 감탄했다.

"이야, 이런 게 대학교구나!"

"대학교가 뭔지는 아나?"

질문이 나오기 무섭게 미호가 대번에 아는 척을 했다.

"알아! 절에 오는 사람들이 대학에 꼭 좀 가게 해달라고 소원 비는 거 들었어. 하도 가고 싶어하기에 어떤 덴가 궁금했는데 정말 좋다."

미호가 부러운 표정으로 대웅을 쳐다봤다.

"너 대학교도 다니고 참 대단하다."

"그래, 대학교는 대단한 데야. 그러니까 너 이 안에선 절대로 구미혼 거 티 내면 안 된다. 확 뛰어오르고, 아까처럼 뺑 차고 그런 거 하면 여기 사람들 되게 똑똑해서 너 구미혼 거 금방 알아."

"알았어. 사람인 척할게."

이럴 때는 꼭 말 잘 듣는 어린아이 같다.

"그런데 나 가만히 있으면 구미혼 거 티 안 나지 않아?"

누가 들을세라 목소리까지 낮추어가면서 조심스럽게 묻는다.

"그래, 그러니까 제발 가만히만 있어."

미호가 군말 없이 고개를 끄덕였다. 도대체 왜 이런 비현실적인 대화를 해야 하는지, 심란하고 한심한 생각이 들어서 주머니에 손을 꽂고 앞장서 걸었다. 차대웅 평생에 돈을 다 빌려 보고. 이게 다 미호 때문이라는 생각에 순간 또 울컥했다.

"대웅아, 다들 보따리 하나씩 매고 들고 있는데, 우리만 아무것도 없다."

미호가 눈치 없이 쪼르르 달려와 옆에 바싹 붙어서는 쓸데없는 소리를 심각하게 늘어놓았다.

"우린 공부하러 온 게 아니니까."

곱지 않은 말투로 통박을 주고는 과 친구 민수를 찾아 성큼성큼 걸어갔다. 술을 제일 많이 샀던 놈이니 있는 돈 없는 돈 다 털어서 빌려줄 것이다.

"돈? 네가 왜 돈을 꿔 달래냐?"

돈 좀 빌려달라는 소리에 민수가 대뜸 의아한 표정을 지었다.

"그럴 일이 있어. 있는 대로 좀 줘라."

"나 돈 없는데. 오늘 지갑을 집에 두고 왔어."

허탈하지만 어쩌겠는가. 두고 온 지갑을 찾으러 집에까지 갈 수도 없는 일인데.

"그래. 할 수 없지 뭐."

간단하게 물러서 가려는데, 민수가 미안한 표정을 지었다.

"친구 부탁인데 미안하다."

"됐어. 이런 얘기해서 내가 오히려 쪽팔린다."

"무슨, 괜찮아. 돈 있었으면 꼭 빌려줬을 텐데."

친구 간의 훈훈한 분위기를 박살 낸 것은 다름 아닌 미호였다. 난데없이 민수의 뒤에서 킁킁거리며 예민한 후각 레이더를 발동시키더니 돌연 민수의 재킷 주머니를 가리켰다.

"여기 있잖아."

민수가 깜짝 놀란 얼굴로 미호를 쳐다봤다.

"뭐야?"

"여기 돈 많이 있어. 돈 냄새 나."

민수가 영문을 알 수 없다는 얼굴로 쳐다보는 대웅의 시선에 지레 당황하며 변명을 늘어놓았다.

"아, 이거 지갑 아니고 핸드폰이야."

두둑한 재킷 주머니를 움켜쥔 민수의 손이 무안하게 청바지 뒷주머니에서 핸드폰 벨소리가 절묘한 타이밍으로 울렸다. 민망한 얼굴로 핸드폰을 꺼내들고 도망치듯 '여보세요' 하며 통화를 하는 민수를 뒤로 한 채 대웅이 터벅터벅 걸어갔다.

"쟤 네 친구라면서 왜 너한테 거짓말해?"

아픈 데를 꾹 찌르는 소리에 대웅이 울컥하며 소리쳤다.

"별로 친한 애 아니야. 친한 애는 따로 있어."

대웅의 부탁 한 마디에 기꺼이 돈을 내놓을 줄 알았던 명섭이, 인택이는 물론이고 마지막 보루였던 석원이에게까지 빌려줄 돈은커녕 점심값도 없다는 말로 거절당하니까 뭐랄까 실망스러운 게 아니라 화가 치밀었다. 개들한테 내가 겨우 이 정도밖에 안 되었나 자존심도 상하고 미호 보기에도 부끄러웠다.

"쟤 거짓말한 거야. 돈 되게 많아. 내 말 못 믿어?"

그래, 거절당한 것까지는 좋다 이거다. 돈이 있으면서도 없다고 거절을 하다니, 정말이지 인생무상이다. 그런데 개들보다 더 미운 건 눈치 없이 들러붙어서 별로 알고 싶지 않은 진실을 큰 소리로 떠들어대는 미호였다.

"그래, 너 냄새 잘 맡는다!"

공연한 화풀이에 마음 상한 기색도 없이 미호가 순진무구한 표정으로 아픈 질문을 퍼부어댔다.

"네 친구라면서 거짓말하는데 넌 왜 암말도 안 하고 가만있어? 쟤가 무서워? 무서워서 그래? 응?"

미호에게 보란 듯이 석원이에게로 척척 걸어갔다. 놀라 쳐다보는 석원이에게 지갑에 있는 돈을 모조리 꺼내서 건넸다.

"한 푼도 없다 그랬지? 자, 이걸로 점심 사 먹어라."

석원의 손에 돈을 척하니 쥐여주고 아무것도 모른 체하며 뒤돌아 걸어갔다. 미호가 대웅의 옆에 바싹 붙어 서서 기겁을 하며 묻는다.

"너 쟤한테 돈 왜 줬어? 쟨 거짓말하는데……."

미호의 말을 중간에 뚝 자르고 대웅이 단호하게 말을 꺼냈다.

"사람은 아는 것보다 모르는 게 더 편할 때도 있고 알면서도 속아줘야 덜 쪽 팔린 때도 있는 거야. 알지도 못하면서 사람 일에 끼어들지 마! 사람도 아니면서."

제 할 말만 하고 쌩하니 걸어가는 대웅의 뒷모습을 시무룩하게 쳐다보는데 미호의 예민한 귀로 철호와 그 친구들이 하는 말이 들렸다.

"돈 빌리러 온 애가 왜 너한테 돈을 주고 가냐?"

"몰라. 쟤 원래 돈 많아."

"친해?"

"그냥 뭐, 쟤 따라다니면 얻어먹을 게 많거든. 쟤 우리 과, 봉이야."

봉?! 순간 열이 확 받아서 대웅에게 이르러 달려가다가 멈칫했다.

모르는 게 편하다니, 말하지 않는 편이 좋겠다.

지피지기면 백전백승이랬다고, 구미호에 대해 확실하게 알아둘 필요가 있을 것 같아 대웅은 도서관으로 향했다. 옆에 바싹 붙어 따라오는 미호를 어떻게 따돌릴까 생각하다가 학생증을 척하니 들이밀었다.

"여기부터는 너 못 들어와. 이거 있어야 들어갈 수 있는데 넌 없잖아."

"그럼 나도 그거 만들어줘."

"안 돼. 넌 사람이 아니라서 안 돼."

제 말에 신빙성을 기하기 위해 대웅이 미호의 면전에 대고 학생증을 재차 들이밀었다.

"봐. 너 이름 있어? 없지. 등록번호 있어? 없지. 소속 있어? 없지. 아무것도 없는데 이걸 어떻게 만들겠나?"

급하게 만들어낸 변명치고는 제법 그럴싸하게 들려 대웅 스스로도 만족스러웠다.

"그렇구나."

실망한 표정을 짓는 미호에게 다시 한 번 의기양양하게 쐐기를 박았다.

"이런 건 사람만 만들 수 있는 거야. 넌 안 돼."

아차, 실수였다! 미호가 울컥한 표정으로 대웅을 쳐다보면 격앙된 목소리로 소리쳤다.

"근데 너 자꾸 나, 사람 아니라고 무시하지 마."

이럴 땐 얼른 꼬리를 내리고 살살 모드로 돌입하는 게 최고다.

"대신 너 사람 아니라서 무서워 해주잖아."

여전히 시무룩해 있는 게 영 마음에 걸려 미호가 제일 마음에 들어할 만한 말로 사탕발림까지 했다.

"내가 들어가서 너 고기 사줄 돈 만들 방법 있나 찾아볼 테니까 여기서 기다리고 있어."

대웅이 학생증 검색대를 통과하는 모습을 물끄러미 바라보던 미호가 부러운 얼굴로 한숨을 내쉬었다.

"나도 사람만 들어가는데 들어가 보고 싶다."

로비 안으로 들어오고 나서도 안심이 안 돼 슬쩍 뒤를 돌아다봤다. 미호의 모습은 없었지만 급한 마음에 빠른 걸음으로 걷다가 아무래도 안 되겠다 싶어 냅다 뛰었다. 전속력으로 달려 마지막 남은 도서 검색대를 간발의 차로 차지하고 앉아 구미호에 관련된 도서를 찾았다. 검색한 책들을 착착 뽑아서 책상 앞에 착석했다. 대학에 입학한 이후 이렇게 많은 도서를 앞에 두고 앉은 적은 처음이다.

구미호에 대해 연구를 해야 한다. 어떻게 하면 구미호를 떼어낼 수 있는지……. 찾으면 나올 것이다. 흡혈귀는 십자가를 보면 꺼지고 처녀귀신은 닭 울음 소리에 꺼지는데 구미호라고 그런 게 없을쏘냐.

속독을 하듯 빠르게 도서들을 훑어가던 대웅의 표정이 점점 실망으로 일그러져갔다.

이런 쓸데없는 책들이 다 있나! 알고 싶은 정보는 하나도 없고 궁금하지도 않은 전설만 잔뜩 쓰여 있었다.

도대체 구미호에 대해 제대로 알기는 아는 거야? 알기는커녕 본 적도 없는 것 같다. 책을 쓴 사람들도 못 본 게 왜 내 앞에 나타났느냔 말이다. 애초에 그 절에는 왜 굴러 들어가 가지고!

순간 대웅의 머릿속에 미호가 있던 천보사에 대해 알아봐야 겠다는 생각이 번쩍 스쳐갔다.

컴퓨터실로 들어가 인터넷 검색창에서 천보사를 입력했다. 천보사의 외경 이미지와 삼신각에 대한 설명들을 패스해나가다가 '세상에 이런 일이'라는 제목의 지방 신문 기사에 주목했다. 기사의 제목을 클릭하자 대웅이 삼신각에서 낙서했던 그림이 떡 하니 상단에 떴다. 기사의 내용을 읽고 다시 살펴보니 정말로 그림에서 개 같이 생긴 여우가 사라지고 없었다.

어, 정말 없어진 거야? 분명히 있었는데.

순간 미호의 지시에 따라 그림 속 여우에게 꼬리 아홉 개를 그려주었던 기억이 퍼뜩 떠올랐다. 전화기 귀신. 무섭게 겁을 줘야 꼬리를 그려줄 것 같았다며, 그때 삼신각에서 대웅을 엄청 다그쳤었다. 가만있자. 숲 속에서 처음 만났을 때 미호가 분명 이런 말을 했다.

— 네 덕분에 풀려났어.

미친 애 헛소리하는 줄로만 알았더니 그게 아니었던 거다. 맙소사. 그럼 꼬리 아홉 개를 그려달라고 했던 게 그 그림 속에서 탈출하기 위해서였단 말인가. 그러니까 그림 속에 안전하게 봉인돼 있던 구미호를 세상 밖으로 탈출시킨 게 다름 아닌 나라고?

그렇게 생각하고 돌이켜보니 미호가 지금껏 했던 말 중에 헛소리는 하나도 없었다.

답답하고 궁금한 마음으로 도서관을 급하게 걸어나오는데, 벌써 눈치 채고 저쪽에서 미호가 반갑게 부른다.

"웅아, 대웅아!"

발랄하게 다가오는 미호의 손목을 덥석 붙잡고 무작정 걸었다. 그래, 기왕 이렇게 된 거 확실하게 확인을 하는 거다! 영문을 모르겠다는 표정으로 쫄레쫄레 따라오는 미호와 함께 동아리방으로 들어가 문을 꽉 닫았다.

"여긴 어디야?"

미호가 맹한 표정으로 주변을 둘러봤다. 아랑곳하지 않고 대웅이 단도직입적으로 본론을 꺼냈다.

"내가 물어볼 게 있는데, 너 갇혀 있었다는 데가 그 절에 있던 그림이냐?"

"어. 네가 꼬리 그려줘서 나왔다고 했잖아."

"그 그림에 있던 여우가 너라고?"

말을 하는 순간 그때 꼬리를 그리다가 천둥소리에 놀라서 어깨에 잘못 찍었던 점이 생각났다.

"잠깐만 좀 보자."

옷을 걷어내리려고 미호의 어깨에 손을 뻗쳤다가 꺼림칙한 기분이 들어 거두어 들이고는 말했다.

"야, 그거 좀 내려봐."

대웅의 지시가 떨어지기 무섭게 미호가 옷을 어깨까지 쑥 내렸다.

"왜?"

역시! 어깨에 점이 찍혀 있다. 이제 확실했다.

"맞구나."

대웅의 절망스런 탄식에 미호가 제 어깨를 쳐다보고는 깜짝 놀란 표정을 지었다.

"어, 이거 뭐지? 아, 이거 네가 그랬구나!"

대웅은 잠자코 머리를 감싸 쥐었다.

나였다. 내가 그랬다. 이 모든 게 다 내가 자초한 일이었다. 왜 하필 나일까 괴로워했는데 내가 일을 친 거였다. 자책감에 몸부림치며 괴로워하고 있는데 미호가 대웅의 가슴에 손을 척 얹더니 토닥토닥 다독였다.

"그래서 내가 너한테 내 가장 소중한 걸 준 거야."

대웅이 원망스러운 눈으로 미호를 쳐다봤다.

"그래서 넌 내 옆에 있어야 하는 거고?"

"괴로워하지 말고 네가 한 일 책임진다고 생각해."

대웅이 고개를 툭 떨어뜨린 순간 동아리방의 문이 벌컥 열렸다. 병수와 선녀가 복잡한 얼굴로 대웅과 미호를 번갈아 쳐다봤다.

"너 여기서 뭐 하냐?"

병수의 질문에서 느껴지는 야릇한 뉘앙스에 당황해서 대웅이 미호의 손을 확 뿌리쳤다.

"뭘 주고 뭘 책임 지냐?"

어떻게 설명을 해야 이 말도 안 되는 상황을 이해시킬 수 있을까. 눈만 끔뻑이는 대웅 대신 선녀가 나서 격앙된 목소리로 소리쳤다.

"보면 몰라? 쟤가 얘한테 소중한 걸 줬고 그래서 쟤가 얘 책임지라잖아. 차대웅, 너 그렇게 안 봤는데 저질이야!"

제 할 말만 하고 동아리 방 밖으로 뛰쳐나가는 선녀의 등에 대고 대웅이 억울한 표정을 지었다.

"내가 뭘!"

"차대웅, 너 그렇게 안 봤는데 멋지다. 그럼 책임져야지!"

병수가 다소 격앙된 표정으로 대웅을 바라보며 격려하듯 어깨를 툭툭 쳤다.

"내가 뭘!"

정말이지 미치고 팔짝 뛸 노릇이다. 그런데 그건 그거고 어떻게든 목숨은 건져야겠다는 일념으로 병수를 동아리 방 밖으로 데리고 나와서 대강의 상황 설명을 하며 돈을 구걸했다.

"야, 너 돈 있냐? 있으면 좀 빌려주라."

돈 빌려달라는 말을 뭘 어떻게 잘못 들었는지 병수가 굉장히 감동 받은 표정으로 대웅을 지긋이 바라봤다.

"너 진짜 쟤한테 푹 빠졌구나. 차대웅이 돈도 없이 집 나와서 살림 차리는 거 보면 진짜 홀린 거다."

그러니까 병수는 지금 피 말리는 공포물을 눈물 젖은 애정물로 오해한 것이다. 제대로 된 설명을 할 수도 없고, 해서도 안 되는 상황인지라 대웅은 그만 포기하고 중요한 약조만 받아냈다.

　"그런 거 아니고 말 못할 사정으로 잠깐 있는 거야. 근데 너 이거 다른 사람한테 얘기하면 안 된다."

　"야, 근데 이름이 구미호라서 창피하다고 다른 사람한테 얘기하지 말라 그런 거냐?"

　대웅이 어정쩡하게 고개를 끄덕이며 적당히 맞장구를 쳤다.

　"어, 그렇지."

　병수가 울컥해서 있지도 않은 미호의 부모님을 거들먹거렸다.

　"진짜 쟤 부모님 너무 했다. 이름이 그게 뭐냐?"

　"그러게 말이야. 근데 전화번호부 책 뒤져보면 구미호보다 더 이상한 이름도 많더라."

　"나는 그냥 제수씨라고 불러줘야지."

　정작 미호 본인은 뭐라고 부르던 신경도 안 쓸 텐데 병수 혼자 진지해져서는 쓸데없는 각오를 다졌다.

　"근데 대웅이 너 제수씨 때문에 쫓겨나서 돈이 없는 거야? 이거라도 써라."

　지갑을 쫙 펼쳐들고 망설임 없이 전 재산을 꺼내주는 병수의 진심에 울컥 뜨거운 감정이 목구멍까지 치밀었다.

"고맙다, 병수야. 나 연타로 되게 쪽팔렸는데 역시 너밖에 없다."

잔뜩 격앙되어 어깨를 툭 치자 병수가 오히려 무안해 했다.

"느끼하게 왜 이래. 너 여자 때문에 좀 변한 것 같다."

그리고는 알바를 가야 한다며 미호 쪽을 향해 다정하게 손을 흔들었다.

"제수씨! 다음에 또 봬요."

병수가 가고, 대웅이 의기양양한 표정으로 미호에게 다가 갔다.

"봤지? 내가 이런 친구가 있는 사람이야."

으쓱해서 자랑하는 대웅에게 미호가 가슴 철렁한 얘기를 물었다.

"쟤, 어젯밤에 내 얘기한 애지?"

대웅이 정색하며 손을 휘휘 내저었다.

"쟨 아무것도 몰라! 그러니까 내 친군 건들지 마라."

"그래, 진짜 네 친구는 안 건드려."

주변을 획 둘러보는 미호의 눈에서 섬뜩한 기운이 느껴져 등골이 오싹했다.

그럼 가짜 친구는 건드리겠단 말인가? 어떻게?

그때 대웅의 핸드폰이 울렸다. 낯선 번호였다.

"여보세요? 누구시죠?"

— 09학번 차대웅 학생이죠? 여기 과 사무실에 소포가 와

있는데 지금 받으러 올 수 있나요?

일단 알았다고 대답은 했지만 아무래도 황당했다.

웬 소포?

동주가 예술대 건물 기둥에 기대어 서서 누군가의 모습이 나타나기를 기다렸다. 차대웅, 한강대 영화과 09학번. 여우와 함께 있는 자를 알아내는 것은 생각보다 간단한 일이었다. 스님의 핸드폰에 뜬 발신번호들로 고모의 핸드폰 번호를 유추해내는 데는 조금 시간이 걸렸지만 그 후부터는 일사천리였다. 대웅의 친구라고 둘러대어 그의 핸드폰 번호를 알아내고 내친김에 컴퓨터로 대웅의 학적부를 받아 사진까지 확인해둔 터였다. 이제 대웅이 나타나기만 하면 되었다. 가까이 다가오면 이 칼이 알려줄 것이었다. 어느 게 구미호인지. 실로 오랜만의 사냥이었다. 그러게 가만히 있던 곳에 있지, 왜 굳이 인간 세상에 나오려고 한 것일까? 인간 세상은 구미호한테 그리 좋은 곳이 아닐 텐데.

그때 복도 끝에서 이쪽으로 걸어오는 대웅의 모습이 보였다. 그런데 칼은 아무런 반응도 없었다.

이상하군. 여우가 같이 있는 게 아니었나?

동주가 짜증스럽게 눈살을 찌푸리며 과사무실로 걸어가는 대웅 옆을 스쳐 지나갔다. 계단을 내려가 로비로 향하면서도 품 안에 감추어둔 칼의 움직임에 신경을 집중했다. 한 걸음,

한 걸음 신경을 곤두세우고 있는데 파르르, 칼의 움직임이 느껴졌다.

근처에 있다!

빠른 걸음으로 건물 밖으로 나갔다. 여우의 흔적을 찾아 사방을 둘러보았지만 딱히 짚이는 데가 없었다. 재킷 안쪽으로 칼을 살짝 감춰 들고 방향을 가늠해봤다.

저쪽이다.

나무가 우거진 숲 쪽으로 걸어가고 있는데 갑자기 재킷 안쪽에서 칼의 움직임이 격렬해졌다. 동주가 바싹 긴장한 얼굴로 고개를 든 순간 긴 머리를 나풀거리며 발랄하게 걸어가는 여자의 뒷모습이 바로 앞에 있었다.

찾았다!

싸늘하게 미소를 지으며 다가가려는 순간 갑자기 여우가 멈추어 섰다. 동주는 재빠르게 나무 뒤로 몸을 숨기고 여우의 동태를 살피었다.

"무슨 소리가 났는데?"

여우가 주위를 살피며 동주 쪽으로 등을 돌린 순간 숨이 콱 막혔다. 긴 머리칼을 바람에 날리며 서 있는 저 여인은 분명히 길달이었다. 동주가 움직임을 멈춘 채 여인을 바라보는 사이 재킷 안에 있는 칼은 당장 죽이라고 재촉이라도 하듯 격렬하게 움직였다. 칼의 지시에 따르는 대신 손에 힘을 꽉 주어 움직임을 저지했다. 그 사이 여인은 고개를 갸웃거리고는 저쪽으로 걸어갔다. 여인의 뒷모습이 점점 작아지는데도 동주는 한 발자국도 움직일 수가 없었다. 여인의 모습이 시야에서 완전히 사라지자 칼의 떨림도 잦아들었다. 순간 맥이 탁 풀렸다.

어떻게 된 거지? 어째서 길달과 똑같은 얼굴을 한 거지? 길달은 벌써 몇백 년도 전에 이미 그의 칼에 맞고 숨을 거두지 않았는가.

"미안해요. 정말 미안해요……."

동주의 칼을 맞고 숨을 거두며 자신을 바라보던 길달의 슬픈 눈망울이 마치 어제 일처럼 생생하게 떠올랐다. 허공에 흩어져가는 길달을 바라보며 처절하게 쏟았던 아픈 눈물…….

하얗게 질린 동주가 바닥에 털썩 주저앉은 채 탈진한 표정으로 여우가 사라진 곳을 하염없이 바라봤다.

내 손으로 없앴다. 정신 차려. 저건 그 애가 아니야. 그저 얼굴이 같은 것뿐이야.

몇 번씩이나 맘속으로 되뇌며 진정하려 해보아도 온몸을 강타한 충격은 쉽사리 가시지 않았다.

가까스로 동물 병원으로 돌아와 동주는 하염없이 허공을 바라봤다. 책상 위에는 칼을 말아 넣은 가죽이 놓여 있었다. 아까 보았던 그 여인의 얼굴로 머릿속이 가득 차서 아무것도 생각을 할 수가 없었다.

"선생님, 선생님."

벌써 몇 차례 불렀는지 조수가 의아한 표정으로 동주를 쳐다보고 있었다.

"아, 네."

"왜 그러세요? 뭘 찾으러 가신다더니 그거 못 찾으신 거예요?"

"찾긴 찾았는데, 못 잡았어요."

"그래도 어떻게 생겼는지는 보셨겠네요."

조수의 말에 동주가 허망한 얼굴로 중얼거렸다.

"예, 그런데 그게 전혀 생각도 못 했던 모습이었어요."

다시는 마주치지 못하리라 절망했던 그 모습을 다시 본 게 믿기지 않아 쫓아가야 한다는 것조차 잊어버렸었다.

"너무 실망하지 마세요. 찾았으면 금방 잡겠죠."

걱정하고 있는 조수를 안심시키기 위해 고개를 끄덕여 보이고는 가죽에 돌돌 말려 있는 칼을 손에 꼭 쥐었다.

그 여우를 좀 더 지켜봐야겠다. 보고 있으면 길달이 아니라는 확신이 생길 것이다.

장난전화에 속아 넘어가 있지도 않은 소포를 찾으러 과사무실까지 갔던 게 약 올라서 씩씩거리고 있는데, 건물 앞에서 기다리고 있어야 할 미호의 모습이 보이지 않았다. 알아서 사라져준 것인가 하는 기쁨도 잠시 저 멀리 신이 나서 뛰어오는 미호의 모습이 보였다.

"웅아! 대웅아!"

그럼 그렇지. 그런 기적이 이렇게 간단하게 올 리가 없지.

미호가 들고 있던 전단지를 불쑥 내밀며 신기하게 외쳤다.

"부르면 닭이 오더라. 나도 닭 좀 불러줘."

뭔 소린가 싶어 미호가 들고 있는 전단지를 뺏어 들었다. 학
교 앞에 있는 꼬꼬치킨 전단지다. 뭣 때문에 이리도 신이 나
있나 했더니 치킨 배달 광경을 목격한 모양이다. 어떻게 된 애
가 입만 열면 먹는 타령인지. 여우란 게 원래 이렇게 식성이
좋은 동물인가? 하기야 얘를 보통 여우 취급하면 섭섭하지. 그
이름도 찬란한 구미혼데.

"야, 너 그림에서 나왔다며. 여기 들어가서 먹고 나와."

은근슬쩍 아까 말하다가 말았던 화제를 다시 꺼내었다. 자
꾸 이렇게 얘기하며 캐내다 보면 미호의 약점을 알아낼 수도
있을 것이다.

"못 들어가."

"못 해? 아, 너 잡혀서 갇혔다 그랬지."

슬쩍 미호의 눈치를 떠보고 아무렇지 않은 척 진지한 질문
을 던져 봤다.

"그럼 너 가둔 삼신할머니라는 건 어딨냐? 그 절에 있냐?"

미호가 대웅의 얼굴을 빤히 쳐다봤다. 뜨끔했지만 아무것도
모른다는 순진무구한 표정으로 당당히 시선을 마주했다.

"왜? 가서 나 여기 있다고 일러바치게?"

어어, 있나 보네.

희망의 빛이 희미하게나마 비쳤다.

"진짜 그 절에 있긴 한 거야?"

미호가 해맑게 웃으며 고개를 저었다.

"없어. 그리고 너 같은 사람은 못 불러. 닭이나 불러."

삼신할머니는 포기. 그 방법은 틀렸다. 그럼 도대체 뭘까? 저것도 분명히 약점이 있을 텐데. 대웅이 가식적으로 환하게 웃어 보이며 친근한 분위기를 조성했다.

"미호 씨, 닭 먹고 싶어? 그래, 우리 오순도순 닭 뜯으면서 사이좋게 얘기 좀 나눠볼까?"

좋아라, 고개를 끄덕거리는 미호의 모습에 내심 나이스를 외쳤다.

옥탑방 앞 평상 주변에는 평소와 다른 긴장감이 감돌았다. 물론 대웅의 일방적인 긴장감이다. 마주앉은 미호는 미끼로 던져놓은 닭튀김과 맥주를 쳐다보며 잔뜩 들떠 있는 상태니까. 지금부터 대웅은 천하무적 구미호의 약점을 캐내기 위해 술 상무 노릇을 할 예정이었다.

"너 사이다 뽀글거린다고 좋다 그랬지? 이거 맛보면 깜짝 놀랄 거다."

대웅이 맥주 캔을 하나 들고 뚜껑을 땄다. 캔을 타고 줄줄 흘러내리는 거품을 보고 미호가 좋아라, 손뼉을 쳤다.

"이야."

미호의 호의적인 반응에 고무되어 거품이 흐르는 캔을 넙죽 건넸다.

"자, 얼른 마셔."

마셔라, 마셔. 아무리 구미호라도 술을 마시면 취하겠지. 취하면 긴장도 풀어질 테고.

미호가 캔을 받아들고 한 모금 꿀꺽 마시더니 눈을 동그랗게 뜨고 '캬!' 소리를 외쳤다. 캬, 소리가 이렇게 기분 좋게 들리기는 또 처음이다.

"너 진짜 맥주 마실 줄 아는구나!"

신이 난 김에 맥주 한 캔을 들고 미호를 향해 건배를 외쳤다.

"건배!"

미호가 겁도 없이 맥주 한 캔을 꿀꺽꿀꺽 단숨에 마셔버렸다. 사이좋게 대작하며 함께 취하자는 취지의 술자리는 아니라서 대웅은 맥주 캔에 살짝 입만 갖다 댔다. 흥을 돋우려고 맥주 캔을 흔들어 미호가 좋아하는 거품 터지기 쇼도 보여주고, 핥아먹기 좋게 잔에다 거품 따르기 쇼도 해줘 가며 최선을 다해 노력 봉사한 결과 미호의 볼이 술기운으로 발그레해졌다.

"이렇게 신기한 술은 꼬리털 나고 처음이야."

미호가 컵 속에 손가락을 집어넣고 휘휘 거품을 헤집었다.

"거품이 구름 같아."

손가락에 묻은 거품을 쪽 빨며 느슨하게 웃는 모습이 술발이 제대로 오른 게 분명했다. 이제 슬슬 작업을 걸 타이밍이다.

"사람들끼리는 술 마시면서 친해지는데, 미호 씨랑 나도 술 한 잔 하니까 이만큼 멀었던 거리가 이렇게 가까워진 것 같아. 내가 술 산 보람이 있네."

"너, 내가 너한테 붙어가지고 얻어먹기만 해서 싫어하잖아."

여기서 좋아한다고 말하면 거짓말인 게 너무 티 날 테고, 다소 위험하더라도 진실을 토로하는 편이 낫겠다는 생각이 들었다. 저쪽의 진심을 알아내려면 이쪽의 진심도 보여야 하는 법.

"술 먹은 김에 솔직히 말하자면 첨에는 네가 잡아먹는다고 해서 정말 무서웠고 지금 처지에 고깃값 대는 것도 부담스러운 건 사실이야."

미호의 말똥한 시선이 오롯이 그에게로 향했다.

"그런데 네가 오늘 봤듯이 내 주변에 있던 친구들이 날 배신하더라. 그런 인간들보단 차라리 솔직하게 협박하고 당당하게 뜯어먹는 네가 낫다."

"그렇다고 해도 난 사람이 아니잖아."

어울리지 않게 주눅이 든 표정을 짓는 미호에게 보란 듯이 격하게 발끈했다.

"사람 아닌 게 어때서! 너는 웬만한 여자들보다 훨씬 예뻐.

나 너 처음 봤을 때 깜짝 놀랐어. 너무 예뻐서."

사실 혜인 누나보다 예쁘다고 생각했던 유일한 여자기는 했다. 여자가 아니라 여우였다는 게 문제지만.

"나는 사실 그거 별로 마음에 안 든다. 적당히 예뻐야 사람 같은데 내가 그게 안 돼. 나 인간답고 싶어하는 거 알지?"

"그러니까 너는 인간의 한계를 뛰어넘는 존재라는 거야. 우사인 볼트보다 빠르지, 이신바예바보다 높게 뛰지, 강호동보다 많이 먹지. 너는 진짜 특별해."

미호를 붕 띄워 주기 위해서라면 엄지손가락을 드높이 쳐드는 일마저 서슴지 않을 생각이다.

"정말 그렇게 생각해?"

"네가 나 잡아먹지만 않는다면 나는 너처럼 특별한 존재랑 친해지고 싶은데……."

매우 안타깝고 원통하다는 표정으로 열렬히 어필하자 미호가 즉각 반응을 보였다.

"나 너 안 잡아먹어!"

진심 어린 미호의 말에 용기 내어 돌발 제안을 던졌다.

"그럼 우리 친구 할래?"

미호가 놀란 얼굴로 대웅을 쳐다봤다.

"친구?"

"그래, 친구."

"사람도 아닌데 친구 할 수 있어?"

"왜 못 해? 마음만 맞으면 하는 거지. 인종도 초월하고 국가도 초월하는 게 우정이야. 외계인 이티, 초능력 둘리도 다 친군데 내 친구 구미호는 왜 못 하겠냐?"

"걔들은 어떻게 친구하는데?"

진지한 표정으로 묻는 미호에게 그럴싸한 답변을 내놓아야 할 텐데 마땅히 생각이 안 났다.

"그게……."

한참 더듬거리다가 에라, 모르겠다, 이것저것 대충 섞어서 왼손과 오른손 검지를 마주 붙였다.

"이렇게 하고 호이호이, 하면 친구 되는 거야."

미호가 대웅의 손가락 모양을 유심히 쳐다보며 그대로 따라 했다.

"호이호이?"

"자, 이렇게 대 봐."

미호의 진지한 반응에 힘입어서 대웅이 미호의 검지를 붙잡아서 자신의 검지와 마주 붙였다.

"호이호이."

"호이호이."

"우리 이제 친구 된 거야."

대웅의 말에 미호가 천사처럼 활짝 웃었다.

"그래. 너랑 친구 되는 거 너무 좋아!"

손가락을 바보처럼 마주 붙인 채 출처도 기억 안 나는 요상한 주문을 진지하게 외우며 세상에서 가장 행복하게 웃는 미호의 모습에 가슴 한쪽이 켕겼다. 괜히 미안해져 손가락을 떼려는데, 미호가 대웅의 손목을 꼭 붙잡았다. 깜짝 놀라 미호의 얼굴을 쳐다봤다. 마주 대고 있는 손가락을 가만 바라보며 흐뭇하게 웃고 있다. 미안하기도 하고 어색하기도 해서, 대웅은 그만 시선을 돌렸다.

"근데 미호야, 너 여기까지 어떻게 온 거야?"

다시 본연의 임무로 돌아와 슬슬 미호의 능력에 대해 캐내기 시작했다. 능력의 한계가 어느 정도인지 알아둘 필요가 있다.

"짐칸에 타고 왔지."

허무한 답변에 그만 입이 떡 벌어졌다.

"뭐?! 난 또 순간이동이나 날아서 온 줄 알았네."

"그런 건 못 해. 구슬을 너한테 빼앗겼잖아."

지금 현재는 구슬이 없어서 능력발휘가 많이 안 되는 상태라는 것을 머리에 새겨두고, 다음 질문으로 돌입했다.

"그럼 냄새 맡고 듣고 하는 능력이 한 '개' 정도는 되는 거냐?"

개와 비교당한 게 자존심 상했는지 미호가 이맛살을 찌푸리며 항의했다.

"개보단 잘해!"

"그렇겠지. 어쨌든 너에 대해 자꾸 알수록 친근감이 느껴진다. 나하고 그렇게 먼 존재는 아닌 거 같아. 좀 허술한 데도 있고 약점도 있고…… 그렇지?"

살살 달래가면서, 가장 중요한 본론에 도달했다.

"난 그런 거 없는데."

땡! 없다고? 실망감을 애써 감춘 체 다시 한 번 떠봤다.

"그럼 무서운 것도 없고 싫어하는 것도 없어?"

"그런 건 있어! 물."

"물?"

옳지!

대웅은 내심 쾌재를 불렀다.

"물이 정말 싫은데 지금은 구슬이 없어서 무서워."

물이라…… 주변을 둘러보다가 바로 옆에 있는 생수통에 저도 모르게 손이 갔다. 대웅이 생수통을 잡는 순간 미호와 시선이 턱 마주치고 일순 팽팽한 긴장감이 감돌았다.

"친구가 무서워하는데 내가 다 마셔버려야겠네."

다급한 마음에 생수 한 병을 원샷 해버렸다. 사람이 급박한 상황에 몰리면 초능력이 발휘된다는데, 이깟 생수 한 병쯤이야 아무것도 아니다.

"그런 물이 아니고 큰물. 강이나 바다가 있으면 아무 기도 느낄 수 없어서 무서워."

"야, 그럼 너랑 같이 워터파크는 못 놀러 가겠다. 여름엔 물놀이가 최곤데 아깝다."

짐짓 안타깝다는 표정을 지어 보이며 잽싸게 방금 들은 말을 염두에 새겨두었다. 강이나 바다! 어떻게든 거기로 끌고 가서 미호를 물에 담가야 한다.

꿩 대신 닭이라고, 일단 가장 접근이 편한 학교 연못으로 미호를 데리고 갔다. 그런데 문제는 연못에 빠뜨릴 방법이 없다는 거다. 매서운 눈초리로 연못을 노려보며 마땅한 방법을 고심하고 있는데, 저쪽에서 미호와 마주앉아 홀짝놀이를 하는 병수의 감탄소리가 연신 생각을 방해했다.

"우와, 제수씨, 진짜 잘하네요. 와!"

미호의 능력을 알 리 없는 병수가 지치지도 않고 계속해서 홀짝놀이를 시도하는 모습을 성가시게 쳐다보다가 참다못해 한 마디 했다.

"병수야, 그거 백날 해봐야 걔한테 못 이겨."

돈 냄새 맡는 애를 어떻게 이겨.

심란한 얼굴로 연못을 들여다보고 있노라니 한숨이 절로 나왔다. 미호를 물에 던지려고 하면 그전에 미호의 손에 죽을 것이었다. 마땅한 방법은 안 떠오르고 그렇다고 고기 살 돈도 얼마 없으니 그야말로 진퇴양난이었다. 빵을 미호라고 생각하고 퐁당퐁당 연못에 던지고 있는데 병수가 태클을 걸었다.

"야, 그만 줘. 아무거나 주면 관리 아저씨한테 혼나. 그 잉어들 비쌀걸."

"저런 건 싼 거야. 우리 할아버지가 키우는 진짜 비싼 잉어들 봐서 아는데……."

순간 고깃값을 확보할 수 있는 그럴싸한 아이디어가 섬광처럼 머리를 스치고 지나갔다.

그렇지! 잉어! 대웅이 자리에서 벌떡 일어나 미호에게 버럭 소리를 쳤다.

"미호야, 병수랑 여기 있어. 고깃값 벌어 올게."

미호의 고깃값, 즉 자신의 목숨 값을 벌기 위해 대웅은 홀연히 제 집 담을 넘었다. 벌써 이십 년을 산 집이니 내부 구조는 빠삭했다. 담을 타고 올라가 마당으로 털썩 뛰어내린 순간 개 짖는 소리가 요란했다. 대웅이 잽싸게 덩치 큰 개에게로 달려가 '쉿!'하고 눈치를 주었다.

"뚱자야, 오빠야. 뚱자, 조용!"

손길 몇 번에 얌전하게 꼬리를 내리는 개를 쳐다보며 대웅이 흡족하게 웃었다.

"그렇지. 너 때문에 할아버지 나오면 오빠 곤란하다."

내친김에 개를 품 안에 꽉 끌어안고 칭찬을 해주었다.

"우리 뚱자 오빠 못 본 사이에 더 뚱뚱해졌네. 뚱자 조용히 있어. 오빠 일 좀 볼게."

대웅은 뚱자네 집 바로 곁에 있는 연못으로 다가갔다. 잉어를 넣어가려고 온 파란 들통을 연못가에 내려두고 뜰채를 어깨에 멘 채 잉어들을 한 놈, 한 놈 살펴봤다.

클수록 더 비싸겠지. 아니야, 알록달록 예쁜 게 더 비싼가? 뭐가 제일 예쁘지?

좀 더 자세히 살펴보려고 신발을 벗고 연못으로 들어갔다. 뜰채로 연못을 휘휘 저으며 비단잉어들을 살펴보다가 알록달록 근사해 보이는 놈으로 한 마리 건져서 들통에 넣었다. 들통에서 펄떡이는 잉어를 보고 있노라니 흐뭇한 미소가 절로 나왔다.

"여기보다 훨씬 물 좋은 데로 가자. 오빠가 좋은 데 데려가줄게."

콧노래를 부르며 들통의 뚜껑을 꽉 닫는 순간, 뒤에서 익숙한 음성이 들렸다.

— 거기가 어딘데, 오빠?

바싹 졸은 얼굴로 뒤를 돌아다봤다. 할아버지다. 할아버지가 골프채를 높이 쳐들고 노기 서린 표정으로 이쪽을 노려보며 서 있었다.

"할아버지."

"도망갔다 기어 들어와서 내 잉어를 훔쳐?"

대웅이 잽싸게 한쪽 발을 신발에 꽂으며 적당히 둘러대었다.

"할아버지, 그게 꿈자리가 뒤숭숭해서 잠깐 와 봤는데 잉어가 죽어서 연못에 둥둥 떠 있더라고. 재수도 없고 보기도 흉해서 내가 건져냈어."

당당하게 너스레를 떤 것까지는 좋았는데, 들통에서 푸드덕거리는 소리가 산통을 다 깨 놓았다. 할아버지가 입술을 꾹 다물고 들통과 대웅을 번갈아 노려봤다. 대웅이 짐짓 의아한 표정을 지으며 깜짝 놀란 시늉을 해보였다.

"어! 움직이네. 분명 죽었는데. 살았네! 얘가 죽은 척을 했나. 할아버지, 얘 살았어. 살았어!"

품에 안고 있는 들통의 뚜껑도 열었다가 허공에 대고 으하하 웃기도 하며 호들갑을 떨면서 잽싸게 한쪽 신발을 마저 신었다.

"너는 죽었어, 이놈아."

그대로 돌진해오는 할아버지를 피해 냅다 줄행랑을 쳤다.

"차대웅!"

할아버지의 노기 서린 외침을 뒤로 한 채 무작정 달렸다.

"잉어 두고 가, 이놈아!"

노인네가 저렇게 사생결단을 하고 쫓아오는 거 보면 이 잉어가 비싸긴 무지하게 비싼 모양이다. 이렇게 된 이상 절대로 붙잡혀서는 안 되었다. 뒤에서 쫓아오는 할아버지를 따돌리려고 열심히 뛰는데 갑자기 저쪽에서 커다란 차가 빵빵 경적을 울리며 달려왔다.

"으악!"

혼비백산하여 멈춰선 순간 파란 들통에서 푸다닥 잉어가 날아올랐다. 할아버지가 들통을 뺏어 들고 바닥에 떨어진 잉어를 얼른 넣었다.

"이 나쁜 놈."

아무 말 없이 잠자코 서 있는 대웅의 얼굴을 쳐다보며 할아버지가 애써 심호흡을 했다. 그러고는 흥분이 좀 가라앉았는지 조용히 타일렀다.

"일단 집에 들어가자. 가서 얘기부터 해."

"나 못 가."

예상치 못한 대웅의 반항에 말문이 콱 막혔는지 할아버지가 입만 떡 벌리고 서 있었다.

"나 그 여자애랑 떨어져 있으면 죽어. 그러니까 당분간 지낼 돈이나 좀 줘."

할아버지가 어이없는 얼굴로 버럭 소리를 질렀다.

"너 정말 기집한테 완전 홀렸구나. 대체 어떤 기집애야?"

"할아버지 위해서라도 말 못 해."

"네가 그렇게 좋다면 내가 한 번 보자."

"안 돼."

계속되는 어깃장에 참다못한 할아버지가 목에 핏대를 올리며 고함을 질렀다.

"이놈아, 내가 봐야 네놈 장가를 들이든 집엘 들이든 할 거 아니야!"

"내가 미쳤어? 걔한테 내가 왜 장가를 가. 잠깐 데리고 살다가 보낼 거야!"

할아버지가 부들부들 떨리는 손을 허공에 높이 쳐들더니 대웅의 뺨을 철썩 후려갈겼다. 어찌나 센지 입안에서 피 맛이 느껴졌다.

"할아버지……."

"이 인간 덜된 놈. 그래, 네놈 멋대로 한 번 살아봐라."

잉어가 든 들통을 들고 성큼성큼 걸어가는 할아버지의 뒤통수를 야속하게 쳐다보며 대웅이 씩씩거렸다.

"할아버진 잘 알지도 못하면서……."

미호 때문에 할아버지한테 얻어맞았다는 생각을 하니 분통이 터져 미칠 지경이었다. 잉어는커녕 만 원짜리 하나 못 건진 빈손으로 터덜터덜 학교 연못 쪽으로 걸어가는데, 저쪽에서 선녀가 대웅을 향해 손을 휘휘 저었다.

"차대웅!"

할 말이 있는 얼굴로 부리나케 달려와 대뜸 다 끝난 얘기를 새삼스레 물었다.

"너 우리 아빠 액션스쿨 숙직실에 언제까지 있을 거야?"

"언제까지든 있으라며."

"상황이 바뀌었어. 너 거기서 그 여자애랑 같이 지내는 건 안 되겠어. 나가줘. 그럼 난 이만 간다."

잔뜩 골이 난 표정으로 쌩하니 가버리는 선녀의 뒷모습을 황망히 바라봤다. 당장 갈 데도 없는데 자꾸 죽어라, 죽어라

하는구나.

심란해 하고 있는데, 선녀가 가다 말고 뒤돌아서 대웅을 다시 불렀다.

"참, 나 방금 혜인이 언니 봤다."

대웅이 깜짝 놀라 되물었다.

"혜인이 누나?"

"응. 병수랑 네 여자친구랑 같이 있더라."

"뭐!?"

말이 끝나기가 무섭게 연못을 향해 미친 듯이 달렸다. 누나가 미호를 보면 절대로 안 되었다. 미호와의 사이를 오해라도 하면 완전 끝장이다. 다른 사람은 몰라도 혜인 누나만은 안 된다. 저 앞 연못 쪽으로 병수와 미호, 그리고 혜인 누나가 함께 서서 얘기를 나누는 모습이 보였다. 마음이 다급해진 대웅이 그쪽을 향해 마구 소리를 질렀다.

"미호야, 넌 내 말 들리지? 말하지 마. 누나랑 아무 말도 하지 마."

그러자 미호가 이쪽으로 고개를 돌리고 반갑게 손을 흔들었다.

"대웅아!"

누가 아는 척 해달랬나? 누나랑 얘기를 하지 말라 그랬지.

연못까지 제법 먼 거리를 단숨에 주파했다. 혜인 누나가 미호에게 묻는 소리가 들렸다.

"그럼 너 대웅이 여자친구니?"

미처 끼어들 사이도 없이 고개를 끄덕거리는 미호의 가증스러운 모습에 순간 머리가 빡 돌았다.

저게 누굴 골탕 먹이려고!

"누나, 아니야! 얘 절대 내 여자친구 아니야!"

턱까지 차오르는 숨을 헉헉 내뱉으며 대웅이 단호하게 소리쳤다. 구미호고 뭐고, 이제 더는 못 참는다. 지금 누구 앞에서 여자친구 행세야!

대웅이 미호를 죽일 듯이 노려봤다.

여우비

　미호가 도무지 영문을 알 수 없다는 표정으로 대웅을 쳐다보았다. 자기가 뭘 잘못 했는지, 그 말이 무슨 오해를 불러일으켰는지, 아무것도 모르는 표정이었다.

　쟤가 인간의 섬세한 마음을 어찌 다 헤아리겠어.

　그만 포기하고 혜인을 설득시키는 것으로 마음을 바꾸었다.

　"누나, 오해하면 안 돼. 나랑 얘 그런 사이 아니야. 갑자기 사정이 생겨서 잠깐 같이 있는 것뿐이야."

　"사정? 어떤 사정?"

　"그건……."

　대웅이 말을 하다가 말고 미호의 얼굴을 쳐다보았다. 어찌 말하는지 지켜보고 있다는 표정이다.

　"말하기 곤란해."

　옆에 서서 듣고 있던 병수가 그것도 모르냐는 얼굴로 대화에 불쑥 끼어들었다.

"남녀 사이에 말하기 곤란한 사정이라면 뻔하지, 뭐."

대웅이 아무것도 모르면서 남의 일에 참견하는 병수한테 발끈 소리를 질렀다.

"그런 거 아니래도!"

두 사람의 얘기를 가만 듣고 있던 혜인이 내 알 바 아니라는 듯 싸늘한 표정을 지었다.

"됐어, 대웅아. 말하기 곤란한 사정 내가 굳이 들을 필요는 없을 것 같다. 너랑 나랑 뭐 특별한 사이도 아니잖아. 괜히 네 여자친구 오해하겠다. 갈게."

그리고는 더 이상은 들을 말도, 할 말도 없다는 듯 냉정하게 등을 돌리고 제 갈 길을 갔다.

"누나!"

혜인의 등에 대고 대웅이 다급하게 불러 세웠다. 아랑곳하지 않고 걸어가는 혜인의 뒤를 따라가려다가 말고 미호를 확 째려보았다.

"이게 더 너 때문이야."

하고 싶은 말이 차고 넘쳤지만 일단은 혜인의 오해를 푸는 게 급선무라 서둘러 뒤를 쫓아갔다.

"누나! 가지마. 잠깐 내 얘기 좀 들어 봐. 그런 거 아니야."

대웅이 혜인의 팔목을 붙잡아 세우고 통사정을 했다.

"누나 내 말 좀 들어보라니까."

혜인이 잔뜩 토라진 얼굴로 못 이기는 척 말했다.

"너 요 며칠 전화도 없고 문자도 안 보낸 게 저런 애 사귀느라 정신이 없어서였구나?"

"사귀는 거 아니래도."

답답하고 억울한 마음에 목소리가 절로 격해졌다.

"근데 왜 같이 다녀?"

이제야 진심이 좀 통했는지 혜인의 표정이 누그러졌다.

"쟤가 일방적으로 나 따라온 거야. 얼마 전에 우리 할아버지랑 진로 문제로 트러블이 좀 있었거든. 그래서 머리도 식힐 겸 겸사겸사 시골에 좀 내려가 신세를 지게 됐는데 나도 모르는 새에 서울까지 따라왔어."

혜인이 깜짝 놀라 눈을 동그랗게 떴다.

"그럼 쟤 가출한 거니?"

"가출?"

정확하게 들어맞는 말은 아니지만 그게 또 전혀 틀린 말은 아니라 그냥 패스하기로 했다. 어쨌거나 삼신할머니에게 한마디 상의도 없이 그림 밖으로 탈출한 것은 틀림없는 사실이 아닌가.

"그래, 일종의 가출인 셈이지. 걔네 할머니가 되게 무섭거든."

"그래? 그래도 그렇지. 어떻게 그런 애를 옆에 달고 다니니?"

누가 달고 싶어서 다니겠어? 누구보다도 떨어뜨리고 싶은 사람은 바로 나라고!

대웅은 거의 울며 겨자 먹기로 자신조차 수긍할 수 없는 현재 상황을 혜인에게 이해시키려고 애를 썼다.

"재, 서울에 갈 데도 없고 아는 사람도 없어. 내가 조금 신세진 것도 있고 해서 상황이 좀 곤란해졌어."

"대웅이 네가 이렇게 마음 약하게 구니까 그거 알고 달라붙은 거 아니야! 할아버지랑 고모님은 뭐라고 안 하셔?"

"어? 어. 안 그래도 좀 혼났어."

자기 일처럼 격분하는 혜인을 난감하게 쳐다보며 대웅이 머리를 쓸어 넘겼다. 혜인이 그제야 대웅의 얼굴을 유심히 쳐다보며 놀란 표정을 지었다.

"대웅아, 너 다쳤어? 멍든 것 같은데?"

아까 할아버지한테 맞은 데가 멍든 모양이다. 대웅이 쓴웃음을 지으며 볼을 어루만졌다.

"별거 아니야. 괜찮아."

"아플 것 같은데?"

대웅이 걱정스러운 표정으로 들여다보는 혜인을 향해 픽 웃었다.

"나 걱정해주니까 이제야 누나 같다. 다친 보람이 있네."

대웅와 혜인의 모습을 멀리서 쳐다보는 미호의 귀로 도란도란 사이좋게 얘기하는 두 사람의 목소리가 자꾸만 들렸다.

"대웅이 저 자식 진짜. 여자친구 놔두고 뭐 하는 거야?"

미호는 그저 덤덤하게 서 있는데, 병수가 그녀의 눈치를 살피며 분통을 터뜨렸다.

"여자친구라는 게, 짝을 짓고 싶은 친구라는 거야?"

미호가 아까부터 궁금했던 점을 병수에게 물어보았다. 병수가 뜨악한 표정으로 미호를 쳐다보다가 마지못해 고개를 끄덕거렸다.

"예, 뭐 근본적으로 따져보면 그런 셈이죠."

"그럼 내가 여자친구 아니라는 건 나랑 짝짓기하고 싶은 마음이 없다라는 말이네."

미호가 못마땅한 표정으로 툴툴거렸다. 갑자기 기분이 확 잡쳤다.

누군 뭐 자기랑 짝짓기하려고 따라왔나? 쳇.

열 받은 김에 바닥에 철퍼덕 자리를 잡고 앉았는데 병수가 정색을 하며 만류했다.

"미호 씨, 이렇게 주저앉으면 안 되죠. 대웅이 저 누나 따라가게 놔둘 거예요?"

"따라가게 놔두면 안 돼?"

병수가 말하기 곤란하다는 표정으로 잠자코 미호를 쳐다보다가 이내 결심했다는 듯 입을 열었다.

"사실 대웅이가 저 누나 되게 좋아했거든요. 다들 혜인 누나가 대웅이 여자친구 될 줄 알았어요."

심드렁한 표정으로 앉아 있던 미호가 화들짝 놀라며 자리에서 벌떡 일어섰다.

"여자친구? 그럼 차대웅이 저 여자랑 짝짓기하고 싶어한다는 거야? 그럼 안 되는데! 큰일 나는데!"

미처 입을 뗄 사이도 없이 쌩하니 두 사람이 있는 쪽으로 달려가는 미호의 등 뒤로 병수가 응원의 메시지를 보냈다.

"그렇죠! 양다리는 응징해야죠! 파이팅!"

"누나 밥은 먹었어? 같이 밥 먹자."

혜인을 주차장 앞까지 바래다주면서, 대웅이 은근슬쩍 데이트 신청을 했다.

"그럴까?"

마음속으로 쾌재를 부르고 있는데, 갑자기 혜인이 굳은 표정으로 대웅을 쳐다보았다.

"근데 쟤는?"

혜인이 가리키는 쪽으로 시선을 돌린 순간 대웅의 마음속으로 바윗덩어리가 쿵 떨어졌다. 미호다. 언제 왔는지 저만치 서서 심각한 표정으로 이쪽을 쳐다보고 있다.

"쟤?"

"난 낯선 사람이랑 밥 먹는 거 싫어."

혜인이 뾰로통한 표정으로 투정부리듯 말했다.

"싫지? 알았어. 내가 얘기하고 올 테니까 잠깐 기다려."

대웅이 부리나케 미호에게로 걸어갔다. 다방면으로 능력이 출중한 아인데 그중에서도 눈치 없이 끼어들기로는 천하무적이었다.

"야, 나 누나랑 밥 먹고 올 테니까 병수한테 닭 시켜 달래서 먹고 있어."

고기만 앞에 놔주면, 그거 다 먹는 동안은 아무 생각 없이 오롯이 먹는 데만 집중하고 있을 테니 그나마 다행이었다.

"닭 됐고 너 저 여자 좋아해?"

미호 입에서 고기가 됐다는 말이 나오다니 순간 머리가 멍해졌다. 이 무슨 강호동이 단식하는 소리란 말인가.

"뭐?"

무슨 일이 있어도 대답을 듣고야 말겠다는 듯 비장한 표정으로 쳐다보는 미호 때문에 그만 기가 콱 막혔다.

이게 지금 목숨 구해줬다고 남의 애정사까지 상관하려 드네.

"그게 너랑 무슨 상관이야?"

순간 열이 확 받아서 있는 힘껏 쏘아붙였다.

"너 여자랑 짝짓기할 거야?"

"짝짓기?"

이건 또 무슨 황당한 소리인가 싶어서, 쳐다보는데 뒤에서 혜인이 재촉하는 소리가 들렸다.

"대웅아, 빨리 와!"

"응!"

일단 웃는 얼굴로 급한 불부터 끄고 본격적으로 미호를 다그쳤다.

"짝짓기? 넌 무슨 말을 그렇게 짐승스럽게 하냐?"

"인간도 짐승이야."

"네 눈에야 소나 닭이나 인간이나 다 같은 먹이의 연장선에 있는 짐승이겠지만 인간은 다른 짐승들하고 달라."

"그러면 짝짓기 안 하겠다는 거야?"

기껏 설명을 해줬는데도 다시 원점으로 돌아와 집요하게 헛소리를 해대는 게 짜증스러워 목에 핏대가 올랐다.

"누가 안 한대?"

아무리 인간 아닌 구미호 앞에서라지만 순수한 혜인 누나를 상대로 이게 대체 무슨 망발이란 말인가. 갑자기 튀어나와 이런 터무니없는 소리를 하게 만드는 미호에게 짜증이 확 치솟았다.

목숨을 위협하고 밤낮으로 고기 사다 바치게 하는 걸로도 부족해서 이제는 염장까지 지르겠다는 거야? 뭐야?

"내가 뭘 하든 네가 무슨 상관이야!"

아무 말 없이 진지하게 쳐다보는 미호와 눈이 마주친 순간 갑자기 무시무시한 예감이 들었다.

"너 혹시 나한테 꽂혀서 질투하는 거냐? 구미호 주제에 별걸 다 하네."

홧김에 내뱉었다가 너무 심한 말 같아서 저도 모르게 움찔 미호의 눈치를 살폈다. 아니나 다를까, 미호의 표정이 눈에 보이게 굳어졌다.

"인간인 주제에 좀 봐줬더니 무서운 게 없구나."

매섭게 노려보는 눈초리에 등골이 서늘해져서 대웅은 곧바로 고개를 조아렸다.

"이건 말실수다. 알아서 야단맞을게."

급한 김에 손바닥을 쳐들고 가차없이 머리통을 후려쳤다.

"내 구슬 때문에 상관하는 거야."

미호가 손가락을 들고 대웅의 가슴을 가리켰다.

"구슬? 이 안에 있다는 거?"

대웅이 눈을 동그랗게 뜨고 손바닥으로 제 가슴을 어루만졌다.

"네가 이걸 품고 다른 여자랑 기를 나누는 건 안 돼. 내 구슬이 다쳐."

등 뒤에서 혜인이 바싹 날이 선 목소리로 대웅을 불렀다.

"대웅아! 뭐 해?"

대웅이 혜인을 향해 돌아서서 미안한 웃음을 지어 보였다.

"누나, 잠깐만!"

사랑, 중요하다. 그렇지만 목숨은 더 중요하다. 목숨이 붙어 있어야 사랑도 하지.

나름 절박한 심정으로 혜인에게 등을 돌리고 미호에게 모호한 단어에 대해서 구체적인 설명을 요구했다.

"기를 나눈다는 게 그러니까, 서로의 숨결을 느끼는 진한 육체적인 접촉, 뭐, 그런……"

생각하고 있는 말을 가감 없이 뱉어내기 민망해서 얼버무리고 있는데 미호가 모르는 걸 가르쳐준다는 표정으로 대신 나섰다.

"짝짓기."

"그래. 알았어. 그건 안 할게. 명심할게."

대강 정리하고 혜인에게로 가려는데 바로 미호의 저지가 들어왔다.

"안 돼. 그냥 못 보내. 내가 보니까 너 저 여자한테 기가 아니라 혼이라도 빼줄 거같이 굴던데."

팔목을 꽉 붙잡고 놔줄 생각이 없어 보이는 미호 때문에 대웅은 거의 환장할 노릇이었다.

"야! 대낮에 밥 먹으면서 무슨 기를 나누고 짝짓기를 해!"

"옆에서 지켜볼 테니까 나도 같이 가."

미심쩍은 표정으로 따라나서는 미호의 팔뚝을 붙잡아 뒤로 확 당겼다. 미호를 데리고 갔다가는 당장에 혜인의 의심을 받을 게 뻔했다.

"절대 안 돼!"

"그럼 너도 가지 마."

미호가 잔뜩 화가 난 얼굴로 대웅을 쏘아 보았다.

하다 하다 이제는 오고 가는 것까지 상관하시겠다고? 목숨이 아까워서 고분고분하라는 대로 해줬더니 사람을 완전 물로 보고 있네.

"그냥 간다면?"

이번만큼은 미호의 위협에 따르고 싶지 않아서 지지 않고 맞받아쳤다.

"갈 거면 내 구슬 내놔."

구슬 소리가 나오자 정신이 퍼뜩 들었다.

"그거 꺼내면 나 죽는다며. 근데 내놓으라고?"

"난 내 구슬을 보호해야 해."

"그럼 난 죽으라고?"

"그래, 그냥 가면 넌 죽는 거야."

미호의 말이 홧김에 내뱉는 위협이 아니라는 것쯤은 이미 뼈저리게 체험했던 바다. 그러니 이러지도 저러지도 못한 채 고민하고 있는데 혜인이 짜증스러운 목소리로 대웅을 다그쳤다.

"대웅아! 걔 놔두고 빨리 와!"

그러자 곧바로 미호가 서늘한 목소리로 맞섰다.

"대웅아, 쟤한테 가지 마."

사랑을 택하자니 목숨이 위험하고 목숨을 택하자니 사랑이 떠나가는 진퇴양난에 서서 대웅은 그저 죽을 맛이었다. 짜증이 바싹 나 있는 혜인과 진지하게 자신을 지켜보는 미호 사이에서 갈팡질팡하는 찰라 혜인이 차에 타고 시동을 걸었다.

"누나! 누나!"

깜짝 놀라 혜인에게로 뛰어갔지만 이미 차는 출발한 뒤였다.

"누나! 기다려! 내 얘기 듣고 가!"

절박한 심정으로 혜인의 차 뒤꽁무니를 쫓아갔으나 혜인의 차는 주춤거리는 기색 한 번 없이 쌩하니 달렸다. 저만치 가버린 차를 허무하게 바라보며 대웅은 억장이 무너져 내리는 것 같았다. 숨은 차고 가슴은 답답하고 정말이지 구미호고 뭐고 제대로 한판 붙고 싶은 심정이었다.

"어쩔 건데? 누나 따라갔으니까 죽일 거냐?"

대웅이 눈치도 없이 곁에 와서 쳐다보는 미호에게 될 대로 되라는 심정으로 소리쳤다.

"같이 안 갔잖아. 죽자고 네가 따라갔는데도 그 여자가 너 버리고 가서 다행이야."

이제 보니까 사람 염장 지르는 재주도 남부럽지 않다. 하여간에 주로 안 좋은 쪽으로만 재주가 비상한 애다.

"그래, 퍽이나 다행이다. 누나가 기다려줬는데 못 따라간다고 했으면 그게 더 쪽팔렸겠지."

남은 마음이 상해서 죽겠구만 미호는 행복한 표정으로 활짝 웃으며 방실거렸다.

"너 그 여자가 기다렸어도 안 가려고 했구나."

가면 죽이겠다고 협박해놓고서는 인제 와서 딴소리다.

"그래! 나 좋아하는 사람 위해서 목숨 걸고 밥 먹을 용기도 없는 그런 놈이다. 됐냐?"

울컥해서 노려보자 미호가 서운한 표정을 지으며 항의했다.

"나는 너 살려주려는 거야! 계속 안 죽게 살려주고 싶어서 정말 소중한 구슬을 준 건데, 너는 왜 나한테 화만 내?"

미호의 말에 딱히 반박할 거리는 없었지만 구슬이고 뭐고 확 받아버리고 싶은 기분은 여전했다.

"자존심 상하고 속상해서 그런다! 나 속상해 죽겠는 건 네 구슬로도 살릴 수 없으니까 좀 떨어져서 날 좀 내버려둬."

골난 표정으로 터벅터벅 걸어가는 대웅의 뒤를 좀 떨어져 걸으면서 미호가 시무룩한 표정으로 소심하게 투덜댔다.

"속상해 죽겠다고? 쳇. 난 배고파 죽겠는데. 고기 사달라고 그러면 또 화내겠지? 쟤 괜히 고기 사주기 싫어서 저러는 거 아냐?"

2분쯤 떨어져서 걷다가 이제 됐겠지 싶어서 대웅 옆으로 가섰더니 당장 태클이 들어왔다. 말 한마디 없이 차분한 눈빛으로 '붙지 마라'는 기운을 내뿜는 대웅의 분위기가 심상치 않아 기꺼이 뒤로 물러서 두 발자국 거리를 두고 대웅을 졸졸 따라 갔다. 그런데 자꾸만 심통이 났다. 배고파 죽겠는데 고기는 안 사주고, 닭은 언제 불러줄 거냐고 묻고는 싶은데 말하면 또 화낼 것 같아서 아무 말도 못 하겠고, 꾹 참고 묵묵히 따라 걷고 있지만 기분은 영 별로다.

대웅을 따라서 버스를 타고 빈 좌석을 찾아 착석한 순간 앞 좌석 등판에 한우가 붙어 있는 게 보였다.

여기에 한우가 있네!

흥분해서 달려들었는데, 잘 보니까 한우가 아니라 한우 사진이다. 사진 옆으로 '한우사랑'이라는 문구도 적혀 있었다.

"정말 똑같네. 그림 보니까 더 먹고 싶다."

그럴 리는 없겠지만 혹시나 하는 마음에 혀를 날름 내밀어서 사진을 핥았다가 입맛만 버렸다. 신기한 게 잔뜩 생겨난 세상이지만 고기맛 나는 그림은 아직 없는 모양이었다.

"맛도 똑같이 나면 좋을 텐데."

"웅아."

여전히 광고 사진에서 눈을 떼지 못한 채 대웅을 불렀다. 아직도 화가 난 대웅은 그런 미호를 무시하고 혜인에게 보낼 문자를 작성하는 데 골몰했다. 열심히 사과를 그린 다음 그 밑으로 마음을 담아 문자를 찍었다.

― 누나 제발 내 사과받아줘. 받아 줄 거지?

전송 버튼을 누르고 대웅은 두 손을 꼭 모아 쥐었다.

"제발 받아준다고 해줘."

답 문자를 기다리다가 지루해져 미호 쪽으로 흘긋 시선을 던졌는데, 으악! 이제 막 돌이나 지났을 어린애의 통통한 팔목을 붙잡고 '앙' 하고 먹으려 들고 있다. 아무리 배가 고파도 그렇지 아이를 먹으려고 들다니. 안 돼!

대웅이 소스라치게 놀라 버럭 소리를 질렀다.

"너 뭐 하는 거야!"

미호가 아이의 손가락을 입에 문 채 놀란 눈으로 대웅을 쳐다봤다. 정말로 깨물어 먹어버리기 전에 서둘러야 해. 대웅은 자리에서 발딱 일어나 미호의 손목을 확 잡아채고는 자리에서 일으켜 세웠다. 대웅의 기세에 놀란 아이가 우왕 울음을 터뜨렸다. 울음소리에 당황한 아이의 엄마가 아이를 어르며 어수선해진 분위기를 틈타 대웅이 차를 세워달라고 소리를 쳤다.

대웅은 버스에서 내리자마자 붙잡고 있던 미호의 손목을 확 뿌리쳤다. 아이에게 하려던 짓을 생각하니 온몸에 소름이 오소소 돋았다.

"너 지금 뭐 하는 거야?"

"내가 뭘?"

미호가 태평한 표정으로 되물었다. 사람을 먹는다고 하는 게 구미호에게는 그저 식사의 개념 그 이상도 그 이하도 아닌 모양이다.

"너 배고프다고 지금 그 얘기를⋯⋯."

"먹으려고 그런 거 아니야!"

미호가 황당한 얼굴로 말을 잘랐다.

"애기 손가락 물고 있었잖아! 먹으려고 그런 게 아니면 간 본 거냐?"

"나 그냥 개 엄마 따라 한 거야!"

"야, 엄마가 애를 먹으려고 하는 게 말이 돼!"

자꾸만 말도 안 되는 억지를 부리는 미호에게 버럭 소리를 질렀다.

"아이고, 내 새끼. 깨물어 먹어볼까. 앙! 볼따구도 먹어볼까. 앙! 그랬단 말이야!"

아이 엄마가 귀엽다고 한 행동을 흉내 낸 모양이다. 아니, 흉내를 낼 일이 따로 있지, 구미호가 사람 깨무는 흉내를 내면 그건 장난이 아니고 위협이다, 위협.

"그런 거였어?"

"나 사람 안 먹는다고 했잖아. 내가 배고프다고 아무거나 먹을 거면 조그만 개를 먹겠냐? 큰 너를 먹지!"

제 딴에는 오해받은 게 억울했는지, 갑자기 울컥한 표정으로 흥분했다.

"나?"

공연히 해본 말 같지가 않아서 가슴이 섬뜩했다.

"그래, 안 먹는 거면 됐어. 너 땜에 괜히 버스에서 내렸잖아. 돈도 없는데."

심란한 마음으로 주머니를 뒤지는 데 마땅히 있어야 할 핸드폰이 없었다.

"어, 내 핸드폰!"

문자 기다리면서 무릎에 두고 있었는데 미호 때문에 식겁해서 일어나다가 바닥에 떨어뜨린 모양이다.

"아, 미치겠네. 누나한테 연락 올지도 모르는데. 빨리 찾아야 하는데 큰일났네."

혹시나 싶어서 차도를 바라보았지만 이미 떠나버린 버스였다.

"너 땜에 정신없어서 핸드폰 두고 내렸잖아!"

애꿎은 미호에게 바락 화풀이를 하고는 지나가는 아주머니를 붙잡고 사정을 했다.

"저기, 죄송한데 핸드폰 한 통만 쓰면 안 될까요?"

들은 척도 하지 않고 그냥 가버리는 아주머니를 쿨하게 보내고 다른 아주머니에게로 갔다. 풀죽은 표정으로 서 있던 미호가 갑자기 바람소리를 내며 달려갔다. 그러거나 말거나 대웅은 핸드폰을 빌리는 데 여념이 없었다.

"방금 버스에 핸드폰을 두고 내려서…… 한 통만 쓸게요. 부탁합니다."

간신히 한 아주머니에게서 핸드폰을 빌려 전화를 걸었다. 초조한 마음으로 아무나 받아주길 기대했건만 핸드폰의 연결음이 음성 메시지를 남기라는 안내 멘트로 넘어갔다.

대웅이 미안한 표정으로 옆에 선 아주머니에게 양해를 구하고 다시 전화를 걸었다. 훨씬 더 초조한 마음으로 기다리고 있으려니까 드디어 전화를 받는 기적이 들렸다. 대웅의 얼굴에 화색이 확 돌았다.

"여보세요!"

수화기 너머에서 아무 말도 없이 숨소리만 거칠게 들려왔다.

"여보세요! 여보세요!"

숨소리만 들리는 수화기에 대고 대웅이 다급하게 외쳤다.

— 대웅아.

어, 이건 분명히 미호의 목소리다. 천보사 삼신각에서 하도 놀란 바람에 미호의 전화 목소리만큼은 귀신보다 더 잘 구별할 자신이 있다.

"너 미호니?"

황급히 주변을 둘레둘레 살펴보았으나 근처에 있어야 할 미호의 모습이 보이지 않았다. 맙소사!

"너 미호구나! 어떻게 네가 받아?"

어리둥절해서 묻는데 저 앞에서 미호가 바람처럼 달려오는 모습이 보였다.

아, 맞다. 쟤 아까 저쪽으로 뛰어갔었지.

"내가 뛰어가서 찾았어."

미호가 가쁜 숨을 내쉬며 핸드폰을 내밀었다. 세상에, 어디로 갔는지 보이지도 않는 버스를 따라잡은 모양이다.

"버스 따라 뛰어가서 찾아왔다고?"

정말이지 다른 사람한테서 들었으면 거짓말하지 말라고 짜증이라도 냈을 만한 얘기다. 영화로 봐도 황당할 장면을 눈으로 직접 보게 될 줄이야.

"어, 나는 특별하게 빠르다고 했잖아."

선뜻 감탄할 수만은 없는 말이기에 묘하게 기분이 가라앉았다. 그때 딩동 하고 문자 도착음이 울렸다.

혜인 누나다!

서둘러 문자를 열어보았다. 한입 베어 먹은 사과 그림이 눈에 들어왔다.

— 네 사과 딱 요만큼만 받아줄게.

대웅의 입가에 흐뭇한 미소가 절로 그려졌다.

"앗싸! 아, 정말 다행이다."

문자 한 통으로 좀 전까지 찜찜했던 감정이 단숨에 날아가 버렸다.

"대웅아, 이번에는 나 땜에 좋은 거지?"

칭찬을 바라는 표정으로 대답을 기다리는 미호에게 대충 그렇다고 얼버무리고는 핸드폰을 품 안에 꼭 안았다.

"네가 이거 찾아와서 정말 좋다."

지친 듯 땀을 훔치며 미호가 대웅을 보며 활짝 웃는다.

"근데 너 왜 그래?"

대웅이 송골송골 땀방울이 맺혀 있는 미호의 콧잔등을 이상하게 쳐다보았다.

"너무 빨리, 많이 뛰어서 그래."

천하무적 강철 체력인 줄만 알았는데, 구미호도 지치기는 하는 모양이다.

"너도 많이 뛰면 숨도 차고 땀도 나고 힘들고 그런 거야?"

"응, 지금은 구슬이 없으니까. 너한테 줬잖아."

미호의 말에 대웅이 새삼스레 가슴팍을 어루만졌다.

"이게 너한테 좀 중요한 거구나."

"중요하다고 몇 번이나 얘기했잖아."

발갛게 달아오른 얼굴, 송골송골 맺혀 있는 땀방울. 난생처음 보는 미호의 지친 모습이 낯설어 대웅은 눈을 뗄 수가 없었다.

"보이지도 않고 느껴지지도 않는데 얘기한다고 내가 아냐?"

괜히 어색해져서 퉁명스레 말을 내뱉었다. 미호가 대웅의 얼굴을 빤히 쳐다보다가 돌연 가슴 안으로 폭 안겼다.

"왜 이래?"

깜짝 놀라 뒤로 주춤 물러서려는데 미호가 안고 있는 팔에 힘을 꼭 주었다.

"가만있어 봐."

이러지도 저러지도 못하고 어정쩡하게 서 있는데 어디선가 불어온 청명한 바람이 두 사람의 주변을 가만 휘감았다. 이 세상에 온전히 미호와 단둘만 존재하고 있는 것 같은 기분, 바람 너머에서 분주히 오가는 사람들과는 전혀 다른 세상에 있는 것 같은 묘한 기분. 바람이 투명막이 되어 두 사람을 세상과 떨어뜨려 놓았다.

"와, 신기하다. 방금 시간도 공간도 다르게 느껴졌어. 너 정말 나랑은 다른 존재구나."

주변을 휘감아 돌던 바람이 잦아들면서 현실 감각이 돌아오자 인간의 모습을 한 미호의 얼굴이 새삼스럽게 보였다.

"내 가장 소중한 일부가 네 안에 있어. 다치지 않게 소중하게 여겨줘. 약속해."

"그래. 약속해야겠네."

대웅이 진지한 표정으로 고개를 끄덕거렸다.

동물병원의 책상 앞에 앉아서 동주는 꼬리 없는 구미호의 사진을 골몰히 들여다보았다.

— 지금은 구슬이 없으니까. 너한테 줬잖아.

조금 전 버스 정류장에서 들었던 구미호의 얘기가 자꾸만 머릿속을 맴돌았다.

도대체 무슨 생각이야? 그 인간 녀석을 어떻게 믿고 구슬을 내줬을까?

사료를 나르고 있던 조수가 어깨너머로 동주가 들고 있는 사진을 훔쳐보았다.

"선생님. 그게 뭐예요?"

동주가 구미호에 대한 생각에서 빠져나와 조수를 쳐다보았다.

"구미호 그림이에요."

"구미호요? 전래 동화에 나오는 꼬리 아홉 달린 여우 말이에요?"

뜨악한 표정을 짓고 있는 조수에게 동주가 상세한 설명을 해주었다.

"구미호는 원래 신을 수호하는 동물인 신수예요. 인간의 모습도 가지고 있으니까 신과 인간과 동물의 경계에 있는 존재죠."

조수가 어리둥절한 표정으로 고개를 갸웃했다.

"사람 간 파먹고 인간 되고 싶어하는 귀신이 아니에요?"

'전설의 고향' 같은 드라마에서나 나올만한 얄팍한 지식을 당당하게 들이미는 무식함이 한심스러웠지만 내색은 하지 않았다.

"신령한 존재가 인간 곁을 기웃거리면 인간들은 두려움과 경계심에 괴담을 만들어내곤 하죠. 구미호가 인간을 홀리고 간을 먹는다는 말은 그렇게 만들어진 말이에요. 신수가 괴수가 된 거죠."

"선생님은 참 별 걸 다 아시네요. 어쨌든 구미호가 별로 무서운 존재는 아니라는 거죠?"

더 이상의 설명은 듣기 귀찮은지 조수는 저 혼자 얘기를 마무리하고는 마저 사료를 나르기 위해 밖으로 나갔다.

"정말 무서운 건 사람이란 동물인데."

조수의 뒤통수를 쳐다보며 동주가 허망하게 중얼거렸다.

어쩌려고 구슬을 그 녀석에게 내준 거지?

걱정스레 미간을 찌푸린 채 동주는 구미호의 사진을 다시 들여다보았다.

이 아이는 사람이 무섭다는 것을 모르나? 인간에게 배신당하면 어쩌려고 구슬을 내줬을까?

상관을 안 하려고 해도 길달을 꼭 빼닮은 그 아이에게 자꾸만 눈길이, 마음이 갔다.

옥탑방의 이부자리에 누워서 대웅은 하릴없이 핸드폰의 문자만 들여다보았다. 미호는 벌써 꿈나라로 간 지 오래였다.

— 대웅아, 한 잔 하자! 얼른 와.
— 대웅 선배 오늘 클럽 진짜 재밌었어요. 빨리 와요~!
— 대웅아 우리 지금 동해바다로 쏜다. 같이 가자!

김샌 표정으로 오늘 온 문자들을 차례대로 지워가는데 갑자기 열이 확 치솟았다. 도대체 언제까지 이렇게 사생활도 없이 붙잡혀 살아야 하는 건데! 평온한 표정으로 새근새근 숨을 내쉬는 미호의 얼굴을 마음 놓고 째려보았다. 쟤가 옆에 있는 동안은 아무것도 할 수가 없다. 정말로 아무것도! 목숨 때문에 도망을 갈 수도, 대들어볼 수도 없는 이 갑갑한 현실이 안타까워서 속절없는 한숨만 튀어나왔다.

"대웅아, 대웅아."

문밖에서 누군가 대웅의 이름을 부르는 소리가 들렸다.

어, 이 밤중에 누구지?

"대웅아!"

조금 더 선명해진 목소리는 혜인의 것이 분명했다.

"누나?"

자리에서 벌떡 일어서서 문쪽으로 걸음을 떼려다가 말고 미호를 쳐다봤다. 자칫 깨기라도 하면 큰일이다. 미호가 눈치 챌새라 조심조심 방 밖으로 나왔다. 문 앞에 혜인이 서 있었다.

"누나."

대웅이 놀란 눈으로 혜인을 쳐다보았다. 이 시간에 여기까지 찾아올 줄은 꿈에도 몰랐다.

"오늘 그러고 가서 너 많이 속상했지?"

"난 괜찮아."

대웅이 긴장된 표정으로 문쪽을 쳐다보며 혹시나 미호의 움직임이 느껴지는지 살폈다.

"여기서 이러고 있으면 위험해. 다른 데로 가자."

미호가 깨기 전에 서둘러 바깥으로 나가려는데 혜인이 막아섰다.

"대웅아."

묘한 분위기에 가슴이 뛰기 시작했다.

왜 그러지?

놀라 쳐다보는 대웅을 향해 혜인이 수줍게 웃어 보였다.

"너 나 좋아하는 거 맞지?"

"누나."

"그럼 그렇다고 말해봐."

혜인이 차마 말을 잇지 못하고 있는 대웅을 재촉했다.

"그렇다고 말을 하고 싶지만 그렇게 말하면 누나를 잡고 싶고……."

그렇다고 선뜻 대답하지 못하는 사정에 대해 구구절절 설명하고 있는데 혜인이 대웅의 손목을 덥석 붙잡았다. 순간 심장이 쿵 내려앉았지만 가까스로 말을 이었다.

"또 안고 싶어질 거고……."

기다렸다는 듯이 혜인이 대웅을 꽉 끌어안았다.

"그리고?"

다음 단계를 재촉하는 혜인의 목소리에 구미호 백 미터 달리는 속도로 심장이 질주하기 시작했다.

"그다음엔……."

차마 말을 꺼내지 못하는 대웅을 배려하여 혜인이 살며시 눈을 감았다. 제아무리 여자 경험이 없는 대웅이라도 이게 뭘 의미하는지 본능적으로 느꼈다. 묻지도 말고 따지지도 말고 자신을 기다리는 입술에 와락 달려들고 싶은 마음은 굴뚝같았지만 미호와 한 약속이 마음에 걸렸다. 그렇게 굳은 약속을 해놓고서 이렇게 쉽게 져버릴 수는 없는 일이었다.

"그런데 사정상 이러면 안 되는데……."

주저하는 목소리에도 혜인은 여전히 눈을 꼭 감은 채 입술이 다가오기를 재촉했다.

아, 안 되는데. 안 되는데.

눈을 감은 혜인이 너무 처연해 보여서 대웅은 에라 모르겠다 눈을 질끈 감았다. 조심조심 입술을 향해 다가서는데 느닷없이 서늘한 목소리가 귓전을 때렸다.

"안 된다고 했지!"

혼비백산하여 눈을 떠보니 혜인 누나는 어디로 가고 눈앞에서 미호가 매섭게 노려보고 있었다.

"그새를 못 참고 짝짓기를 하려고 들어?"

말도 안 돼. 그럼 둔갑술을 썼던 거야? 만화 영화에 나오는 황당한 능력들이 전혀 허무맹랑한 얘기는 아닌 모양이다.

"내가 이상하다 했어. 뭔가 이상하다 했어!"

그럼 그렇지. 혜인 누나가 이 야심한 시각에 액션스쿨 옥탑방까지 찾아올 리가 없지. 구슬 빼놔서 능력 없다더니 둔갑술이 가능할 줄이야.

억울한 표정으로 두세 발자국 물러서자 미호가 대웅을 차갑게 응시하며 천천히 다가왔다.

"짝짓기에 굶주려 약속을 저버린 어리석은 인간."

미호가 대웅의 손목을 꼭 붙들고 당장에라도 잡아먹을 듯이 노려보았다. 결국 이렇게 죽고 마는 것인가 온몸에 식은땀이 줄줄 흘렀다.

"안 할게! 다시는 안 그럴게! 참아볼게!"

고래고래 소리를 지르다가 퍼뜩 잠에서 깨어났다.

꿈을 꾼 건가?

자리에서 벌떡 일어선 대웅은 황급히 주변을 둘러보았다. 여느 때와 다름 없는 옥탑방의 익숙한 풍경. 하지만 너무나 생생한 꿈의 여운이 찜찜해서 미호의 이부자리를 살펴보았다. 없다! 어디 있지? 주변을 둘러보고 있는데 침대 밑에서 미호의 얼굴이 불쑥 튀어나왔다.

"으악!"

냅다 비명을 내지르고 뒤로 발라당 자빠져 있는데 미호가 뿌듯한 표정으로 종잇조각을 디민다. 저게 뭐지, 하고 자세히 들여다보니 치킨 쿠폰이다. 저걸 찾느라 오밤중에 남의 침대 밑을 뒤지고 있었던 모양이다.

"웅아, 이거 열 장 모으면 치킨 하나는 공짜랬지? 이 밑에서 하나 찾았어. 이제 두 장만 더 있으면 공짜로 먹을 수 있어. 내가 더 찾아볼게."

신이 나서 밖으로 뛰어나가는 미호의 뒷모습을 멍하니 바라보고 있노라니 막막한 기분에 가슴이 답답해졌다.

저 쿠폰을 얼마나 더 모을 때까지 쟤 옆에 있어야 할까. 삼십 장은 넘지 말았으면 좋겠다.

한편 미호는 쿠폰이 숨어 있을 가능성이 보이는 쓰레기통을 찾으려고 골목을 정신없이 뛰고 있었다. 그때 어디선가 시커

먼 자동차가 튀어왔다. 끼익, 브레이크 밟는 소리가 귓전으로 흩어지면서 그대로 정면충돌을 했다.

얼른 가서 쿠폰 찾아야 하는데 쓸데없이 뭐야 이거.

서둘러 몸을 추스르고는 다시 달려가는데 웬 바바리코트 차림의 남자가 차에서 내려 소리쳤다.

"이봐요! 괜찮아요?"

그깟 자동차랑 박치기 한 번 한 게 뭐 그리 대수라고, 저 난리람. 성가신 마음에 대꾸도 없이 부리나케 뛰어가는데 남자가 코트 자락을 휘날리며 미호의 뒤를 쫓아왔다. 인간 주제에 구미호를 쫓는 게 가능하다고 생각하는 모양이다. 분위기 파악 못 하는 건 대웅이랑 똑같다. 남이야 그러거나 말거나 미호는 묵묵히 치킨 냄새가 풍기는 쓰레기통을 뒤져 치킨박스를 찾았다. 치킨박스에 붙어 있는 쿠폰을 그대로 내다버리는 경우가 종종 있다는 것을 미호는 쓰레기를 뒤져본 경험상 이미 알고 있었다. 지성이면 감천이랬다고 드디어 쿠폰이 붙어 있는 박스를 발견했다.

"찾았다!"

이제 아홉 개를 얻었으니 하나만 더 얻으면 닭이 한 마리다. 서둘러 박스에서 쿠폰을 떼어 내다가 그만 손에서 놓쳤다. 바닥으로 떨어지던 쿠폰이 쏴 불어오는 바람에 날려 전봇대 위로 둥실 날아갔다.

어어, 놓치면 안 돼!

미호가 단숨에 전봇대 위로 뛰어올라가 공중에 떠 있는 쿠폰을 냅다 잡아챘다.

다행이다!

쿠폰을 손에 꼭 쥐고 바닥으로 내려선 순간 바로 뒤에서 아까 그 바바리코트를 입은 남자가 입을 떡 벌린 채 미호를 감탄의 눈길로 바라보았다. 많이 놀란 것 같아 좀 진정시켜주고 싶었지만 미호 자신도 닭 생각이 너무 간절해서 마음의 여유가 없었다. 마지막 한 장의 쿠폰을 찾기 위해 또다시 달려가는 미호의 등 뒤로 남자의 흥분한 목소리가 들려왔다.

— 지금 내가 뭘 본 거지? 여기서 뛰어올라서 저기까지 날았는데 이게 가능해? 내가 그렇게 꿈에 그리던 리얼액션을 이렇게 갑자기 만나다니. 이름이라도 물어봤어야 했는데!

이 정도 갖고 뭘 또 그리 감동하시나. 미호가 입술을 비죽거리며 닭 냄새 나는 쓰레기통을 물색하기 위해 코를 킁킁거렸다.

밤새도록 뒤졌지만 마지막 쿠폰을 찾는 데는 실패했다. 지친 다리를 쉬려고 옥탑방으로 돌아왔는데 아침 일찍 목간에라도 다녀왔는지 대웅의 몸에서 유난히 좋은 냄새가 났다.

"뭐 해?"

아침 댓바람부터 가방에서 옷을 잔뜩 꺼내들고 이것저것 대보며 유난을 떠는 대웅이 수상해서 대뜸 취조에 들어갔다.

"아주 중요한 데 입고 갈 옷 고르는 거야."

또 짝짓기하려고 수 쓰는 건가, 눈을 동그랗게 뜨고 쳐다보았다. 대웅이 심각한 표정으로 거울을 노려보며 진지하게 중얼거렸다.

"오디션에 뭘 입고 가야 되나. 이걸 입어도 괜찮고 저걸 입어도 괜찮네. 이쪽이 나은 것도 같고."

대단치도 않은 문제를 진지하게 고민하고 있는 거 같아 미호가 선뜻 자신의 의견을 말했다.

"난 이게 좋아."

미호가 손가락으로 누런 옷을 가리키자 대웅이 기다렸다는 듯 환하게 웃으며 반색을 표했다.

"그렇지? 나도 이게 제일 낫다고 생각했어. 역시 미를 추구하는 안목은 사람이든 구미호든 다 똑같구나."

"너도 소 좋아하는구나."

"웬 소?"

뜬금없다는 표정으로 묻는 대웅에게 미호가 당연하게 대답했다.

"그거 소 색깔이잖아."

대웅이 들고 있던 옷을 새삼스레 쳐다보며 김샌 표정을 지었다.

"소 색깔?"

그러고는 분홍색과 갈색 옷을 흔들어대며 버럭 역정을 냈다.

"그럼 이건 돼지 색깔이고 이건 닭 색깔이냐?"

어라! 그 생각까지는 못 해봤는데 죄다 맞는 말이었다.

"그러네. 소, 돼지, 닭. 일등, 이등, 삼등."

대웅이 순순히 고개를 끄덕거리는 미호를 짜증스럽게 쳐다보았다.

"괜히 물어봤어. 소, 돼지, 닭이라 그러니까 다 이상하잖아."

꺼내놓았던 옷을 주섬주섬 가방에 챙겨 넣고 다른 옷을 꺼냈다. 그런 대웅의 등에 대고 미호가 심드렁하게 외쳤다.

"그냥 소 색깔 입어."

대웅이 초록색 옷을 꺼내들고 야무지게 소리쳤다.

"네가 입맛 다실 일 없게 풀 색깔 입을 거다."

"근데 오디션이란 게 그렇게 중요해?"

대웅이 비장한 표정으로 미호를 향해 섰다.

"나 오디션 꼭 붙어야 해. 그래야 돈 벌어서 너 고기도 사줄 수 있어."

그런 이유라면 대찬성이었다.

"응."

"오디션이 내 꿈을 위한 것이기도 하지만 이제 목숨이 걸린 일이기도 하다."

"응."

"널 먹여 살리기 위해서라도 나 열심히 잘해 볼 테니까 너도 협조해야 한다."

"응."

그때 문 틈새에서 웬 할아버지의 감동 젖은 목소리가 미호에게 들렸다.

— 목숨 걸고 돈 벌어서 남을 먹여 살린다는 말이 저놈 입에서 나오다니. 20년 넘게 본 내 손자가 아니야. 여자 하나 잘 만나서 대웅이 저놈이 정말로 변했네.

듣고 기분 나빠할 얘기는 아닌 것 같아서 미호가 대웅에게 선뜻 털어놓았다.

"웅아, 밖에서 누가 네 얘기하는 거 같아."

"내 얘기?"

"대웅이 저놈이면 너잖아."

"뭐라는데?"

미호가 조금 전 그 할아버지의 음성을 더 들으려고 귀를 쫑긋 세웠다. 이번에는 아까보다 먼 데서 목소리가 들렸다.

"네가 되게 책임감 있고 반듯해서 자랑스럽대."

호기심을 갖고 이야기를 듣던 대웅의 표정이 금세 심드렁해졌다.

"내가 아니고 다른 집 대웅이네. 빨리 가기나 하자."

지하철 너머 차창 밖으로 새파란 한강물이 내려다보였다. 저 멀리 유람선이 지나가는 것을 보고 대웅이 아련한 표정을 지었다.

작년 이맘때 혜인 누나랑 유람선에서 밥을 같이 먹었는데.

그때 진짜 좋았는데.

멍하니 추억에 잠겨 있다가 낌새가 이상해서 쳐다보니 미호가 고개를 푹 수그린 채 잔뜩 긴장한 모습으로 서 있었다.

"왜 그래?"

"물…… 큰물 위를 지나가는 게 싫어."

미호가 고개를 들고 잠깐 창밖을 훔쳐보다 도망치듯 고개를 숙였다.

"아, 너 물 무섭다 그랬지. 구슬이 없어서."

말도 못 하고 고개만 숙이고 있는 미호가 안쓰러워 창 쪽을 막아섰다. 그리고는 미호의 손을 붙들어 자신의 가슴팍 위로 가져왔다. 미호가 놀란 눈으로 대웅을 올려다보았다.

"무섭다며. 구슬 여기 있으니까 지나갈 동안만 참아."

미호가 대웅의 가슴에 손을 꼭 붙이고 서서 환하게 웃었다. 대웅은 어쩐지 어색해서 광고판으로 시선을 돌렸다. 마음이 불편해서 그런가, 한강 다리가 참 길게도 느껴졌다.

"웅아, 커플이 뭐야?"

미호가 몸을 찰싹 붙이며 대웅을 쳐다보았다.

"왜?"

"사람들이 우리가 커플이래."

그러고 보니 지하철 안에 있는 사람들의 시선이 죄다 이쪽으로 쏠려 있었다. 귀엽다, 예쁘다, 쑥덕거리며 흐뭇하게 웃는 사람들의 반응에 기겁하여 한강 다리가 지난 뒤에도 가슴에 찰싹 붙어 있는 미호의 손을 확 잡아뗐다.

"누가 그런 야단맞을 소릴 해?"

대웅의 서슬 퍼런 반응에 잔뜩 기대하고 있던 미호의 표정이 금방 시큰둥해졌다.

"별로 안 좋은 거구나."

"덥다. 좀 떨어져."

말이 떨어지기가 무섭게 미호가 한 걸음 뒤로 물러섰다. 어쩐지 멋쩍은 기분이 들어 대웅은 하릴없이 창밖을 내다보았다.

"되게 덥다. 비라도 시원하게 오면 좋을 텐데."

별 뜻 없이 한 소리에 미호가 눈을 반짝이며 얘기를 했다.

"이렇게 맑은 날 비가 오려면 내가 울어야 해."

"뭐?"

"맑은 날 오는 비를 여우비라고 하는 건 내가 울면 오는 비라 그런 거야."

미호가 주변에서 들을세라 목소리를 낮추며 말했다.

"여우비? 어디서 들어본 말 같긴 한데…… 근데 너도 울어?"

대웅이 뜨악한 표정으로 미호를 쳐다봤다.

"응. 슬프면 나도 눈물이 나. 맑은 날 비가 오면 내가 슬퍼서 우는 거야."

"슬플 땐 기상청에 연락 좀 해줘. 우산 준비하게."

"웅아, 나 지금 슬플라 그래. 배가 너무 고파."

한 치의 어긋남도 없이 일관성있는 얘기에 그만 픽, 웃음이 났다.

"우산도 없는데 비 오면 안 되지. 밥 먹고 가자."

그래, 너한테 슬픈 일이래 봐야 배고픈 정도겠지. 고기만 있으면 평생 웃고만 살 수 있는 애 같다.

지하철에서 내려 오디션장 바로 옆에 있는 백화점으로 미호를 데려갔다. 돈 한 푼 없이 허기를 면할 수 있는 곳으로 백화점의 지하 식품관만 한 데가 있겠는가.

"웅아, 진짜 많다. 소도 있고 돼지도 있고 닭도 있고."

미호가 비닐팩에 포장되어 진열된 고기들을 황홀하게 바라보며 연신 우와, 우와, 탄성을 내질렀다. 가만 서서 손님들이 각자 바구니에 고기를 말없이 집어넣는 것을 지켜보는가 싶더니 갑자기 흥분하여 소리를 쳤다.

"말도 안 하고 막 가져가는 거네. 나도!"

대웅이 덥석 고기를 집으려 드는 미호의 손목을 찰싹 쳤다.

"안 돼."

"왜?"

억울한 표정을 짓는 미호에게 앞쪽 계산대를 가리켰다.

"저기 보이지? 저기를 통과하려면 돈을 내거나 이게 있어야해. 없으면 못 나가."

대웅이 할아버지 때문에 생명이 끊긴 카드를 미호 눈앞에서 흔들었다.

"그럼 나도 그거 만들어줘."

하여간 뭐만 보여 줬다 하면 앞뒤 안 가리고 달라는 말부터 앞선다.

"안 돼. 넌 신용이 없어서 안 돼. 너 통장 있어? 없지. 직장 있어? 없지. 그러니까 넌 이거 못 만들어."

고기는 어떻게든 갖고 싶은데 카드를 만들 수는 없다 하니 어째야 할까 고민하던 미호가 마침 좋은 생각이라도 난 것처럼 표정이 환해졌다.

"그럼 네 거 보여주면 되잖아."

"이것도 안 돼. 나도 신용을 잃었거든."

"그럼 보기만 하고 못 먹는 거야?"

눈앞에 고기를 놔두고 그냥 가야 한다는 현실에 몹시도 분통이 터지는지 미호가 열 받은 표정으로 따지고 들었다.

"맛은 볼 수 있어. 여기서는 작지만 기회가 있어."

대웅이 미호의 손을 붙잡고 시식 코너를 향해 척척 걸어갔다. 프라이팬 위에서 만두와 삼겹살, 훈제오리가 지글지글 구워지는 소리를 듣고 미호가 들뜬 표정으로 침을 꿀꺽 삼켰다.

"마음에 드는 데 가서 먹어."

"막 먹으면 안 돼? 다들 한 번씩만 먹는데?"

제 딴에 사람들이 먹는 모습을 유심히 살펴본다고 보더니, 제법 날카로운 질문을 던졌다.

"염치가 있으면 그래야지. 근데 너는 사람도 아닌데 체면 차릴 것도 없고 눈치 보여서 자존심 상할 것도 없으니까 먹고 싶은 대로 먹어."

그리고 말끝에 가장 중요한 핵심을 강조하며 덧붙였다.

"대신 난 아는 척하지 마."

미호가 개의치 않는 표정으로 고개를 끄덕였다. 시식에 열중하는 틈을 타서 대웅은 화장품이나 좀 찍어 바를 요량으로 화장품 코너로 향했다.

삼겹살 시식 코너 앞에 선 미호가 잔뜩 기대하는 표정으로 고기가 익기를 기다리고 있었다. 공짜로 이걸 다 먹어도 된다니, 세상인심이 참 좋아졌나 보다. 흐뭇한 얼굴로 주변을 두리번거리다가 옆에 서 있는 아주머니의 바구니에서 요상하게 생긴 빗을 발견했다.

무슨 빗이 이렇게 크담.

손잡이가 팔뚝만큼 긴 빗을 조심스레 꺼내어 머리를 빗어보는데 어디선가 낯선 남자의 목소리가 들렸다.

― 그건 빗이 아니라 변기솔이라는 물건이에요. 바구니에 넣어두세요.

변기솔? 그게 뭐지?

고개를 갸웃거리며 남자가 알려준 대로 변기솔을 바구니에 도로 넣었다.

― 인간 세상이 재미있나 보죠, 구미호님?

구미호란 소리에 흠칫 놀라 고개를 쳐들었다.

대웅의 목소리는 아닌데 도대체 누구지? 누군데 내 정체를 알고 있는 것일까?

— 오랜 시간 갇혀 있다 나오니 세상이 많이 신기해졌죠?

"누구야?"

버럭 소리를 지르며 목소리의 주인공을 찾아 주변을 두리번 거렸다. 너무나 많은 사람이 오가는지라 누구인지 감도 오지 않았다.

— 놀라지 마요. 당장 당신을 해치려는 건 아니니까.

"어디 있어?"

— 날 찾아봐요. 이 많은 사람 속에서 당신이 날 알아볼 수 있는지 나도 궁금하거든요.

미호가 주변을 두리번거리며 목소리를 찾아 움직였다. 지하 식품관을 빠져나와 위층에 있는 화장품 코너를 지나쳐서 예쁜 파라솔이 펼쳐져 있는 실외 카페로 나갔다.

"야, 너 어디 있어? 계속 얘기해봐."

아무런 대답이 없다. 미호가 주변을 두리번거리며 천천히 걸음을 움직였다. 구석 테이블에 앉아서 잡지를 읽고 있는 남자가 본능적으로 눈에 들어왔다. 남자가 고개를 든 순간 두 사람의 시선이 공중에서 부딪혔다. 시선을 피하지 않고 빤히 쳐다보는 남자에게로 걸어가 그 앞에 섰다.

"날 부른 게 너야?"

미호의 말에 남자가 빙긋 웃었다.

"그래요. 내가 당신을 불렀어요."

미호가 팔을 뻗어서 남자의 뺨에 손을 댔다.

"너도 사람이 아니구나."

미호의 얼굴을 유심히 들여다보던 남자가 조심스럽게 손을 올려 그녀의 뺨에 가져갔다.

"역시 당신은 내가 아는 그 아이가 아니군요."

"내가 누굴 닮았어?"

남자가 툭 건드리면 눈물을 쏟을 것 같은 눈으로 미호를 바라봤다.

"길달이라고, 그녀는 도깨비였어요. 당신과 똑같은 얼굴을 하고 있었죠."

"그럼 너도 도깨비니?"

미호의 질문에 남자의 표정이 난감해졌다.

"뭐, 비슷한 거라고 해두죠."

도깨비면 뭐, 무서워할 건 아니네. 그제야 안심한 표정으로 남자의 맞은편 의자에 편하게 앉았다.

"너 나보다 약하구나. 난 또 네가 나 잡으러 온 줄 알고 좀 놀랐잖아."

남자가 피식 웃으며 미호에게로 얼굴을 바싹 들이밀었다.

"그쪽이 나보다 약할걸요? 당신한텐 지금 구슬이 없잖아요."

구슬이 없다는 걸 어떻게 알았지?

남자가 농담을 건네듯 가볍게 던진 소리에 내심 뜨끔하여 아무 말도 못했다.

"내 실체가 뭔지도 알아내지 못할 만큼 약하니까 내가 잡아가려 들면 꼼짝없이 끌려가야 할 거요?"

가만 듣고만 있으면 안 되겠다 싶어서 남자를 향해 일부러 강한 표정을 지어봤다.

"구슬 멀리 두지 않았어! 가까이 있어."

잔뜩 기합을 주고 말을 했는데도 남자는 오히려 재미있다는 표정으로 하하 웃어넘기더니 손가락으로 커피숍 유리 너머보이는 TV 화면을 가리켰다.

"이런 대화를 하는 우리는 여기가 아니라 저 안에 들어가 있어야 할 것 같지 않아요?"

미호가 미간을 찌푸리며 못 마땅한 표정을 지었다.

"난 어디 안에 들어가 있는 거 안 좋아해. 너무 오래 있었어."

"다시 가는 게 좋아요. 여기는 당신이 있을 곳이 아니에요."

다정하게 타이르는 남자의 목소리가 자신을 상자 안으로 들어가라 꾀는 것 같아서 바락 소리를 질렀다.

"싫어!"

미호가 단호한 표정으로 남자를 쳐다봤다.

"빨리 구슬부터 찾아요. 멀리 도망가 버리면 어쩔 거예요?"

"도망 안 간다고 약속했어."

"차대웅이란 인간을 믿어요?"

너무나 당연해서 단 한 번도 생각해보지 않았던 사실을 묻는 남자 때문에 미호는 그저 멍해졌다.

대웅이 도망을 친다고?

그런 일은 있을 수도 없고 있어서도 안 되는 일이었다.

"당신보다 오랜 시간 여기서 지낸 제가 충고를 드리죠. 인간의 약속을 믿지 마요."

마치 대웅이 당장에라도 도망칠 것처럼 단정적으로 말하는 남자의 얘기가 더 이상은 듣기 싫어 미호는 자리에서 벌떡 일어섰다.

"나 갈래."

팩하니 돌아서 가는 미호의 등 뒤로 남자의 목소리가 다정하게 울렸다.

"다음에 또 찾아갈게요."

대웅을 찾으려고 에스컬레이터를 타고 식품관으로 내려가려는데 누군가 뒤에서 미호의 어깨를 툭 건드렸다.

"대웅이 찾니?"

슬쩍 뒤를 돌아다보니 대웅이가 짝짓기하고 싶어하던 그 여자가 얼굴에 곱게 색칠을 한 채 서 있었다. 암말 않고 서 있으니까 혜인이 먼저 나서서 결론을 내렸다.

"네가 대웅이 쫓아다닌다는 게 사실이었구나."

"응, 내가 쫓아왔어."

그냥 동조한 것뿐인데 무슨 이상한 말이라도 들은 것처럼 혜인이 기겁하며 정색을 했다.

　　"너 그럼 여기도 대웅이한테 뭐 얻어먹으려고 따라온 거니?"

　　"응, 그런데 아무것도 못 얻어먹었어."

　　묻는 말에 꼬박꼬박 답해줬을 뿐인데 혜인이 몹시도 얄밉다는 듯이 쳐다보았다.

　　"대웅이 갔어. 방금까지 나랑 있다가 나갔는데 너한테는 말도 안 하고 그냥 갔나 보구나."

　　그런가, 하고 있는데 멀지 않은 곳에서 미호의 이름을 부르는 대웅의 목소리가 들렸다.

　　"아니야. 대웅이 여기 있어."

　　"갔다니까. 찾아도 소용없으니까 너도 그만 가."

　　"아닌데. 대웅이 지금 나 찾고 있는데."

　　— 미호야! 얘 어디 간 거야.

　　대웅이 답답해하는 목소리가 귓전에 울려 가뜩이나 마음 급해 죽겠는데 혜인이 계속해서 미호를 붙잡고 터무니없는 소리로 우겨댔다.

　　"너 바람맞은 거야. 자존심 세우지 말고 그냥 가."

　　"아니야. 지금 나한테 와."

　　"지금 내가 너한테 거짓말한다는 거니?"

　　미호가 틀린 말을 계속 우기며 바락바락 언성을 높이는 혜인에게 저쪽에서 두리번거리는 대웅을 손가락으로 가리켰다.

"대웅이 저기 있잖아."

박박 우기다가 틀렸다는 걸 알면 미안하다고 해야 마땅할 텐데 혜인은 볼을 붉히며 분한 표정을 지었다.

뭐지, 이건? 그러니까 얘는 지금 대웅이 갔다고 착각한 게 아니라 거짓말을 했던 거다.

"너 거짓말쟁이구나?"

아무 말도 못 하고 불쾌하게 쳐다보는 혜인의 얼굴에 대고 선심 쓰듯 말했다.

"거짓말하면서 얻어먹기만 하면 대웅이가 싫어하는데……
말 안 할게."

"야!"

미호가 그만 돌아서 가려는데 혜인이 날이 선 목소리로 불러 세웠다. 고개를 돌린 순간 혜인이 손목을 낚아채려 달려드는 게 보였다. 슬쩍 옆으로 피했더니 혜인이 저 혼자 중심을 잃고 비틀거리다가 바닥으로 풀썩 자빠졌다. 손에 들고 있던 커피를 치마에 흠뻑 쏟아버리고서……. 망연자실한 채 앉아 있는 혜인을 가만히 쳐다보는데 바로 뒤에서 대웅의 목소리 가 들렸다.

"누나! 괜찮아!"

뭐 그리 위험한 장면이라고 대웅이 바람처럼 달려와 혜인의 안부를 묻는다.

"아, 이게 뭐야. 오디션 봐야 하는데 옷 이거 어떡해."

대웅의 부축을 받고 일어선 혜인이 어처구니없게도 미호를 노려보았다. 잘못은 자기가 해놓고 왜 남한테 화를 내는 것인지 도통 이해가 안 되서 미호도 혜인을 빤히 쳐다보았다.

"다 쟤 때문이야."

혜인의 말에 대웅의 날 선 눈빛으로 미호를 쳐다봤다.

"너 또 무슨 짓 한 거야?"

대웅이 버럭 소리를 지르니 모르는 사이 무슨 실수라도 저지른 것일까 살짝 고민이 되었다. 그런데 아무리 생각해도 무슨 잘못을 한 것인지 감도 오지 않았다.

거짓말쟁이라는 것도 대웅이한테는 말 안 한다고 해줬는데, 왜 내가 잘못했다는 거지?

"나 이거 오디션 볼 옷인데 어떡해?"

"빨리 가서 갈아입자."

"안 돼. 감독님이 흰옷 입은 여자한테 꽂혔다는 정보 듣고 일부러 골라 입은 옷이란 말이야. 이 옷 아니면 안 되는데 쟤가 다 망쳤어."

"누나, 일단 오디션장으로 먼저 가 있어! 내가 똑같은 옷으로 얼른 구해서 금방 달려갈게."

도대체 뭐가 뭔지 모르겠다. 거짓말도 쟤가 했고, 넘어진 것도 쟤 혼자 그랬는데 왜 나더러 잘못이라는 건지. 대웅인 왜 쟤한텐 다정하면서 나한테만 화를 내는 건지. 이것도 내가 인간이 아니라서 이해를 못 하는 건가.

대웅이 풀죽어 있는 미호에게는 눈길도 주지 않은 채 여성
복 코너로 뛰어갔다. 오디션 시간에 맞추려면 서둘러야 했다.
간신히 똑같은 옷을 찾았다 싶었더니 하얀 색상이 빠졌다고
해서 하얀 색상이 있는 다른 매장으로 가느라 시간이 많이 지
체되었다. 고모에게 급하게 융통한 돈으로 옷값을 치르고 오
디션장으로 뛰어갔을 때는 이미 스태프 몇몇이 오디션장을
정리하는 중이었다. 책상을 나르던 스태프 한 명이 망연자실
한 표정으로 서 있는 대웅을 발견하고는 소리쳤다.

"오디션 보러 왔어요? 좀 전에 끝났어요."

그럼 혜인 누나는?

핸드폰을 꺼내어 혜인에게 전화를 걸었다.

― 응, 대웅이니?

"누나, 오디션은?"

― 다행히 감독님께서 양해를 해주셔서 다른 옷 입고 했어.

다행스럽기는 했지만 씁쓸한 기분이 드는 건 어쩔 수 없나
보다.

"잘 끝냈다니 다행이네."

― 그런데 넌 오디션 못 봐서 어떡하니?

"괜찮아. 기회는 또 많아. 누나 다음에 얘기하자. 끊어."

기운이 쑥 빠졌다. 미호 때문에 망친 옷을 구하려고 이리 뛰
고 저리 뛰느라 쌓였던 피로가 한꺼번에 몰려오는 기분이다.
그때 저쪽에서 누군가 다가와 대웅의 곁에 섰다. 미호였다. 미

안한 표정을 짓는 미호의 얼굴이 그저 짜증나고 고통스러웠다. 이제 그만 이 지긋지긋한 악연에서 벗어나고 싶다.

오디션장을 나와 한강으로 향했다. 미호가 따라왔다. 유람선을 타려고 선착장에 서 있는데 미호가 대웅의 옷깃을 꽉 붙잡았다.

"대웅아, 나 여기 싫어. 다른 데로 가자."

언제나 자기 좋을 대로만 하려 드는 미호에게 짜증이 왈칵 치밀었다. 다른 사람 생각 같은 건 조금도 안 하는 안하무인이 지긋지긋했다.

"난 여기 좋아. 나도 너 때문에 많이 참잖아. 그러니까 너도 좀 참아."

단호한 어조에 미호가 잠자코 고개를 끄덕였다. 미호를 유람선에 태우고 식당으로 갔다. 먹을 걸로 현혹시켜놓으면 먹는 동안은 아무것도 신경 쓰지 않으리라.

"이 식당에서 밥 먹을 거야."

물이 무섭기는 어지간히 무서운가 보다. 미호가 음식을 앞에 두고도 여전이 겁에 질린 표정으로 대웅의 손목을 꼭 붙들고 있었다.

"나 화장실 갈 거니까 손 좀 놔."

채근하는 소리에 미호가 조심스럽게 손을 풀고 길 잃은 아이처럼 불안한 표정으로 대웅을 쳐다보았다.

"빨리 와. 물 위라서 아무것도 안 느껴져. 무서워."

얼른 고개를 끄덕여 보이고는 잽싸게 유람선 밖으로 빠져나왔다. 유람선을 뒤로 한 채 대웅은 죽기 살기로 내달렸다. 통통통, 등 뒤에서 유람선이 움직이는 소리가 들렸다. 빨리 오라는 미호의 겁에 질린 표정이 떠올라 괴로웠지만 양심의 가책을 떨쳐버리기 위해 더욱 빨리 달렸다.

쟤가 어떻게 되든 난 상관없어. 구슬 없다고 목숨이 위태로운 것도 아니잖아. 여태까지 할 만큼 다 했어. 더 이상 쟤 옆에 있다가는 되는 일 하나 없이 평생 재수 없게 살다가 죽을 거야.

한참을 달려 유람선이 보이지 않게 돼서야 뜀박질을 멈추고 숨을 골랐다.

벗어나는 거야. 언제까지 인간도 아닌 구미호한테 붙잡혀서 휘둘리며 살 수는 없잖아.

독하게 마음먹고 빠르게 걸어가는 대웅의 어깨 위로 가느다란 빗방울이 톡톡 떨어졌다.

이렇게 햇볕이 쨍한데 웬 비?

의아하게 올려다본 하늘은 구름 한 점 없이 청명했다.

비가 온다. 맑은 하늘에 가느다란 비. 여우비.

― 맑은 날, 비가 오면 내가 슬퍼서 우는 거야.

미호가 버스에서 했던 말이 귓전을 맴돌았다.

미호가 운다. 울고 있다. 울고 있는 미호의 모습이 발을 붙잡아 움직이기가 어렵다.

사라진 구미호

대웅이 걸음을 멈추고 힘없이 내리는 빗줄기를 향해 손바닥을 내밀었다. 이 빗물이 미호의 눈물일지도 모른다는 생각을 하니 무시하고 지나칠 수가 없었다. 갑자기 내린 비에 발목이 묶인 채 한참을 그렇게 서 있다가 손바닥에 고인 빗물을 힘껏 털어내었다.

이게 무슨 눈물이야? 그냥 빗물이지. 걔가 운다고 비 내리면 코 풀면 눈 오고 재채기하면 태풍 온다는 거야? 그런 게 어디 있어! 말도 안 돼!

이빨을 꽉 깨물고 독하게 발걸음을 옮기려는데, 이번에는 평상에 앉아 환하게 웃던 미호의 얼굴이 떠올라 다시 발목을 붙잡았다.

— 너랑 친구 되는 거 너무 좋아!

말이야 바른말이지 친구는 무슨 친구야! 나는 걔 먹이였고 이제 밥그릇에서 겨우 탈출한 거야. 야단맞고 정신 차려야겠다.

몰려드는 잡념들을 몰아내기 위해 손바닥으로 뺨을 야무지 게 때렸다.

정신 차려, 정신.

심호흡을 크게 두어 번 하고 발걸음을 떼려는데, 지하철에 서 강물이 무섭다며 대웅의 품에 매달리던 미호의 모습이 결정적으로 태클을 걸었다.

— 다치지 않게 소중하게 여겨줘. 약속해.

비가 거의 잦아든 하늘을 쳐다보며 대웅이 바락바락 소리를 질렀다.

"왜 맑은 하늘에 비는 뿌려서 사람 발목을 잡아! 왜! 왜!"

선착장을 향해 무조건 달렸다. 이대로 미호를 두고 도망쳤 다가는 평생 죄책감에 괴로워하면서 살게 될 터였다.

가뜩이나 물 위라 무서워 죽겠는데, 출렁이며 배가 움직이 는 느낌에 미호는 거의 패닉 상태에 빠졌다. 대웅을 찾으려고 식당 밖으로 나온 순간 대웅이 가버렸다는 것을 알았다. 갑자 기 힘이 쭉 빠졌다. 눈을 꼭 감고 바닥에 웅크리고 앉았다. 물 위에 혼자 남겨진 게 무섭고 서러워 눈물이 났다.

버리고 갔어. 약속해놓고선.

물 위라서 기운이 빠져 있는데다가 구슬도 멀리 있는데 여 기서 눈물까지 흘리면 큰일이다 싶어 손바닥으로 쓱쓱 눈물 을 훔쳤다.

정신 차려야지.

자리에서 일어서려는데 다리에 영 힘이 안 들어갔다. 맥없이 바닥에 도로 앉아 있으려니 바로 옆에서 개가 요란하게 짖었다. 개 입장에서야 느닷없이 여우를 만났으니 무섭기도 할 것이다.

"예쁘야, 왜 그래?"

개를 품 안에 안은 아이가 계속해서 개를 달랬다. 필사적으로 짖어대는 개가 신경 쓰여 미호가 개를 쳐다보는데 아이와 시선이 마주쳤다. 순간 공포에 질린 표정으로 아이가 기겁하듯 울음을 터뜨렸다.

어떡하지?

울음소리에 놀랐는지 한쪽에 서 있던 부부가 아이 쪽으로 급하게 뛰어 왔다.

"주영아, 무슨 일이야?"

아이가 겁에 질린 표정으로 미호를 가리켰다.

"무서워! 저 누나 이상해!"

"저 누나가 어쨌는데?"

"무서워!"

이 모습으로 사람들 눈에 띄면 끝장이다!

서둘러 자리에서 일어나 옷으로 얼굴을 가린 채 배 안으로 도망치듯 뛰었다. 식당으로 들어서는 순간 주스 잔을 나르던 직원과 정통으로 부딪혔다.

"손님, 괜찮으세요?"

직원이 사색이 된 얼굴로 미호의 상태를 살피려 들었다. 등 뒤에선 아이의 엄마가 미호를 불러 세웠다.

"이봐요, 아가씨."

붙잡히면 큰일이다!

들은 척도 안 하고 무작정 달음박질을 쳤다. 식당 안에 앉아 있던 사람들의 의아한 시선이 죄다 미호 쪽으로 날아와 꽂혔다. 어디로 가야 할지 몰라 두리번거리다가 화장실로 잽싸게 들어갔다. 화장실 벽에 걸린 거울을 마주한 순간 숨이 턱 막혔다.

얼굴이 변했다! 우려했던 일이 벌어진 것이었다. 화장실 안에 숨어서 웅크리고 앉아 있는데 아이의 엄마가 화장실 문을 탁탁 두드렸다.

"이봐요, 우리 애한테 어쩐 거예요?"

"손님 무슨 일이십니까?"

직원이 만류하는 소리에도 아이의 엄마가 재차 문을 두드렸다.

"방금 여기 들어간 여자가 우리 애를 울렸어요!"

반드시 미호의 얼굴을 봐야 물러설 것처럼 난리를 치는 여자 때문에 미호는 거의 사색이 되었다.

어떡해. 얼굴은 점점 더 심하게 변해 가는데 이대로 사람들 눈에 띄었다가는 그야말로 야단법석이 날 터였다.

"손님 진정하십시오. 이렇게 소리를 치시면 다른 손님들께 폐가 됩니다."

직원의 계속되는 만류에 아이의 어머니가 겨우 화장실에서 떠나가는 소리가 들렸다.

휴우, 다행이다.

가슴을 쓸어내리고 화장실에 앉아 있기를 몇 십 분. 기운도 없고 배도 고프고 정신이 아득해졌다. 출렁거리는 느낌이 사라진 것을 보니 배가 멈춘 모양이다. 일단 배에서 내려 대웅이를 찾아야 할 텐데, 이 꼴을 해가지고서 나갈 수가 없으니 문제였다. 여기 숨어 있다가 사람들 소리가 안 들리면 몰래 내려야겠다 생각하고 있는데, 문밖이 다시 소란스러워졌다.

"손님, 이제 그만 나오세요! 내리셔야 합니다."

아까 아주머니를 만류하던 직원이 문을 쿵쿵 두드리며 재촉하자 다른 직원이 다가왔다.

"왜 그래?"

"아까 들어가서 안 나와."

"혹시 쓰러진 거 아니야?"

"진짜? 열쇠 갖고 와서 열어봐야겠다."

직원들이 열쇠를 가지러 가는 소리가 들리고 미호는 이제 거의 미칠 지경이었다. 열쇠를 갖고 와서 문을 열기라도 하면 끝장이다. 그렇다고 무턱대고 나갔다가는 뒷정리하고 있는 직원들의 눈에 띄어 아수라장이 될 것이다. 어찌할 바를 모르고 애꿎은 입술만 잘근잘근 깨물고 있는데 문밖에서 낯익은 목소리가 들렸다.

"미호니? 미호 너 거기 있어?"

이 목소리는 분명 대웅이다!

"대웅아!"

너무 반가운 마음에 눈물이 핑 돌 지경이다.

"거기서 뭐해! 빨리 나와."

대웅이 재촉하는 소리에 가슴이 무너졌다.

이 꼴을 하고 어떻게 나가. 차마 문을 열 수가 없어 주저하고 있는데 대웅이 미안해하는 목소리가 들렸다.

"나한테 화나서 그래? 다시 왔잖아. 얼른 나와."

대웅을 기다리게 하는 게 미안해서 어렵게 운을 떼었다.

"나 지금 못 나가. 나 보면 너 되게 놀랄 거야."

"왜? 너 설마 또 꼬리 튀어나왔어? 괜찮아. 나 이제 단련돼서 안 놀래."

대웅의 다정한 목소리가 불안감으로 너덜너덜해진 마음에 부드럽게 스몄다.

"그게 아니고 나 기운이 빠져서 변했어."

보면 놀랄 텐데, 놀라는 정도가 아니라 기겁할 텐데, 대웅에게 그런 모습을 보이기는 싫었다.

"뭐가 변했는데? 그냥 문 열어봐. 나만 있으니까 괜찮아."

부드럽게 타이르는 목소리에도 섣불리 용기가 나지 않았다. 흉해 보이긴 정말 싫다.

"되게 놀랄 텐데."

"우리 사이에 새삼스레 놀랄 게 뭐 있어. 괜찮아. 열어."

하는 수 없이 문을 달칵 열었다. 살짝 열린 문틈으로 미호의 변한 얼굴이 드러난 순간 대웅이 입을 떡 벌린 채 목구멍까지 나온 비명을 주먹으로 틀어막았다.

"봐, 놀랄 거라고 했잖아."

각오는 했지만 막상 이렇게 대웅이 놀라는 모습을 보니 서운했다.

"그래, 많이 놀랍긴 하다.

충격을 많이 받은 듯 말끝에 한숨이 푹 새어나왔다.

"일단 사람들 오기 전에 피하자."

어디서 집어 왔는지 대웅이 하얀 식탁보 한 장을 들고 왔다.

"자, 이거 쓰고 나가자."

대웅이 가져온 식탁보를 뒤집어쓰고 멀뚱히 서 있는데 바로 근처에서 인기척이 들렸다.

"이 열쇠 맞지?"

직원들이 다가오는 소리에 대웅이 긴장한 표정으로 미호의 어깨를 감싸 안고 잽싸게 화장실을 빠져나왔다. 사람들의 눈을 피해 빠르게 걸음을 옮기며 대웅이 불안한 목소리로 단도리를 했다.

"꽁꽁 싸매. 꽁꽁. 근데 너 어떻게 그렇게 됐어?"

설명을 하려니까 서러움이 울컥 밀려왔다.

"너는 왜 나 버리고 갔어?"

순간 대웅의 팔이 움찔하는 것이 느껴졌다.

"무슨! 내가 잠깐 나왔는데 배가 날 버리고 간 거지. 내가 잠깐 자리 비웠어도 안에서 맛있는 고기 먹으면서 씩씩하게 잘 있었어야지. 괜히 울기나 하고 이런 험한 꼴로 변하고 그럼 어떡하냐! 안 보이게 잘 싸."

대웅이 식탁보를 당겨 얼굴이 보이지 않도록 제대로 여며주었다. 얼굴을 마주보며 확인하고 싶어서 미호는 식탁보 앞자락을 헤집어 얼굴을 쏙 내밀었다.

"내가 울어서 돌아온 거야?"

대웅이 멀뚱한 시선으로 미호를 쳐다봤다.

"맑은 날 비 오면 소풍 나온 사람들 기분 망쳐. 그러니까 울고 그러지 마. 우선 사람들 눈에 안 띄는 대로 가자."

식탁보를 제대로 고쳐 여미고 대웅이 이끄는 대로 부리나케 발을 움직이는데 뒤에서 직원이 부르는 소리가 들렸다.

"손님! 그거 가져가시면 안 돼요!"

대웅이 미호의 어깨를 강하게 움켜쥐며 걸음을 재촉하는데 어어, 하는 사이 식탁보 끝자락이 확 잡아당겨지는 감촉이 느껴졌다. 들켰다 생각하는 사이 대웅이 잽싸게 미호를 제 품 안으로 끌어안았다. 얼굴이 전혀 안 보이도록 온몸으로 미호를 감싸 안은 대웅의 주위로 바람이 휘돌았다. 시간이 정지된 것 같은 느낌. 전에 한 번 경험해 본 투명막 같은 바람이 두 사람 주위를 엄호하듯 감싸 돌다가 서서히 잦아들었다. 대웅이 미호를 여전히 감싸 안은 채 주위를 둘러보았다.

"미호야, 괜찮아! 내가 이렇게 널 꼭 붙잡고 가면 돼. 가자."

그 상태 그대로 미호의 머리통을 붙잡고 걸어가려는데 품 안에서 미호가 얼굴을 빼꼼이 들어올려 대웅을 향해 환하게 웃는다.

사람으로 돌아왔다! 사람처럼이라고 하는 게 맞는 표현이 겠지만.

"웅아."

"원래대로 돌아왔네."

"응, 네가 나한테 돌아와줘서 나도 다시 돌아왔어."

맑게 웃는 얼굴이 유난히도 예뻐 보여 순간 가슴이 두근거렸다. 속사정은 알지도 못한 채 고맙다는 얼굴로 찰싹 달라붙은 미호에게 괜스레 미안해져 슬쩍 몸을 뗐다. 미호가 팔에 힘을 꽉 주며 대웅의 품 안에 도로 파고든다. 흠칫 놀라 미호를 쳐다보니 기운 없는 표정으로 대웅의 동정심에 호소를 했다.

"조금만 더. 나 너무 기운이 없어서 내 구슬을 좀 더 꼭 안고 있어야겠어."

기운이 없다는 말이 무색하게 팔에 힘을 꽉 주고 있는 미호의 등 뒤로 팔을 둘렀다. 그래도 이만하니 다행이다. 한 십 초쯤 마주 안고 서 있는데 지나가는 사람들의 노골적인 시선이 부담스럽다. 무안한 마음에 퉁명스레 물었다.

"됐어?"

미호가 고개를 도리도리 내저었다.

"좀만 더."

"얼마나 더?"

"조금만 더."

숨을 쉬기가 버거울 정도로 꼭 끌어안는 게 팔 힘은 멀쩡한 것 같은데…… 얘는 기운이 없을 때도 이렇게 힘이 센가? 그렇게 생각하니 괜히 좀 긴장되었다.

"조금만 더 이렇게 있을게."

미호가 대웅의 품 안에 얼굴을 파묻으며 흐뭇하게 웃었다.

액션스쿨로 들어가는 골목길에서 간장 소스를 발라 반빌반질 윤이 나는 닭 꼬치를 양손에 쥐고 맛있게 먹던 미호가 별안간 볼멘소리로 툴툴거렸다.

"또 닭이야. 소는 언제 먹어?"

불평을 할 거면 맛없는 척이라도 좀 하던가.

유람선에서 지은 죄는 지은 죄고 어쨌거나 미호에게 현실을 좀 알려둘 필요가 있을 것 같아 단호하게 선을 그었다.

"오늘 일이 잘 안 돼서 당분간은 이런 거만 먹고살아야 해. 이 상황에서 소 사달라고 그러면 너 진짜 염치없는 거다."

"네가 난 사람 아니라서 염치 같은 거 없어도 된다며?"

애가 좀 허술해 보여도 저한테 유리한 말은 또 비상하게 기억하고 있다.

"염치가 없으면 눈치라도 있어야지. 돈도 없고 꿈도 깨졌는데 소가 나올 거 같아?"

미호가 뜨끔한 표정으로 대웅의 눈치를 살폈다.

"꿈이 깨졌어?"

"그래. 세계적인 액션 배우로 들어설 수 있는 첫 관문이 눈앞에서 쾅 닫혔다."

한껏 비통해 하고 있는데 미호가 맹한 질문으로 분위기를 깼다.

"액션이 뭔데?"

"그런 게 있어. 내가 되게 잘하는 거."

"도망가는 거?"

미호 입장에서 바라본 대웅의 모습은 도망치는 게 전부였을 테니 그저 염장 지르자고 한 얘기는 아닐 터. 아무리 구미호라고 해도 어쨌거나 성별을 따지자면 여자인데 명색이 사내 녀석이 여자 앞에서 도망치는 모습이나 보였다는 게 영 자존심 상했다.

"네가 보기에는 내가 도망이나 다니고 고기나 사다 바치는 나약한 인간이겠지만 인간 여자들이 보기에는 나 되게 멋있거든. 내가 오타바이 타고 운동하고 와이어 타고 날고 해주잖아, 그럼 여자들 다 쓰러져."

"대웅아, 인간 아닌 내가 보기에도 너 멋있어."

꼴사나운 모습만 보여도 멋지다는 평가가 나와 의외다 싶었지만 집에서 기르는 개 '뚱자'를 생각해보니까 쉽게 이해가 갔다.

"보는 눈은 다 똑같구나. 우리 집 개 뚱자도 나보면 짖는 소리부터가 달라."

모처럼 어깨에 힘이 잔뜩 들어가 있는데 미호가 거기에 박차를 가했다.

"대웅이 너 액션 그거 하면 더 멋있겠다."

"그렇지. 오디션을 붙었어야 했는데. 다 물 건너갔지, 뭐. 아, 아깝다."

꼬치를 반 접어 부러뜨리는 대웅의 모습을 보고 미호가 똑같이 흉내를 냈다.

"아, 아깝다."

눈에 띈 김에 길바닥 돌멩이를 퍽 걷어차며 "에이, 속상해."를 외치자 미호가 비슷한 돌멩이를 찾아 발길로 냅다 걷어차며 대웅이 했던 말을 또 흉내 냈다.

"에이, 속상해!"

아무것도 아닌 일인데 피식 웃음이 터졌다. 이번에는 재미삼아 길바닥에 침을 퉤퉤 뱉었다.

"됐다, 그래! 퉤퉤퉤."

미호가 더 과장되게 성대모사를 했다.

"됐다, 그래! 퉤퉤퉤."

침 다음엔 방귀다 싶어서 살짝 엉덩이를 씰룩해 보였다.

"뽕이다, 뽕뽕뽕."

"뽕이다, 뽕뽕뽕."

청출어람의 본보기를 보이며 격하게 엉덩이를 씰룩이는 미호의 모습에 제대로 흥이 나서 이번에는 남의 집 담벼락을 발로 뻥 찼다.

"에라, 이거나 먹어라!"

"에라, 이거나 먹어라!"

미호가 벽을 차는 순간 뿌지직 금가는 소리와 함께 이건 명백한 실수구나, 방귀에서 멈췄어야했다는 후회가 전광석화처럼 대웅의 뇌리를 스쳐 지나갔다.

"뭐야? 이거 어떡해?"

담벼락 위에 선명하게 보이는 금간 자국을 들여다보며 대웅은 거의 사색이 됐다.

"어, 이거 어떡해. 웅아, 벽이 부서졌어."

벽을 어루만지려는 미호의 손을 급하게 붙잡았다.

"만지지마! 이거 어쩌지?"

그때 미호가 오른쪽을 쳐다보며 놀란 표정을 지었다.

"저쪽에 누가 와."

당황하여 미호가 가리킨 방향을 쳐다보고 있으려니 멀리서 어떤 아저씨가 맥주 캔을 든 채로 느릿느릿 걸어왔다.

"여기서 만났었지."

첫사랑이라도 회고하는 양 하늘을 올려다보며 아련한 표정을 짓고 있던 아저씨는 의미도 불분명한 단어들을 뇌까리며 폼을 잡았다.

"와이어 줄도 없이 날아오르던 그 모습은 그냥 꿈이었을까. 리얼액션 마이드림 웨얼알유."

다 마신 빈 맥주 캔을 꽉 구겨서 든 채로 주변을 두리번거리는 아저씨의 시선을 피해 미호와 대웅은 쓰레기통 뒤로 몸을 숨겼다.

"아, 이거 큰일이네. 이거 어쩌지."

고뇌하는 표정으로 벽을 붙들고 서 있는 아저씨의 얼굴을 유심히 들여다본 순간 대웅의 눈이 동그래졌다. 홍콩 느와르 영화의 주인공이라도 되는 양 바바리코트를 펄럭이고 있는 저 아저씨는 대웅이 기거하는 반두홍 액션스쿨의 주인장이자 대웅이 오디션도 못 보고 탈락한 영화 〈월하검객〉의 감독이자 대학 동기인 반선녀의 아버지 반두홍 감독이었다.

그래서 와이어니, 액션이니 그런 말을 썼던 거구나.

뭘 찾아 저리도 절실한 표정으로 사방을 살피는 건가. 첫사랑을 아직도 못 잊은 것인가. 평생 액션만을 추구하며 살아온 거친 남자의 가슴 속에 숨겨져 있는 것은 저토록 뜨거운 순정이었단 말인가. 누구에게도 보이고 싶지 않을 남자의 비밀을 지켜주고 싶어 대웅은 쓰레기통에 몸을 바싹 붙였다. 아무도 없는 것을 재확인한 반 감독이 십 초쯤 번뇌하는가 싶더니 돌연 바지 지퍼를 열었다.

"급한 대로 어쩔 수 없지."

어찌 보면 뜨거운 순정보다도 더 지켜줘야 할 부분인 것 같아서 대웅은 서둘러 미호의 눈을 가렸다. 급하기는 엄청 급했는지 오줌발 소리가 쓰레기통 뒤까지 선명하게 들렸다.

벽에 금이 많이 가 있는데.

불길한 예감이 엄습했다. 설마와 혹시를 오가며 조마조마해하고 있는데 반 감독의 세찬 오줌발을 견디다 못한 담벼락이 우지직 무너져 내렸다. 미처 비명도 내지를 틈 없이 빠른 속도로 무너져 내리는 벽 너머 잠옷 차림의 아주머니가 황당하게 서서 바바리 차림에 바지 지퍼를 내린 반감독과 정면으로 마주쳤다.

"악!"

"헉!"

두 사람이 동시에 내지른 비명소리가 골목 안을 쩌렁쩌렁 울렸다.

잠옷 차림을 한 아주머니의 신고로 즉각 출동한 경찰이 반 감독을 변태로 몰아세웠다.

"그러니까 정리를 하자면, 바바리맨께서 남의 집 담벼락을 깨부수고 여주인이 보는 앞에서 바지를 내렸다 이거죠?"

반 감독이 비장한 목소리로 본인의 결백을 주장했다.

"그런 적 없습니다. 전 그저 그 벽에 대고 소변을 봤을 뿐입니다."

반 감독의 비장한 항변은 그러나 경찰의 노골적인 조소만을 자아냈을 뿐이다.

"그럼 댁의 초강력 오줌발에 벽이 무너졌다는 말입니까?"

반 감독이 결연하게 고개를 끄덕여 보이자 경찰이 버럭 호통을 쳤다.

"지금 장난해요! 바바리 곱게 차려입고 벽 깨부수고 여자 앞에서 벗고 보여준 거 아닙니까! 딱 전형적인 변태구만!"

결론부터 내리고 일방적으로 몰아붙이는 경찰의 면전에 대고 반 감독이 분노의 일갈을 했다.

"내 눈을 똑바로 보십시오! 전 그런 사람 아닙니다. 노상방뇨 죄라면 받아들이고 그 방뇨로 벽이 무너졌다면 보상도 하겠지만 변태라는 누명은 받아들일 수 없습니다."

그러나 반 감독의 피 토하는 열변은 경찰의 분노만 샀을 뿐이다.

"이 사람이 정말. 똑바로 말 못 해요!"

"저는! 소변만 봤습니다!"

반 감독이 지지 않고 소리를 치자 경찰관이 환장하겠다는 표정으로 발을 굴렀다.

"오줌발로 벽을 부쉈단 말을 나더러 믿으란 말이에요?"

미호를 옥탑방으로 들여보내고 홀로 쓰레기통 뒤에 잠복하며 사태추이를 지켜보던 대웅이 조심스레 모습을 드러냈다.

"저……."

경찰과 반 감독 두 사람이 설전을 하다 말고 대웅을 황당하게 쳐다봤다.

"제가 봤습니다. 저분은 분명 소변만 보셨습니다."

대웅의 목격담 덕분에 간신히 변태의 누명에서 벗어난 반 감독이 대웅을 은인 대하듯 바라봤다.

"자네가 못 봤으면 큰일 날 뻔했네. 고맙네."

변태 사건의 근본적인 원인을 제공했던 책임자로서 오히려 반 감독에게 사과를 해야 마땅했지만 그럴 수 있는 상황이 아니라 정중하게 고개만 숙였다.

"큰일 당하지 않으셔서 제 마음이 조금은 가볍습니다, 반 감독님."

본인을 부르는 호칭에 반 감독의 낯빛이 대번에 어두워졌다.

"날 아나?"

"예, 저는 차대웅이라고 반선녀 친굽니다."

반 감독이 뭔가 생각하는 표정으로 가만 서 있다가 이내 기억났다는 표정으로 고개를 몇 번 끄덕여 보였다.

"액션스쿨에서 지낸다는 그 친구구먼."

"네, 월하검객 오디션에서 뵐 뻔했는데 여기서 이렇게 뵙게 됐습니다."

"늦어서 오디션 못 봤다고 들었네."

반 감독이 안타까운 표정으로 대웅을 쳐다보았다.

"이런 데서 말씀 드리긴 그렇지만…… 존경합니다, 감독님. 뵙게 돼서 영광입니다."

허리를 숙여 공손히 인사를 건네는 대웅의 모습을 바라보던 반 감독이 감격스러운 목소리로 소회를 털어놓았다.

"이렇게 만나고도 존경한다는 말을 듣고, 내가 헛살진 않았군."

그러더니 뜬금없이 반 감독이 대웅의 머리통을 턱하니 잡고는 눈을 마주쳤다.

"자네, 내 눈을 똑바로 보게. 오늘 우리의 만남은 비밀이야. 사나이의 명예를 걸고 지킬 수 있나?"

햇살 한 점 없는 야밤에 시꺼먼 선글라스를 밀어올리며 맨 눈빛을 드러내는 반 감독의 진정성에 감동하여 대웅은 군말 없이 고개를 끄덕였다. 대웅에게서 굳은 약조를 받아내자 반 감독이 과업을 마쳤다는 표정으로 선글라스를 도로 원위치시켰다.

"다시 보세. 자네에게 한 번 더 기회를 주겠어. 연락 기다리게."

손바닥을 척 들어서 수인사를 해 보이고 냉정하게 등을 돌려 걸어가는 반 감독의 등에 대고 대웅이 몇 번이고 허리를 굽혀 인사를 했다.

"감사합니다. 감사합니다!"

"대웅아!"

감격의 기운을 그대로 가슴에 품은 채 액션스쿨을 향해 첫 발자국을 떼려는 순간, 언제 왔는지 미호가 쓰레기통 앞에 서서 대웅을 향해 반갑게 손을 흔들었다. 여태껏 미호가 부르는 자신의 이름이 이렇게 반가웠던 적이 있기는 했던가.

"미호야!"

신이 나서 달려가던 대웅의 환하던 낯빛에 어두운 그늘이 드리워졌다.

"너 뭐 해?"

날이 선 질문에 미호가 먹다 버린 갈비 뼈다귀를 입에 물고 왼손에는 쓰레기통에서 주은 뼈다귀들을 야무지게 움켜쥔 채 혹시라도 빼앗길세라 대웅을 바라봤다.

"더럽게 그게 뭐야! 아무거나 주워 먹지 말라고 했지. 에퉤, 버려!"

미호가 단호한 표정으로 고개를 저었다. 한숨이 나왔지만 꾹 참고 좋은 말로 협상을 시도했다.

"알았어. 그거 버리면 소고기 사줄게."

말이 떨어지기가 무섭게 미호가 물고 있던 뼈다귀를 퉤, 뱉어버리고 손바닥은 치마에 대충 문질러 닦았다.

"벽 부수고 고기 사달라기 염치가 없었는데 네가 알아서 사준다는 거 보니까 잘 해결됐구나. 내가 그런 눈치는 있어."

흐뭇하게 쳐다보는 미호의 모습이 예전에는 미처 느끼지 못했는데 전체적으로 꼬질꼬질했다. 하얀 옷 위에 음료수 쏟은 자국이며 고기 양념 자국에 여기저기 시꺼먼 얼룩까지. 하기야 그동안 씻는 꼴을 한 번도 못 봤으니 저 꼴도 무리는 아니었다.

"그동안 신경 안 쓰려고 했는데, 너 너무 꼬질꼬질하다. 구미호가 구슬이 없으면 힘들기도 하고 약해지기도 하고 더러워지기도 하는 거구나."

"대웅아, 어서 가자. 고기 사줘."

아무리 그래도 명색이 여자인데 외모에 대한 지적에는 아랑곳하지 않고 여전히 고기타령만 하는 모습이 너무나 미호스러워 오히려 웃음이 났다.

"고기하고 다른 것도 몇 개 사야겠다. 네가 힘써서 나한테 도움이 됐으니까 내가 돈 써서 너 깨끗하게 만들어줄게. 가자."

한사코 고기부터 사겠다는 미호를 누가 이길쏘냐. 마트에 도착해서 가장 먼저 등심을 골라 넣고, 목욕용품 몇 가지, 기초 화장품 몇 개 산 다음 관심 없는 표정으로 서 있는 미호를 대신해서 옷도 몇 가지 골랐다. 옥탑방으로 돌아오자마자 대웅은 목욕용품부터 챙겨서 미호를 욕실로 데리고 갔다. 씻게 하려면 우선 샤워하는 법부터 가르쳐줘야 할 테니. 그런데 문제는 그놈의 식욕이 교육마저 방해한다는 것이다. 양치질을 가르쳐주려고 칫솔에 치약을 짜줬더니 날름 먹어버려, 치약 거품 꿀꺽 삼켜, 기껏 목욕 타월 거품 내줬더니 날름 핥아먹어 눈에 보이는 것마다 입에 넣기부터 하는 미호에게 호통을 치다가 못 해 나중에는 애원을 하였다.

"제발 그만 좀 먹어."

천신만고 끝에 샤워하는 법을 다 가르치고 미호를 욕실에 혼자 남겨두고 왔을 때는 두어 시간 사우나라도 한 것처럼 온몸에 진이 쭉 빠졌다.

대웅은 깨끗하게 씻고 나온 미호에게 상을 주려고 고기를 구웠다. 선풍기에 얼굴을 바싹 들이밀고는 아, 소리를 길게 내면서 신기해하는 미호를 새삼스럽게 바라보았다. 길게 풀어헤쳤던 머리를 단정하게 틀어 올리고 새 옷까지 입고 있으니 피부에서 광이 나는 게 유난히 예뻐 보였다.

"저렇게 해놓으니까 멀쩡한 사람 같네."

혼잣말처럼 내뱉은 소리를 귀신같이 알아듣고서는 미호가 선풍기를 마이크 삼아 들뜬 목소리로 말했다.

"웅아, 나 오늘은 너 땜에 진짜 사람이 된 것 같아."

신나고 행복해 하는 모습이 보는 사람마저 절로 웃음 짓게 하는 미호다.

"기분이 좋으신가 보네요, 구미호님. 그럼 제 뱃속에 있는 구슬은 언제쯤 꺼내갈지 얘기 좀 해주시죠."

선풍기에 대고 아, 하고 외치던 미호의 소리가 뚝 끊겼다.

"내 느낌으론 몸이 멀쩡한데…… 구슬을 얼마나 더 갖고 있어야 해? 넌 알 거 아니야."

대웅이 아무 말 않고 딴청을 피우는 미호를 쳐다보며 진지하게 되물었다.

"글쎄, 많이 낫긴 했을 거야."

두루뭉술 시큰둥하게 대답하고 말아버리는 미호가 답답해서 대웅이 티셔츠 자락을 들어올리며 배를 까 보였다.

"야, 와서 자세히 진단을 해봐. 얼마나 지나야 구슬이를 낳을 수 있을까요?"

미호가 피곤한 얼굴로 자리에서 일어났다.

"나 오늘 너무 많은 일이 있어서 힘들다. 졸려. 쉬어야겠어."

그대로 이부자리로 가 드러눕는 미호를 쳐다보며 대웅이 황당한 표정을 지었다.

"야! 고기는?"

"놔둬. 나중에 먹을게."

치약이며 비누거품이며 먹을 수 있겠다 싶은 건 무조건 입에 먼저 넣던 애가 지글지글 익고 있는 고기를 마다하고 나중에 먹겠다니, 뭔가 진짜 힘들긴 힘든 모양이다.

오전에 반 감독에게서 연락을 받고 오디션에 갈 준비를 하고 있는데 핸드폰에서 문자 도착음이 울렸다. 대웅이 옷을 갈아입다가 말고 핸드폰을 집어 들었다.

— 듬직한 내 손자, 대웅아. 상의할 게 있으니 집에 한 번 들러라.

듬직? 상의? 이십 평생 단 한 번도 들어보지 못한 단어가 두 개나 들어 있는 할아버지의 문자에 대웅은 괜한 걱정마저 들었다.

할아버지 혹시 어디 편찮으신 것은 아냐?

"웅아, 오늘은 가서 어제 보여준 거 멋있게 다 잘해."

식사 후면 으레 그렇듯 미호가 기분 좋은 얼굴로 다가와 격려의 말을 해주었다.

"당연히 그래야지. 가자."

대웅이 가방을 어깨에 메고 미호의 어깨를 툭 쳤다.

"나는 안 갈래."

엥? 예상치 못한 소리에 대웅이 눈을 동그랗게 떴다. 뭔가 의심스럽다.

제대로 들은 거야? 얘가 지금 안 간다고 그런 거 맞아?

"나 땜에 망치지 않게 안 따라갈게."

"나 혼자 가게 해준다고?"

재확인까지 해줬는데도 여전히 믿기가 힘들어 다시 한 번 물었다.

"응."

"어제는 고기도 안 먹더니 오늘은 따라오지 않겠다고 하고 너도 어디 아프냐?"

한꺼번에 두 사람, 아니지. 생명체 둘의 급작스러운 변화에 그만 정신이 멍해졌다.

"내가 기다리고 있으면 대웅이 넌 꼭 돌아올 거잖아, 그치?"

진심 담아 하는 말하는 모양새가 거짓말은 아닌가 보다.

"그래. 놔줘서 고맙다. 그럼 난 간다."

"응."

문밖을 나서다가 아무래도 안 되겠다 싶어 미호를 돌아보았다.

"미호야, 배고파지면 어제처럼 쓰레기통 뒤지지 말고 이걸로 닭이라도 사 먹어."

지갑에서 만 원짜리 지폐 한 장을 꺼내서 미호에게 건네고 가던 길을 가려는데 아무래도 계속 뭔가가 마음에 걸렸다.

"미호야, 혹시 뭔 일 생기면 내 전화번호 알지? 그리로 전화해."

"응."

"오늘 잘 되면 또 소고기 사올게. 기다리고 있어. 진짜 간다."

"응."

혼자 가려니까 자꾸만 뭔가 두고 온 것처럼 찜찜하다. 며칠 동안 껌 딱지처럼 들러붙던 애가 갑자기 떨어진다고 하니까 어딘지 허전하기도 하고 아무튼 기분이 이상했다. 떨떠름한 표정으로 옥상을 올려다보니 미호가 이쪽을 향해 손을 흔들고 있다. 덩달아 손을 들어 흔들다가 얼른 정신을 차리고 미호에게서 홱 돌아섰다.

이거 왜 이래. 나 쟤한테 너무 적응됐나 봐. 이러면 안 되지. 야단맞고 정신 차려야겠어.

미호는 옥상 난간에 기대어 서서 하릴없이 대웅의 뒷모습만 바라보고 서 있었다. 제 손바닥으로 제 뺨을 아프게 치는 이해 불가한 행동까지도 다시는 못 볼지 모른다는 생각을 하니 어쩐지 슬펐다.

다 나았는데 어떻게 하지? 나았단 얘길 하면 구슬 빼서 가라고 그럴 텐데. 만날 모기 잡아 주면서 여기 있겠다고 하면 싫다고 하겠지? 난 사람이 아니니까.

대웅에게서 구슬을 빼내 이곳을 떠나면 간단히 끝나는 일이다. 그런데 왠지 여기 이렇게 대웅의 곁에서 계속 머물고 싶었다.

대웅아, 나 어떻게 해? 나 여기 계속 있어도 돼?

대웅이 모습이 점점 작아지더니 더 이상은 보이지 않는다. 오늘 밤 대웅이 들어오면 계속 여기 있어도 되는지 확실하게 물어봐야지.

답도 없는 일을 고민하면서 앉아 있으니 생산적인 일을 해보자 싶어 미호는 집 밖으로 나왔다. 액션스쿨에서 많이 떨어지지 않은 곳에서 닭 냄새가 유독 진하게 풍기는 쓰레기통을 하나 발견했다. 닭 뼈며 부스러기 같은 흔적들이 잔뜩 보이는 게 공짜 종이를 발견하는 것도 시간문제라는 생각이 들어 손을 더욱 빠르게 움직였다. 공짜 종이 한 장만 있으면 돈을 안 쓰고도 닭을 먹을 수 있는데 굳이 대웅이가 준 돈을 쓸 필요가 없다. 혹시 대웅이가 여기 남아 있는 것에 동의하지 않으면 공짜 종이 아홉 장은 영영 쓰지 못하게 될 테니까 그건 또 그것대로 마음에 걸리기도 했다. 이런저런 심란한 마음으로 부지런히 쓰레기통을 헤집고 있으려니 귀퉁이에서 공짜 종이가 한 장 눈에 띄었다.

"찾았다!"

눈을 반짝이며 공짜 종이를 꺼내는데, 바로 등 뒤에서 아줌마의 날카로운 목소리가 들렸다.

"아가씨, 왜 남의 쓰레기는 뒤지고 그래?"

그러거나 말거나 미호는 공짜 종이를 높이 쳐들고 기쁨의 환호성을 내질렀다.

"열 개 다 모았다!"

신이 나서 손을 흔들고 있는데 바로 뒤에서 누군가 미호의 쿠폰을 확 채갔다. 기막히고 어이없는 행동에 미호가 뒤를 획 돌아다보니 인상 사나운 아주머니가 미호를 매섭게 노려보고 있었다.

"아가씨, 닭집 쓰레기통에서 쿠폰을 주워가면 안 되지. 젊은 아가씨가 참 염치가 없네."

대웅이가 구미호는 염치가 없어도 된다고 했다. 그리고 미호 생각에도 남이 힘들여 주은 쿠폰을 냉큼 뺏어가는 저 여자가 훨씬 더 염치없게 느껴졌다.

"줘. 내 거야."

미호의 당당한 주장에 여자가 경악스러운 표정을 지으며 유난을 떨었다.

"어머, 젊은 아가씨가 말 짧은 거 봐. 외국 살다 왔어?"

젊게 봐주니 좋기는 한데 인간 주제에 감히 구미호를 아랫것 대하듯이 깔보는 태도가 영 마음에 안 든다.

"내 놔. 힘들게 찾은 거야. 내 거야."

길게 말하기도 귀찮고 얼른 공짜 종이나 찾을 맘으로 좋게 타일렀다.

"뭐? 남의 쓰레기 뒤져서 찾은 게 어떻게 네 거니? 아침부터 장사하는 집에 웬 땅거지 같은 게 꼬이고 이래? 저리 가!"

파리 쫓듯이 부채로 툭툭 밀어대는 꼴을 같잖게 쳐다보다가 아무래도 말로는 안 되겠다 싶어 여자가 들고 있던 쿠폰을 확 잡아챘다.

"내 놔!"

따끔하게 일렀는데도 말을 안 듣고 쿠폰을 붙잡고 늘어지는 여자 때문에 쿠폰이 찢어지기 일보 직전이었다.

"야, 손 놔."

여자가 인간치고는 제법 사나운 눈을 치켜뜨며 적반하장으로 소리 질렀다. 구미호도 못 알아보고 함부로 까부는 여자가 가소롭기는 했지만 닭고기가 걸린 문제를 그냥 간과할 수는 없어 눈에 살짝 힘을 주었다. 염치는 없는 주제에 눈치는 좀 있는지 하늘 높은 줄 모르고 치켜세웠던 눈초리가 움찔 내려왔다. 그 틈을 놓치지 않고 미호가 따끔하게 호통을 쳤다.

"내가 애써 열 개를 모아 이제 겨우 닭이 되려고 하는데 네가 마지막 하나를 가로채려 들어?"

무서우면 쿠폰을 놓아버리면 그만일 텐데 여자는 식은땀을 흘리면서도 죽어라 쿠폰을 움켜쥐고 있었다.

"놔."

짧게 한 마디하자 여자가 쿠폰을 잡고 있던 손에 힘을 풀었다.

"먹고 떨어져라."

꼴에 자존심은 있어서 마지막까지 강한 척을 한다. 가소롭게 한 번 봐주고는 공짜 종이를 챙겨 걸어가는데 닭집 파라솔에 앉아 있던 아줌마와 그 여자의 목소리가 들렸다.

"어머, 닭집이 지금 저 새파란 아가씨랑 붙어서 진 거야?"

"새파란 아가씨? 한 번 붙어봐. 눈깔 보다가 오줌 쌀 뻔했어. 예사 물건이 아니야."

그러거나 말거나 이따 대웅이 오면 같이 닭 불러서 먹어야지 신이 나서 걸어가는데, 자동차 경적 소리가 들렸다. 걸음을 멈추고 자동차를 쳐다보니 전에 백화점에서 봤던 그 애다.

"정말로 찾아왔네."

남자가 방긋 웃으며 차창을 내리고 미호에게 타라고 손짓했다. 대웅이도 없는데 어차피 집에 가봐야 심심하겠다 싶어 사양하지 않고 차에 탔다.

"인간이랑 싸움도 하고 쿠폰도 모으고 제법인데요?"

미호가 남자의 지갑을 뒤져보면서 눈을 동그랗게 떴다.

"네가 대단하지! 너는 별 게 다 있구나. 소속도 있고 이름도 있고 신용도 있네. 너 이름은 박동주구나."

"지금은 박동주죠."

미호가 대시보드에서 핸드폰을 발견하고 거의 감동 받은 얼굴로 집어들었다.

"야, 넌 이것도 있구나!"

동주가 대수롭지 않다는 듯 픽, 웃었다.

"요즘 그거 없는 사람이 어디 있어요."

미호가 나직한 목소리로 동주가 잊고 있는 것 같은 사실을 일깨워주었다.

"우린 사람이 아니잖아."

그딴 건 아무렇지도 않은지, 동주는 재미있는 농담이라도 들은 것처럼 환하게 웃었다. 차를 정지선에 세우고 동주가 미호를 흘끔 쳐다보았다.

"단속에 걸릴지 모르니까 안전벨트 매요."

"뭐?"

안전벨트라는 말을 이해하지 못하고 되묻는 미호에게 설명을 해주는 대신 동주가 대신 벨트를 매주었다.

"걸리면 안 되잖아요. 우린 사람이 아니니까."

빙긋 웃는 동주의 얼굴을 빤히 쳐다보다가 미호가 진지하게 물었다.

"너는 정말로 뭐야?"

"박동주고 동물병원 원장이에요. 내가 사는 데 가볼래요?"

사람이 아닌데 사람처럼 산다는 게 어떤 것인지 보고 싶어서, 순순히 고개를 끄덕였다.

동주의 집은 벽에 걸린 그림 한 점 없는, 그야말로 아무 취향도 느껴지지 않는 독신자 주택이었다. 미호가 무색무취의 집안을 두리번거리며 연신 감탄을 했다.

"너는 정말 사람처럼 사는구나. 어떻게 이렇게 지내왔어?"

"사람들이랑 깊게 관계하지 않고 튀지 않고 한 곳에서 몇 년 이상 머물지도 않고…… 직업도 이름도 바꿔가면서 살아왔어요."

"얼마 동안?"

"아주 오랫동안. 당신이 그림 속에 있었던 시간보다 훨씬 오랫동안 이렇게 지냈어요."

그런 게 가능하구나.

미호가 마음속 결심을 굳힌듯 동주에게 조언을 구했다.

"나도 너처럼 이렇게 인간세상에서 살아야겠다. 어떡하면 되는지 좀 알려줘."

"당신은 인간과 어울려 살고 싶어서 여기 있고 싶은 거잖아요. 나처럼 살아선 인간과 어떤 관계도 맺을 수 없어요. 친구도 될 수 없고 가족도 연인도 될 수 없어요."

미호의 마음을 들여다보기라도 한 것처럼 동주가 아픈 곳을 찌르며 차갑게 웃었다.

"그래도 같이 있을 순 있잖아."

미호의 표정이 침울해졌다.

"아니요. 찰나를 사는 인간이랑 영원을 사는 당신은 같이 있을 수 없어요. 절대로."

단호하게 잘라 말하는 동주의 말에 어떤 반박도 할 수가 없었다. 풀이 죽어 가만 앉아 있는데 동주가 간곡한 어조로 타일렀다.

"나처럼 사는 건 당신이 삼신각에서 모셔져 살던 거랑 다르지 않아요. 그냥 돌아가요."

"난 여기서 살고 싶어. 정말, 정말 돌아가기 싫어."

동주가 고집을 부리는 미호를 담담하게 쳐다봤다. 한참을 그렇게 쳐다보던 동주가 결심한 듯 냉정한 목소리로 물었다.

"돌아가지 않을 수만 있다면 죽을 수도 있어요?"

죽는다고?

죽음이라는 게 어떤 것인지, 영원을 사는 미호로서는 단 한 번도 생각해보지 않은 문제다. 죽는다는 게 어떤 의미가 있는 것인지 되짚어 보느라 침묵하고 있는 미호를 쳐다보며 동주가 설명을 덧붙였다.

"구미호인 당신이 죽으면서 인간의 기를 받을 수 있다면 당신은 사람이 될 수 있어요."

"사람이 된다고?"

"그러려면 먼저 구미호인 당신을 죽여줄 존재, 그리고 인간의 기를 나눠줄 사람, 이 둘이 있어야 해요."

기를 나눠줄 사람은 대웅이가 하면 된다 쳐도 도대체 누가 구미호를 죽일 수 있다는 말인가?

"날 죽일 수 있는 존재가 있기는 있어?"

동주가 칼을 꺼내서 미호를 향해 내보였다. 잠시 긴장했으나 동주는 이내 그 칼로 자신의 손을 삭 그었다. 동주의 핏방울이 묻자 칼날이 푸르게 빛났다.

"내 피는 당신을 죽일 수 있어요. 이 칼로 당장 없앨 수도 있지만 이 피를 마시면 아주 서서히 죽어갈 수 있죠."

내가 죽을 수도 있다고?

전혀 모르고 있던 사실에 너무도 놀라 말문이 콱 막혔다.

"당신의 여우구슬은 인간의 기를 받을 수 있어요."

"그건 알고 있어."

동주가 유리잔을 집어들고 손에서 뚝뚝 떨어지는 핏방울을 받으며 말했다.

"내 피를 마시고 백일 동안 인간의 기를 받은 여우구슬이 있으면 당신은 사람이 될 수 있어요."

잠자코 동주가 하는 말을 듣고 있는데 아무래도 이상했다.

"왜 나한테 이런 걸 알려주는 거야?"

서늘하던 동주의 눈빛이 아주 잠깐 흔들렸다.

"당신을 닮은 길달이란 아이가 생각나서요. 길달도 당신과 같은 걸 원했거든요."

길달? 전에 백화점에서도 동주는 길달이라는 이름을 말하면서 지금과 똑같은 눈빛으로 미호를 쳐다봤었다.

"걔는 인간이 됐어?"

동주가 대답 대신 미호를 한참 동안 바라봤다. 마치 미호의 눈 속에 해답이 감춰져 있기라도 한 듯. 들고 있던 컵을 식탁 위에 내려놓고도 한참 동안 말이 없던 동주가 대답 대신 다른 질문을 했다.

"죽는 건 도와드리죠. 그런데 백일 동안이나 구미호의 구슬을 품어줄 인간이 과연 있을까요?"

"그건……."

머릿속에 떠오른 단 한 사람의 이름을 차마 말하지 못하고 머뭇거리는 데 동주가 대신 대답했다.

"지금 당신 곁에 있는 차대웅이란 인간이 그걸 도와줄까요?"

그건 미호로서도 알 수 없는 일이다. 어떻게 생각하면 도와줄 것도 같고 어떻게 생각하면 그렇지 않을 것도 같고. 다만 확실한 것은 대웅이 그것을 도와줬으면 한다는 그녀의 마음뿐이었다.

"인간은 믿을 수 없어요. 그러니까 방금 이야기는 다 잊고 그냥 있던 곳으로 돌아가요."

어쩌면 동주의 말이 맞을지도 모른다. 삼신각으로 돌아가서 땡중의 불경 소리를 자장가 삼아 유유자적 사는 것도 나쁘진 않을 것이다. 머리로는 그렇게 생각하는 것이 가능한데 문제는 마음이 그렇지 않다는 것이다. 여기 있고 싶다고, 대웅의 곁에서 지내고 싶다고, 그러지 못할 바에야 차라리 죽는 것이 낫겠다는 몹쓸 생각이 마음속에 꽉 들어찼다.

어쩌지?

대웅이 〈월하검객〉의 제작사 사무실에 앉아서 제작피디와 반두홍 감독이 대화하는 모습을 긴장한 얼굴로 지켜보고 있었다. 말이 대화지, 사실 조금 전에 끝낸 대웅의 오디션 합격 여부를 결정하는 자리였다.

"대본 숙지도 잘 돼 있고 카메라도 잘 받는데 감독님 생각은 어떠세요?"

반 감독이 제작피디를 쳐다보며 말을 정리하는 십 초간 대웅은 심장소리도 멈춘 채 온 신경을 청력에 집중하였다. 반 감독의 입에서 무슨 말이 나올지, 그 말 한마디에 따라 천당과 지옥이 결정되는 것이다. 제작 피디를 향해 있던 반 감독의 시선이 돌연 대웅에게로 향했다.

"내 액션은 험난해. 따라올 수 있겠나?"

"예, 할 수 있습니다."

"좋아. 내일부터 우리 함께 액션을 맞춰보세."

반 감독의 말에 아무래도 확신이 서지 않아 다시 물었다.

"그럼 저…… 캐스팅된 건가요?"

혹시 다음 영화에 쓸 수 있도록 액션'만' 맞춰보자는 말일 수도 있었다.

"왜? 싫은가?"

"그럴 리가요. 잘하겠습니다!"

기쁨의 환호성을 내지르는 대웅을 흐뭇하게 바라보던 제작 피디가 반 감독의 귀에 대고 슬쩍 물어보았다.

"지각은 절대 용납할 수 없다고 하실 때는 언제고 왜 갑자기 마음을 바꾸셨어요? 무슨 일이라도 있으셨어요? 대웅이가 완고하신 감독님의 마음을 어떻게 바꿔놓았는지 은근히 궁금하네요."

반 감독이 진지한 눈빛으로 제작피디를 지긋이 바라보았다.

"자네, 액션영화에서 누가 제일 먼저 총 맞아 죽는 줄 아나? 쓸데없이 나서는 사람이야."

두 사람이 총 맞아 죽는 얘기를 하거나 말거나 대웅은 자리에서 일어나 꾸벅 인사를 하고는 밖에서 기다리는 병수와 선녀에게로 잽싸게 달려갔다.

"야, 나 붙었다!"

말이 끝나기가 무섭게 병수가 활짝 웃는 얼굴로 대웅의 어깨를 두드렸다.

"축하한다, 대웅아. 아니 이제는 차세대 떠오르는 스타, 차 스타지?"

"고마워. 김 감독도 이제 연출 세계에 몸을 담았네."

연출부 막내로 발탁된 병수에게 이제야 백 퍼센트 후련한 마음으로 축하 인사를 건넬 수 있었다.

"그래. 나중에 내 입봉작 주연은 차 스타가 해주는 거야."

"당연하지. 김 감독 작품인데."

서로의 어깨를 쳐주며 김칫국부터 마시는 두 사람의 모습을 불쾌하게 지켜보던 선녀가 짜증을 참지 못하고 찬물을 끼얹었다.

"놀고들 있네."

전례 없는 희소식에 도취하여 기분 내다가 조연 자리 하나 맡지 못하고 이름도 없는 시녀1을 맡게 된 선녀의 심기를 거슬린 모양이다.

"힘내라. 시녀가 얼마나 많은데, 그래도 넌 시녀1이잖아."

대웅의 최선을 다한 위로에도 선녀가 입술을 닷발은 내민 채 대웅에게는 은인이나 다름없는 반 감독을 가차없이 씹어 댔다.

"우리 아빠 너무해. 내가 그렇게 하고 싶다고 했는데 그 역할을 혜인 언니한테 줘버리고 나한테는 시녀1을 하려면 하고 하지 않으려면 말라고 하니. 그게 말이 돼?"

선녀의 푸념을 가만히 듣고 있던 병수가 지금 이 분위기에서는 무조건 숨겨야 마땅할 진실을 토설하고 말았다.

"반 감독님 최대 야심작인데 딸한테 중요 배역 주고 말아먹을 순 없지."

"죽을래?"

판도라의 상자를 연 대가를 맵게 치르는 친구를 안쓰럽게 쳐다보다가 지금 당장 해줄 것도 마땅치 않고 그저 음료수나 한 개씩 대접해야겠다는 생각에 자판기 쪽으로 걸어갔다. 자판기에 동전을 넣고 뭘 마실까 고르는데 사이다가 유난히 눈에 밟혔다.

오늘 저녁엔 미호한테 소고기에 사이다, 그리고 맥주까지 먹여줘야겠다.

"또 꼬리 튀어나오려나."

혼잣말을 하며 사이다 버튼을 쿡 누르는데 등 뒤에서 혜인의 목소리가 들렸다.

"뭐가 튀어나와?"

"누나?"

대웅의 놀라 쳐다보자 혜인이 활짝 웃으며 손뼉을 쳤다.

"대웅아, 축하해. 배역 따냈다며? 넌 해낼 줄 알았어."

"나는 뭐 미련 안 두려고 했는데 일부러 불렀네. 눈 씻고 봐도 나만 한 인재가 없었나 봐."

혜인이 그런 대웅이가 귀여운지 대웅의 머리를 멋대로 쓰다듬었다.

"장하다, 우리 대웅이."

그런 혜인이 괜히 멋쩍어 들고 있던 사이다를 내밀었다.

"누나, 이거 마셔."

혜인이 무안한 표정으로 쓴웃음을 지었다.

"전에는 데뷔하고 유명해지면 함부로 못 만질 테니까 만질 수 있을 때 실컷 만져두라더니, 이제 정말 배우됐다고 함부로 만지지도 못하게 하네?"

"여름이라 땀나는데 누나 불쾌할까 봐. 시원한 거 마셔."

혜인이 사이다를 받아들며 선심 쓰듯 말했다.

"오늘 우리 서로 축하해주면서 저녁 같이 먹자."

"저녁?"

미호한테 소고기 사 간다고 기다리라고 했는데, 어쩌지?

대웅이 대답을 미적거리며 서 있자 혜인이 날이 선 목소리로 물었다.

"왜? 나 말고 다른 사람하고 먼저 축하해야 해?"

안 그래도 지금 기분 나빠하는 것 같은데 거기다 대고 차마 그렇다는 말을 할 수는 없었다. 마침 오늘 아침 할아버지한테서 온 문자가 생각이 나 변명 삼아 들이밀었다.

"우리 할아버지. 울 할아버지가 나한테 의논할 게 있다고 들르시라네. 나이가 들수록 손자한테 의지하시는 건데 가서 들여다봐야지. 경사스러운 소식도 전하고."

그제야 혜인이 표정을 누그러뜨리며 억지 미소를 지었다.

"가족이랑 먼저 축하하는 건 양보할게."

"누나, 다음에…… 다음에 꼭 같이 축하하자."

오랜만에 집에 들른 대웅이 오디션 합격 소식을 전하자 모처럼 대웅의 집안에 유쾌한 웃음이 가득찼다.

"네가 정말 영화에 나오는 배우가 된 거야?"

대웅이 영화과에 입학하는 것을 누구보다도 반대했던 할아버지가 이보다 더 큰 경사는 없다는 듯 호탕하게 웃었다.

"그렇다니까. 내가 된다고 했잖아."

할아버지가 저질렀던 과거의 만행에 대한 앙금이 남았는지 대웅이 뻐기듯이 말했다.

"반두홍 감독님이 널 예쁘게 잘 보셨나 보다."

반두홍? 대웅이 놀란 눈으로 고모를 쳐다봤다.

"고모가 반 감독님을 어떻게 알아?"

뜨끔한 고모가 설명이 장황하다.

"아니, 워낙 유명한 액션 감독님이잖아. 너 있는 액션스쿨

운영도 하시고……. 그러니까 알지."

"액션?"

할아버지가 과년한 나이에 시집도 못 하고 혼자 늙어가는 노처녀 딸을 수상쩍은 눈빛으로 쳐다보더니 이내 의미심장한 미소를 내비쳤다.

"왜요?"

"민숙아, 너 대웅이 감시한단 핑계로 매일 액션스쿨인지 뭔지 다니더니 대웅이가 아니라 반 감독만 감시하다 온 거냐? 허구한 날 쌈질하는 영화만 보기에 쌈질하는 놈한테 꽂혔나 걱정했더니 쌈질이 아니라 액션이었구나."

감개무량한 얼굴로 쳐다보는 할아버지의 시선을 피해 고개를 숙인 고모가 손사래를 쳤다.

"아버지도 참. 그런 거 아니에요!"

"액션이 우리 집안을 살리는구나."

할아버지가 전례 없이 기분 좋게 웃는 사이 대웅이 잽싸게 틈새 공략을 시도했다.

"나 며칠만 더 있으면 집으로 올 수 있을 거 같은데 들어와도 되지, 할아버지?"

"그럼! 이런 게 금의환향이지. 그 여자애랑 같이 들어와."

"할아버지 걔는 못 와. 이제 곧 떠날 거야."

할아버지의 매서운 눈초리가 곧장 대웅에게로 향했다. 얼마 전에 세차게 얻어맞았던 아픈 기억이 퍼뜩 떠올라 대웅이 황급히 변명을 늘어놓았다.

"개랑 나는 근본적으로 달라서 절대 같이 있을 수가 없어. 외계인 이티도 사람이랑 친구 먹고 잘 지냈지만 결국은 우주선 타고 떠나잖아."

만화영화보다는 외국의 SF 영화가 낫겠지 싶어서 예로 들었던 건데 연로한 할아버지에게는 무리였나 보다. 무슨 헛소리를 지껄이고 있냐는 표정으로 쳐다보는 할아버지를 위해 다시 한 번 알아듣기 쉽게 설명을 했다.

"다시 말해 개랑 나는 사는 세상이 다르다고."

그럴 의도로 말을 한 것은 아니었는데 할아버지의 낯빛이 근심으로 어두워졌다.

"걔 집이 그렇게 잘 사냐? 우리 집 정도론 명함도 못 내밀겠어?"

"그 아가씨 성이 구 씨던데, 그럼 핸드폰 만드는 그 재벌?"

안 그래도 엉뚱하게 튄 불씨 때문에 황당 해죽겠는데 고모가 기름을 붓었다.

"그런 거 아니야! 걘 내가 알아서 할게. 할아버지 냉장고에 한우 세트있던 거 아직 있어? 나 좀 싸 가도 되지?"

사람이 위기에 봉착하면 본능이 앞선다더니 미호와 며칠 지내면서 생존본능만 강해진 모양이다. 이 혼란스러운 외중을 틈타 한우 세트를 챙길 생각을 하다니.

미호는 육교 난간 앞에 서서 지나가는 사람들을 내려다보았다. 아기 유모차를 끌고 가는 엄마, 다정하게 손목을 붙잡고 걸어가는 연인들, 마주보며 웃고 있는 친구들.

죽는다는 것은 사라진다는 것일까? 나는 그저 저 속에 섞여 있고 싶은 것뿐인데.

만감이 교차하는 심정으로 동주의 피가 담긴 조그만 병을 조심스레 고쳐 잡고는 액션스쿨로 향하는 골목길을 터덜터덜 걸었다. 갑자기 하나로 꽉 묶은 머리가 지끈거리며 아파서 머리 끈을 확 잡아 빼고는 손가락으로 대충 머리를 빗었다. 그때 미호 옆으로 자동차 한 대가 멈춰 섰다. 요전날 밤에 공짜 종이를 찾으러 나갔다가 골목길에서 충돌한 적이 있는 차였다.

"아니, 당신은……. 마임드림! 리얼액션!"

흥분한 얼굴로 차에서 내린 남자는 분명 대웅이 오디션을 보러 간 영화의 감독이었다. 자칫 실수라도 했다가는 대웅의 꿈을 사라지게 만들지도 모른다는 생각이 미호를 바싹 얼어붙게 하였다.

"저기 혹시 지난밤에 나 본 적 없나요?"

순순히 대답했다가는 대웅의 꿈을 사라지게 할지도 모른다는 생각이 들어 대답을 미적거리고 있는데 남자가 재차 물었다.

"분명 맞는 거 같은데. 긴 머리에 하얀 치마 입고. 맞죠?"

인상착의까지 상세하게 기억하고 있는 남자의 치밀함에 지레 놀라 미호가 도망갈 곳을 찾아 주변을 살폈다. 경악스러운 표정으로 이쪽을 바라보는 혜인의 모습이 눈에 밟혔지만 신경 쓸 겨를이 없었다.

"아가씨, 나랑 이야기 좀 합시다."

본격적으로 취조를 하려 드는 반 감독에게서 벗어나기 위해 냅다 줄행랑을 쳤다.

"이봐요!"

필사적으로 뒤따라오는 반 감독을 타의 추종을 불허하는 스피드로 따돌리고 닭 냄새가 진동하는 닭집 파라솔에 자리 잡고 앉아 잠시 숨을 골랐다.

그 사람이 날 왜 쫓아온 거지? 자동차 수리비라도 물어달라고 그랬나? 아무튼 대웅이한테 중요한 사람이라고 했는데 안 들켜서 다행이다. 아, 맞다. 대웅이가 무슨 일 생기면 연락하라고 했는데.

전화기를 찾아 주변을 두리번거리는데 마침 아침에 공짜 종이를 두고 눈싸움을 한판 벌인 닭집 주인과 또다시 눈이 마주쳤다. 슬그머니 시선을 피하는 여자를 미호가 조용히 불렀다.

"아줌마."

마지못해 고개를 돌린 여자에게 전화를 거는 시늉을 해보이며 전화를 달라고 했다.

"전화 좀 줘."

기가 찬 표정으로 눈을 흘겨보던 여자가 못 이기는 척 제 핸드폰을 내밀었다.

"짧게 해."

꽃등심을 보고 눈이 뒤집힐 미호를 생각하며 액션스쿨을 향해 가는데 돌연 전화벨 소리가 울렸다. 혹시 미호가 무슨 사고라도 쳤는가 싶어서 급하게 핸드폰을 꺼냈다. 미호가 아니라 혜인이다.

"누나?"

— 대웅아, 나 좀 잠깐 만나. 너한테 물어볼 게 있어.

"지금?"

— 너 할아버지 집 앞이지? 내가 그리로 갈게.

"누나가? 좀 곤란한데. 내가 나가기가 좀 그래."

— 그래?

거짓말을 한다는 게 좀 찔리긴 했지만 온종일 집에 있으면서 오매불망 고기만 그리고 있을 미호가 아무래도 마음에 걸렸다.

— 왜? 할아버지하고 저녁 먹고 있니?

"응, 이제 막 먹으려고. 나가기가 좀 그렇다. 이따 밤늦게 내가 누나한테 갈게. 그때 보자."

혜인의 목소리에서 불편한 심기가 느껴진다 했더니 대웅 바로 옆에서 혜인의 차가 멈춰 섰다.

"누나……."

당황해 그 자리에 우뚝 서 있는데 혜인이 차에서 내렸다.

"여기가 할아버지 집이야? 그건 뭐야? 아, 네 여자친구랑 같이 축하파티하려고 했니?"

대웅의 손에 든 고기세트를 보자 혜인이 열이 잔뜩 오른 얼굴로 목에 핏대를 세웠다.

"미안해. 미호한테 고기 갖고 들어간다고 약속을 미리 해둬서 고기만 얼른 먹고 누나한테 전화하려고 했어."

"알았어. 그럼 나 여기서 기다리고 있을 테니까 고기만 얼른 주고 와. 꼭 둘이서 같이 그 고기를 먹겠다고 약속한 건 아닐 거 아니야."

여기서 몇 마디 더 보탰다가는 정말로 돌아올 수 없는 강을 건널 것 같아 대웅은 얼른 액션스쿨을 향해 부리나케 뛰어갔다. 혜인의 말대로 미호는 고기만 있으면 대웅이 없어도 큰 상관은 안 할 것이었다.

그런데 혜인 누나 만나러 간다는 걸 알면 짝짓기니 뭐니 하면서 자기도 같이 따라가겠다고 할 텐데 어쩌지?

내내 걱정하며 옥상으로 올라갔던 것이 무색하게도 방 안 어디에도 미호의 모습이 보이지 않았다. 어디로 갔는지 궁금해 할 겨를도 없이 고기만 놔두고 잽싸게 튀어나와 기다리고 있는 혜인의 차에 올라탔다.

대웅을 차에 태우고 혜인은 말 한마디 없이 한강 고수부지로 차를 몰았다. 저 멀리 유람선이 보이자 대웅은 우습게도 미호의 얼굴이 변했던 그 일이 가장 먼저 떠올랐다.

"대웅아, 너 마음 없으면서 그 여자애한테 질질 끌려다니는 것도 알겠고, 그 여자애가 끈덕지게 매달리는 것도 이해하려고 했어. 그런데 더 이상은 못 보겠어."

대웅 자신도 가끔 미호에게 적응해가는 자신의 모습에 흠칫 놀라는 마당에 혜인에게 이런 말을 듣는 것이 어찌 보면 당연했다.

"누나, 내가 걔한테 큰 빚이 있어서 당분간 같이 있어주겠다는 약속 지키는 거야. 그리고 얼마 안 남았어."

"대웅아, 너 나 좋아하지?"

꿈에서 꾼 것과 똑같은 장면에 순간 움찔했다.

혹시 꿈에서와 똑같은 장면이 이어지는 건 아니야?

그렇게 생각하니까 미호가 집에 없다는 것이 영 마음에 걸렸다.

"내가 잘못 안 거니?"

혜인이 불안한 표정으로 다시 물었다.

"아니야."

고작 이런 일을 두고 미호가 죽이지는 않겠지.

"이런 말 언젠가 네가 먼저 나한테 정식으로 해주길 기다렸어. 대답도 마음에 준비했어. 근데 요즘 너 보면 네 마음도 믿을 수 없고 내 답도 맞는 건지 모르겠어. 나 계속 이렇게 흔들리게 놔두지 마."

혜인과 헤어져 골목을 터덜터덜 걸어오는데 마음이 심란했다. 처음으로 좋아한 여자인데, 어떤 말로 고백을 해야 할까 계획도 많이 세워뒀는데 결국 혜인이 먼저 말을 하게 만들었다. 화가 치밀어 도저히 맨 정신으로 있을 기분이 아니어서 눈에 띄는 포장마차로 들어가 소주를 시켰다.

— 확실하게 정리하고 와서 잡아줘.

누나가 했던 말이 떠올라 마음이 무거웠다.

확실하게 정리하라니, 뭘 어떻게? 답을 알 수 없는 문제를 지금 당장 풀라고 하니 돌아버릴 지경이다.

— 더 이상 끌면 난 기다리지도 않을 거고 너한테 줄 답도 없어.

혜인이 했던 말을 돌이키면 돌이킬수록 마음은 지옥이다. 에라, 모르겠다. 세상만사 심각한 문제를 잊으려면 술이 그만이지.

미호는 옥탑방 앞 평상에 양반 다리를 하고 앉아 하릴없이 하늘만 바라봤다.

고기를 사 둔 걸 보면 망치지 않고 일이 잘됐나 본데 도대체 대웅인 어디로 간 거지?

맛있는 소 냄새가 코를 찌르며 당장 먹어 달라 유혹했지만 미호는 꿋꿋이 고개를 저으며 대웅이 오기를 기다렸다.

아까 닭집에서 메시지도 남겼는데 못 들었나?

쪼그리고 앉아 기다리길 몇 시간 째, 드디어 대웅의 냄새가 났다. 와, 대웅이 냄새다!

미호가 평상에서 벌떡 일어나 계단을 탁탁탁 정신없이 뛰어 내려갔다. 어딘가 다친 사람처럼 액션스쿨 연습장 벽에 기대어 있는 대웅을 발견하고 미호는 깜짝 놀랐다.

"대웅아, 왜 여기 있어? 아파?"

"미호구나. 미호야, 나 술 마셨어."

대웅이 혀 꼬인 소리로 말을 내뱉은 순간 술 냄새가 폭포수처럼 쏟아졌다. 이런 모습은 난생처음이라 그저 당황스럽다.

"진짜 많이 마셨네."

"우리 달 떴는데 꼬리나 한 번 쫙 펼치고 호이호이 한 판 할까?"

대웅의 낯선 모습이 영 걱정스럽다. 일이 뭔가 잘못됐나? 또 나 때문인가?

"웅아……."

"호이호이."

손가락을 맞추려다가 비틀거리는 대웅의 손을 얼른 붙잡아 바로 세웠다.

"미호야, 너 나랑 친구하기로 했지?"

대웅이 헤실헤실 웃으며 실없는 소리를 했다.

"응."

"너 그럼 내 부탁 하나만 들어줄래?"

대웅의 입에서 나온 부탁이라는 말에 가슴이 살짝 뛰었다.

대웅이가 처음으로 내게 부탁이란 걸 하네. 꼭 들어주고 싶다.

"뭔데?"

"미호야, 너 제발. 없어져 주면 안 되겠니?"

빠르게 설레던 심장이 일순 멈춰 섰다. 순간 아무 말도 못 한 채 대웅의 얼굴만 바라보고 있는데 대웅이 애원하듯 매달렸다.

"부탁이야, 미호야. 나 정말 죽을 거 같아."

울 것 같은 대웅의 표정이 가슴 아파서 도저히 눈을 뗄 수가 없었다.

"그러니까 너 좀 내 옆에서 사라져 주라."

괴로운 듯 눈을 감는 대웅의 얼굴을 바라보는데 미호의 눈에 점점 눈물이 고였다.

나는 대웅이 옆에 있고 싶은데 대웅인 내가 있어서 힘들어하는구나.

"너 이제 가."

잠꼬대처럼 내뱉고 새근새근 잠들어버린 대웅의 손을 가만히 붙잡았다. 이렇게나 떠나기를 원하는데 안 가겠다고 버틸 수는 없는 일이다.

"대웅아, 사실 너 다 나았어. 이제 안 아파. 나, 갈게."

다시는 못 볼지도 모르는 얼굴을 아프게 바라보다가 잡고 있던 손을 살며시 놓았다.

이제 그만 가야겠다.

달빛이 유난히 환하고 고운, 그런 밤이었다.

구미호 찾아 삼만리

"아, 속 아파."

대웅이 인상을 잔뜩 구긴 채 뻐근한 몸을 일으켰다. 얼마나 마셨는지, 어젯밤 기억이 깜깜했다. 포장마차에 간 건 알겠고 무진장 마셨던 것까지도 기억이 나는데 여기까지 어떻게 왔는지는 전혀 떠오르질 않았다.

"미호야! 네가 나 여기 갖다 놨나?"

말이 끝나기 무섭게 쪼르르 달려와 조잘조잘 사람 염장을 질러대는 게 당연한 수순인데 지금은 그저 조용하다. 그리고 보니 방 안이 휑하였다.

"미호야!"

옥상으로 나와서 미호를 찾아 두리번거렸다.

어, 이상하다. 미호가 어디 갔지?

"얘 어디 간 거야. 아침부터 남의 집 쓰레기 뒤지고 있나?"

방으로 도로 들어와 다시 한 번 사방을 두리번거렸다. 목이며 어깨며 전신이 찌뿌듯한 게 컨디션이 말이 아니다.

어, 왜 이러지? 술 먹고 넘어졌나?

허리 스트레칭을 하기 위해 몸을 돌린 순간, 어제 싱크대에 올려두었던 한우 세트가 눈에 들어왔다. 소고기를 손도 안 대고 모시고만 있을 미호가 아닌데 싶어 어젯밤에 무슨 일이 있었는지 곰곰이 기억을 더듬었다. 액션스쿨까지 걸어와서 바닥에 앉아 있을 때 미호가 와서 이름을 불렀던 게 기억났다. 그래서 "미호야, 나 술 마셨어." 그랬고, 또 호이호이도 한 판했다.

그리고 또 뭘 했더라.

생각이 날듯 말듯 하는 게 답답해서 선반에 대고 머리를 쿵 부딪쳤는데 순간 선반 위에 겹겹이 쌓여 있던 책들이 대웅의 머리 위로 와르르 무너졌다.

"아야!"

대웅이 바닥에 주저앉아 끙끙 앓는 소리를 냈다.

"아우, 되게 아프네. 머리통 찢어진 줄 알았네."

순간 이상한 생각이 들었다.

내가 왜 이렇게 아프지? 구슬이 있으니까 안 아파야 되는 거 아냐?

대웅이 손바닥을 가슴에 올린 채 소심하게 물었다.

"이 안에 너 없니?"

없나 보네. 없으니까 이렇게 아프지. 그렇다는 건 곧 미호도 없다는 거네!

벌떡 일어나 방안 구석구석, 침대 밑까지 샅샅이 살펴보았다.

"미호야!"

크게 소리를 치며, 옥상으로 나가 액션스쿨 연습장을 둘러본 다음 액션스쿨에서 나와 골목을 돌아다니며 목이 터져라 외쳤다.

"미호야! 아침으로 갈비 먹자! 미호야!"

대웅은 멍한 얼굴로 골목길을 도로 거슬러 와 액션스쿨 옥상으로 올라갔다.

없다. 고기로 유혹까지 했는데도 안 나온다. 미호가 정말 없다.

이 믿기지 않는 사건에 대웅은 고개를 푹 숙이고 손바닥으로 입을 가린 채 오열하는 사람처럼 어깨를 들썩거렸다.

"갔구나, 갔어. 구미호가 드디어 갔어."

고개를 든 대웅의 얼굴이 감격으로 일그러져 있었다.

인내의 끝은 달다더니, 결국 이런 날이 오는구나!

목구멍까지 차오른 벅찬 감동을 이기지 못하고 대웅은 옥상 난간 앞에 서서 하늘을 향해 두 팔을 쫙 벌렸다.

"프리덤!"

아니, 이렇게 감격에 젖어 있을 때가 아니지.

서둘러 방 안으로 들어간 대웅은 미친 듯이 짐을 꾸렸다. 미호가 떠났으니 이제 더 이상 여기에 머물 이유가 없었다. 혹시라도 미호가 마음 변해서 여기로 또 오기 전에 자취를 감추는 게 상책이다. 옷가방을 다 꾸리고 혹시 빠진 물건이 있나 둘러보다가 미호의 이부자리에 있던 남방을 휙 잡아들었다. 이불 위에 미호가 그렇게나 열심히 모았던 치킨 쿠폰 아홉 장이 놓여 있었다. 대웅이 쿠폰을 집어들고 씁쓸하게 쳐다보았다.

그렇게 열심히 모으더니 하나를 못 채우고 갔구나.

이불 위에 쿠폰을 도로 내려놓았다.

그렇다고 하나 더 채우러 돌아오진 마라.

미호는 액션스쿨에서 조금 떨어진 높은 나무 위에 자리 잡고 앉아 있었다. 저 아래쪽으로 슈트케이스를 딸딸 끌며 골목길을 신나게 걸어가는 대웅의 모습이 내려다보였다. 대웅이 그녀와 같이 지내는 것을 좋아하지 않을 거라는 생각은 했지만 그래도 저렇게 어깨춤까지 추면서 미호가 떠난 것을 좋아할지는 몰랐다.

"쟤 나 갔다고 너무 좋아하는 거 아니야?"

왠지 서운하기도 하고, 화도 치미는 게 기분이 엉망진창이다. 그런 미호의 마음을 아는지 모르는지 대웅은 기분 좋게 스치는 바람을 맞으며 콧노래를 불렀다.

"날씨도 너무 좋아!"

그때 대웅의 머리 위로 물방울이 후드득 떨어졌다. 대웅이 기겁하며 하늘을 올려다보았다.

"비 오나?"

근심스런 표정으로 하늘을 올려다보던 대웅이 물방울의 출처가 하늘이 아니라 바로 건너에서 세차를 하는 아저씨라는 것을 알고는 버럭 소리를 질렀다.

"아저씨! 비 오는 줄 알고 깜짝 놀랐잖아요."

세차에 열중하던 아저씨가 놀란 얼굴로 호스를 한쪽으로 치웠다.

"아우, 총각. 미안해."

대웅이 젖은 머리카락을 툭툭 털며 안도의 한숨을 내쉬었다.

"괜히 철렁했네. 앞으로 맑은 날 여우비 내리면 되게 찜찜하겠네. 아니지, 세상에 여우가 우리 미호 한 마린가. 북극여우가 울 수도 있고 사막여우가 울 수도 있어. 사막엔 비가 안 오는데 사막여우는 안 우나?"

그런 대웅의 모습을 바라보며 미호는 눈물이 핑 돌았다.

"웅아, 안녕."

미호의 눈에서 뚝 떨어진 눈물방울이 빗방울이 되어 대웅의 얼굴에 톡 떨어졌다. 대웅이 얼굴에 떨어진 물방울을 닦으며 뒤를 휙 돌아다보았다. 세차를 하던 아저씨는 이미 세차를 마치고 집안으로 들어갔는지 보이지 않았다.

"그럼 이건 또 어디서 떨어진 거야?"

미호는 대웅의 모습이 저 멀리 사라질 때까지 미련스럽게 나무 위에 앉아 있다가 스르르 제 갈 길을 떠났다.

대웅이 짐 가방을 들고 들어오자 집안에 일대 소란이 일어났다.

"뭐? 그 아이가 갔다고?"

할아버지가 일면식도 없는 미호가 떠난 것이 마치 대웅의 탓이라도 되는 양 눈에 힘을 주며 분개했다.

"아침에 일어났더니 말도 없이 사라졌더라고."

자칫 잘못했다가는 한 대 후려 맞을 분위기라 얼른 할아버지에게 이실직고했다.

"그럼 가서 찾아봐야지, 이놈아."

"내가 왜? 걔가 제 발로 알아서 간 거니까 할아버지도 나한테 뭐라고 하지 마."

경우에 어긋난 말을 한 것도 아닌데 할아버지가 눈알을 부라리며 손바닥을 치켜세웠다.

"으휴, 이놈이!"

고모가 얼른 나서서 할아버지의 팔을 붙잡았다.

"아버지, 그만 하세요. 솔직히 아버지가 독립심이 생겼네, 책임감이 생겼네 하면서 대웅이 내버려두라고 하셔서 가만있었지만 어디서 뭐 하다가 온 지도 모르는 애랑 그러고 두는 거 찝찝하긴 했어요."

중간 중간 듣기 어색한 단어가 두어 개 끼어 있기는 했지만 어쨌거나 전체적인 내용은 틀리지 않은 소리라 잠자코 있었더니, 할아버지가 말도 안 되는 소리로 대웅을 기절초풍하게 만들었다.

"그래도 이놈이 마음 붙이고 사람 구실 하게 만들어준 아이 아니냐. 이놈 이제 인간 되나 했더니 여자애 보내고 도로아미타불 되면 어쩌나⋯⋯."

사람 구실? 할아버지, 할아버지 손자 여태 고기 삥 뜯기다 왔어. 소고기 안 주면 잡아먹히는 구미호 왕국에서 이제야 간신히 탈출해 돌아왔다고.

그 모질었던 인고의 세월을 돌이켜보는 것만으로도 눈시울이 뜨거워질 지경인데 할아버지는 사정 모르고 손자 무덤 파는 소리를 하고 계신다. 답답함에 억장이 무너졌지만 어찌 됐건 미호가 그에게는 생명의 은인이기도 한데 이 정도에서 참자 하고 가방을 들고 방으로 올라갔다. 오랜만에 방에 들어와 침대에 벌렁 드러누우니까 이제야 구미호가 떨어져 나간 것이 실감이 났다.

"아, 좋다."

후련하게 숨을 내쉬며 흐뭇해하고 있는데 어쩐지 마음 한쪽이 자꾸만 결렸다.

근데 뭐가 이렇게 계속 찜찜하고 허전하지? 걔 구슬 말고 내 몸에서 뭐 다른 거 빼간 거 아냐?

심란해 하는 와중에 혜인 누나에게서 전화가 왔다. 허전해 하는 걸 알기라도 한 것처럼 커피숍으로 나오란다. 대웅은 기다렸다는 듯 집을 나섰다. 그런데 뭐랄까, 누나가 말한 대로 미호를 떼어놓았으니 개운하고 후련해야 할 텐데 별로 그렇지도 않았다.

미호만 가면 되게 행복할 줄 알았는데. 인생이란 게 그렇지 뭐. 제아무리 로또 대박도 하루만 지나면 그냥 그렇다잖아.

"내가 부르니까 바로 달려나오고 이제야 대웅이 너 같다."

커피숍에서 먼저 와 있던 혜인이 대웅의 얼굴을 보자마자 활짝 웃었다.

"사정이 있어서 몸은 못 달려왔어도 마음은 항상 누나 옆에 따라다녔어. 누나가 그걸 못 보고 괜히 오해한 거야."

"앞으론 오해 살 일 하지 마. 걔가 다시 찾아오고 연락 와도 상대하지 마."

"연락처도 없고 어디 갔는지도 몰라. 다시 볼 일 없어. 말도 없이 그냥 갔는데 뭐."

혜인이 툴툴거리는 대웅을 미심쩍은 눈초리로 쳐다봤다. 불편해 보이는 혜인의 기색을 눈치채지 못하고 대웅이 인상까지 찌푸리며 흥분했다.

"그러고 보니 진짜 인사도 없이 갔다, 걔. 그래도 그동안 같이 지낸 정이 있는데 어떻게 그러지? 하긴 걔는 정 의리 그런 거 아는 '사람'이 아니지."

"너 서운하니?"

"서운은 무슨, 완전 시원해!"

날이 선 질문에 괜히 뜨끔하여 대웅은 혜인이 마시고 있던 음료수를 집어들며 딴청을 피웠다.

"이거 뭐야? 좀 마셔도 돼? 목마르네."

"사이다야. 마셔."

사이다라는 말을 듣는 순간 자동반사적으로 미호의 모습이 떠올라 괜스레 기분이 심란해졌다. 또 어디서 쓰레기 뒤지고 깡통이나 빨고 있는 건 아닌지 모르겠네.

아무리 생각해도 제 발로 삼신각으로 들어가기는 싫어 미호는 몇 번 가본 적이 있는 대웅의 대학교에 들어가 기거하였다. 워낙 넓기도 넓은데다가 뽀글거리는 물이 잔뜩 들어 있는 기계도 여럿 있고 가끔 밤늦게까지 남아서 그림 그리는 애들이 먹으려고 놔둔 빵 속에서 고기도 빼먹을 수 있었다. 숨어서 살기에는 이만한 데도 없을 것 같았다.

오늘은 제법 운이 좋아서 빵 속에 든 고기를 세 장이나 빼낼 수가 있었다. 나무가 우거진 숲 한구석 으슥한 곳에 자리를 잡고 앉아 빵에서 빼온 동그란 고기 세 개를 겹겹이 쌓은 채 한 입 베어 먹는 순간 누군가 다가오는 기척이 느껴졌다.

뭐야, 또 순찰하는 그 아저씬가?

미호가 귀찮은 표정으로 고기 세 겹을 한 입에 쏙 집어넣었다. 누가 오기 전에 얼른 먹어치워야 한다는 듯 입안 가득 든 고기를 우걱우걱 게걸스럽게 씹어 없앴다. 그러곤 자리에서 일어나 숲 사이를 뛰기 시작했다. 긴 머리를 휘날리며 날아가는 새처럼 가벼운 몸놀림은 흡사 하늘에서 내려온 선녀 같았다.

이만큼 달렸으니 이제 됐겠지.

멈춰 서서 주변을 살피는데 누군가 팔뚝을 확 잡아챘다. 소스라치게 놀라 팔을 뿌리치려는데 저쪽의 힘이 워낙 강했다.

"싫어! 놔!"

공포에 질려 소리를 지르는 순간 저쪽이 미호를 확 끌어당겨 미호가 미처 뭔가를 해보기도 전에 등을 힘껏 쳤다. 정신을 잃고 쓰러지는 미호의 입에서 파란 구슬이 튀어나왔다. 허공에 떠 있는 구슬을 손으로 잡은 것은 동주였다. 한 손으로는 구슬을 잡고 다른 한 손으로는 미호의 허리를 잡고 그녀를 내려다보는 동주의 눈매는 서늘하였다.

시내 호프집에서 대웅은 영화과 친구들을 불러 오디션 턱을 내고 있었다. 대웅이 맥주를 병째 들고 한 번에 원샷하자 테이블에 앉은 친구들이 와, 환호성을 지르며 축하의 박수를 쳤다.

"차대웅, 진짜 축하한다."

"스타 돼서 모른 척하면 안 된다."

대웅이 짐짓 자비로운 표정으로 친구들을 찬찬히 둘러보며 말했다.

"바빠서 자주 보긴 어렵겠지만 가끔 이런 자리 마련할게."

부어라, 마셔라 왁자지껄한 분위기에서 병수가 심각한 표정으로 대웅을 쿡 찔렀다.

"미호 씨는 너 잘 된 거 알고는 있냐?"

"무슨 상관이야."

대웅이 정색하며 퉁명스럽게 쏘아붙였다.

"너 스타 되고 뜰 거 같으니까 바로 정리한 거지?"

병수 옆에 앉아서 고개를 쭉 빼고 둘의 대화를 엿듣고 있던 선녀가 눈치 없이 끼어들었다.

"정리하고 그럴 사이 아니야. 그냥 친구였는데 걔도 이제 제 갈 길 간 거야."

"그냥 친구면, 여기 친구들 다 모여 있는데 걔도 불러. 별 사이 아니면 부를 수 있잖아."

선녀가 웃기지 말라는 얼굴로 대웅의 반응을 살폈다. 들은 척도 안 하고 맥주병을 벌컥벌컥 비우는 대웅을 유심히 쳐다보던 병수가 조심스럽게 말을 건넸다.

"정리하고 뭐하고 그런 거 아니면 미호 씨도 부르라니까? 같이 축하하면 좋잖아."

대웅이 마시던 맥주병을 테이블 위에 쾅 내려놓고 병수를 잡아먹을 듯이 노려보았다.

"부르고 싶어도 못 불러! 됐냐?"

생각보다 일찍 호프집에서 자리를 파하고 일어서는데 술이 취해서 그런가, 액션스쿨 쪽으로 발이 움직였다. 혹시나 하는 마음에 슈퍼에 들러 미호가 좋아하는 사이다와 맥주를 사서 액션스쿨 옥상으로 올라갔다. 창고 방이며 평상을 여기저기 기웃거렸지만 개미 새끼 한 마리 움직이는 소리도 들리지 않았다.

"혹시나 해서 와봤는데 역시나 없구나. 진짜로 완전히 꺼졌나 보네. 다행이지, 뭐. 마음이 홀가분하네."

한숨 내쉬듯 말을 하고는 평상 위에 털썩 앉았다. 며칠 있지도 않는데 몇 년은 살았던 것처럼 이곳의 밤 풍경이 정겹게 느껴졌다. 얼마간은 아련하고 그리운 마음마저 들었다.

취하려면 곱게 취할 것이지. 도대체 이게 뭐람.

비닐봉지에서 맥주 한 캔을 꺼내 한 모금 들이켰다. 달빛이 유난히 아름답게 느껴졌다.

그나저나 미호는 왜 그렇게 가버렸을까?

어쩐지 서글퍼진 마음에 절로 구슬픈 노랫가락이 흘러나왔다.

"알 수 없는 미호, 미호. 내 친구 미호는 귀여운, 아니지 무서운 구미호. 호이호이 미호는 구미호 내 친구……."

잠에서 깨어 눈을 뜨자 전에 한 번 와 본 적 있는 집안 풍경이다. 박동주네 집. 인간도 아니면서 인간처럼 사는 애.

난 분명히 대학교에 있었는데? 내가 왜 여기 있지?

순간 숲에서 누군가에게 습격을 당했던 기억이 떠올랐다.

그게 얘였는가 싶어 사색이 돼 있는데 동주가 푸른 기운이 감
도는 작은 병을 들고 다가왔다.

"이게 당신 구슬이에요."

미호가 경계하는 눈빛으로 냉큼 파란 병을 받아들었다.

"나 없애려고 잡아온 거 아니야?"

"사고 못 치게 구슬 꺼내놓으려고 잡아온 거예요."

"내가 뭘 어쨌다고?"

미호의 입술이 불만으로 툭 튀어나왔다.

"명색이 구미호가, 학교에서 학생들이나 놀라게 하고 햄버
거나 훔쳐 먹고 깡통이나 뒤지고 창피하지도 않아요?"

다 봤구나.

미호는 무안한 마음에 입술을 삐죽거리며 변명했다.

"사람들은 내가 그런 줄 몰라."

"이러는 거 보니 차대웅한테 인간 되는 거 도와달라고 부탁
했다가 거절당했군요."

아픈 데를 건드리는 동주의 말에 미호가 열이 제대로 받았다.

"부탁 안 했어!"

그러고는 금세 시무룩해져서 고개를 푹 숙였다.

"말도 못 꺼내 봤어."

"제법 기대가 크더니 말도 못 꺼내봤으면 실망이 컸겠네요."

속내를 알아주는 그 말 한마디에 왈칵 서러움이 몰려왔다.
눈물이 날 것 같아 눈에 힘을 꾹 주고는 고개를 끄덕여 보였다.

"대웅이가 나랑 친구라 그랬는데 역시 대웅이는 내가 구미호라 되게 싫었나 봐. 사라져 달라고 했어."

"그럼 이제 어쩔 거예요? 인간이 되는 건 포기한 거예요?"

미호가 주머니에 넣고 다니던 빨간 병을 새삼스럽게 꺼내들었다. 동주의 피…… 저걸 먹으면 사람이 된다고 했다.

"아직 잘 모르겠어."

대웅이랑 같이 재미있게 지내고 싶어 사람이 되겠다고 한 건데 그건 이미 틀렸고, 그렇다고 삼신각으로 돌아가는 것도 영 내키지가 않았다.

"당신에게 빨간 병과 파란 병이 있어요. 당신이 빨간 병을 마시면 여기 남아서 인간이 되는 길을 택하는 거고 파란 병을 마시면 삼신각으로 돌아가는 거예요."

미호가 두 개의 병을 양손에 하나씩 잡고 번갈아 쳐다보았다.

"시간이 필요하면 여기서 지내면서 생각해봐요."

예상치 못한 제안에 미호가 눈을 동그랗게 뜨고 동주를 쳐다보았다.

"나 여기 있어도 돼?"

"여긴 동물 병원이니까 당신 같은 여우도 돌봐 줄 수 있어요."

어떻게 할까. 여기 이렇게 있어도 될까. 생각할 시간이 필요하긴 한데.

대웅은 영화 출연 계약서에 사인을 하고 나오는 길에 혜인은 물론이고 국내 탑스타들이 거의 다 소속된 도도 기획사의 매니저 실장에게 직접 명함을 건네받았다. 일단 생각해보겠다는 말로 실장을 돌려보내고 내친 김에 병수와 선녀를 불러 자동차 대리점으로 갔다. 이제 곧 스타가 될 몸인데 대중교통을 타고 다닌다는 건 어불성설이었다.

선녀가 대웅이 관심 갖는 차를 쳐다보며 부러운 한숨을 내쉬었다.

"대웅이 네 출연료로는 이런 차 꿈도 못 꿀 텐데 차는 왜 보러 왔어?"

대웅이 답답하다는 얼굴로 선녀를 쳐다봤다.

"출연료는 내 용돈이고 차는 할아버지가 해줄 거니까."

"야, 처음 돈 벌면 할아버지한테 뭐 사드려야 하는 거 아냐?"

선녀가 곱지 않은 목소리로 톡 쏘아붙였다.

"당연히 할아버지한테는 속옷 사 드릴 거야."

그런 빤한 잔소리는 왜 하냐는 듯 얄밉게 한마디 하고는 자동차에 얼굴을 찰싹 붙이며 군침을 흘렸다.

"이 차가 마음에 드네."

대충 마음에 드는 차도 찍어놨고 대리점에서 나와 병수와 선녀를 뒤에 세워놓고 거리를 걷는데 경호원의 호위를 받는 대스타 마냥 전신에 힘이 빡 들어갔다.

"출연 계약에, 기획사 계약에, 자동차 계약까지. 내 인생에 사인할 일이 너무 많아졌네. 사인 하나 멋지게 새로 만들어야 겠어."

대웅이 느닷없이 걸음을 멈추어 서서, 손바닥을 종이 삼아 사인 그리기에 골몰했다. 한참을 그러고 있는데 갑자기 빵빵 경적 소리가 울려 고개를 들었더니 오토바이 한 대가 대웅을 향해 달려오고 있었다.

"으악!"

타고난 운동 신경 덕택에 잽싸게 몸을 틀어 정통으로 부딪 히는 것만은 모면하였지만 넘어지면서 부딪힌 팔뚝과 이마에 극심한 통증이 느껴졌다.

"병원부터 가! 사진 찍어야 해. 아저씨, 당장 다음 주부터 무술 훈련 들어가야 한단 말이에요."

당장 이마에는 반창고를 바르고 팔에는 압박 붕대를 감은 대웅이 의사 선생님을 향해 애타게 물었다.

"선생님! 저 별문제 없는 거죠?"

엑스레이 사진을 살펴보던 의사가 고개를 갸웃거리며 대웅 에게 물었다.

"차대웅 씨, 최근에 큰 사고당하셨어요?"

순간 천보사에서 도망쳐 나오다가 산에서 굴렀던 일이 떠올 랐다. 미호의 구슬이 아니었다면 죽었을 거라던 사고니 큰 사 고임은 분명하다.

"네? 아, 좀. 근데 다 나았을 텐데요."

"낫긴 했는데 워낙 크게 다쳤었나 보네요. 뼈가 아문지 얼마 안 돼서 각별히 조심해야겠습니다."

진지한 목소리가 신경 쓰여 단도직입적으로 물었다.

"저, 곧 영화 찍어야 하는데 별 지장은 없는 거죠? 별로 아프지는 않거든요."

"네, 괜찮을 겁니다. 무리한 액션 영화만 아니면 됩니다."

대웅이 황당한 표정으로 말을 잇지 못하자 병수가 나서서 물어보았다.

"엄청 무리한 액션 영화라면요?"

"이 상태에서 무리하면 액션은커녕 걷지도 못하게 됩니다."

걷지도 못하게 된다고?

긴장하여 입 안이 바싹 말랐다.

"그럼, 상태 좋아지려면 얼마나 걸릴까요?"

"몇 달은 쉬셔야죠."

순간 머릿속이 멍해졌다.

"몇 달이요? 저 당장 다음 주부터 액션 연습 들어가야 해요!"

의사가 더는 들어볼 것도 없다는 얼굴로 단호하게 잘라 말했다.

"그러면 그 영화는 포기해야 합니다."

진료실에서 나와 병원 건물 벽에 기대어 대웅은 망연자실한 표정으로 한참을 서 있었다.

나 참 어이가 없어서. 어떻게 하다 하다 이런 황당한 일이다 생기냐.

병수와 선녀가 침통한 표정으로 제각각 위로의 말을 던졌다.

"기운 내라. 다음에 또 기회가 오겠지."

"어떡해, 대웅아. 너 진짜 이번 영화 포기해야 하는 거야?"

"네가 너무 멀쩡하게 다녀서 그렇게 크게 다쳤는지도 몰랐다."

병수의 말에 대웅이 퍼뜩 가슴에 손을 올리며 새삼스럽게 중얼거렸다.

"미호 덕분에 멀쩡했던 거야."

"미호 씨?"

병수가 어이없다는 듯 눈을 치켜떴다.

"구슬……. 미호가 있어야 해. 미호 갔는데 어떡하지?"

안절부절 못 하며 미호 타령을 하는 대웅을 바라보는 병수의 눈빛이 동정심으로 가득했다.

미호는 동주네 집 안 구석구석 냄새를 맡으며 돌아다니다가 커다란 개 껌을 하나 발견하고는 집어들었다.

"얘네 집에 고기 냄새 나는 건 이거밖에 없네."

아쉬운 대로 고기 냄새 나는 개껌을 질겅질겅 씹으면서 소파에서 텔레비전을 보는 동주의 옆으로 가 털썩 앉았다.

"넌 사람도 안 좋아하면서 왜 사람만 잔뜩 나오는 저걸 보고 있어?"

"사람이랑 접촉하지 않아도 사람들 일을 다 알려주거든요."

동주의 말에 미호가 새로운 사실을 알았다는 듯 자세를 고쳐 앉았다.

"그래? 나도 저거 보고 공부 좀 할걸. 지금부터라도 공부 좀 해야겠다."

미호는 개껌을, 동주는 초코바를 들고 소파에 나란히 앉아 텔레비전을 시청하였다. 계속 공만 쫓아다니는 축구라는 것을 보다가 늙은 여자랑 젊은 여자가 서로 으르렁거리는 드라마라는 것을 봤는데 동주의 설명에 의하면 고부간의 갈등을 다룬 얘기라고 했다. 미호가 가장 흥미롭게 본 것은 남녀 간의 베드신이었다. 그런데 동주가 얼른 다른 데로 채널을 돌리는 바람에 제대로 보지 못해 열 받았다. 마지막으로 본 게 하필이면 목장에 잔뜩 풀어져 있는 소 떼라 더더욱 고기 생각으로 간절해졌다.

미호는 동물병원 구석에 쪼그리고 앉아 책상 앞에서 서류를 들여다보는 동주를 처량하게 쳐다보았다.

"아, 고기가 먹고 싶다."

동주에게서 시선을 돌리자 얌전히 누워 있던 개와 고양이들이 눈에 들어왔다. 동주가 동물들을 유심히 바라보는 미호에게 따끔하게 일렀다.

"그 애들은 먹는 거 아닙니다."

말이 끝나기가 무섭게 미호가 발끈했다.

"나 애들도 안 먹어. 너야말로 애들 먹으려고 데리고 있는 거 아니야?"

어이없는 소리에 동주가 코웃음을 쳤다.

"여긴 식당이 아니라 병원이에요, 병원. 그리고 난 아예 육식을 하지 않아요."

미호의 표정이 금새 절망으로 일그러졌다.

"그러게. 너희 집엔 고기가 하나도 없더라. 아, 고기가 먹고 싶다."

애원하는 미호의 바람을 묵살한 채 동주가 잘라 말했다.

"고기는 없어요. 여기가 절만도 못 하죠."

단호한 표정으로 서류를 들고 안으로 들어가버리는 동주의 뒤통수에 대고 미호가 허망하게 중얼거렸다.

"쟤는 안 통하네."

코를 킁킁거리며 돈 통 앞으로 간 미호는 슬며시 돈통을 열고 얼마나 되는지 헤아려봤다.

"돈도 많으면서."

동주가 빤히 쳐다보는 줄도 모르고 돈을 세다가 이내 동주의 시선을 느꼈는지 미호는 지레 찔린 얼굴로 돈통을 도로 닫았다.

"나, 고기 좀 먹고 올게."

풀이 죽어 밖으로 나가는 미호의 축 처진 어깨를 쳐다보며 동주가 피식 어이없는 웃음을 지었다.

동물병원을 나선 미호는 가장 먼저 나타난 고깃집으로 무조건 들어가 십 인분을 시켜 먹었다. 돈 대신 텔레비전에서 배운 대로 고깃집 뒤뜰에 산처럼 쌓아둔 불판을 빛의 속도로 닦아 새것처럼 만들어주었더니 열 받은 얼굴로 지켜보던 고깃집 사장이 미호의 손을 덥석 잡으며 스카우트 제의를 해왔다. 아직 소속을 만들 수 없다는 말로 부드럽게 거절하고 이번에는 자판기를 찾아 공원으로 갔다. 자판기를 때려서 사이다를 토하게 할 수도 있었지만 어디까지나 인간답게 해결하고 싶어서 자판기를 번쩍 들어 동 전 두 개를 주웠다. 미호가 자판기를 번쩍 드는 모습을 목격하고 얼이 빠져 있는 애들한테는 사이다 하나르 주며 입막음을 시켰다.

공원 잔디밭에 혼자 쭈그리고 앉아 사이다를 홀짝거리며 사람 구경을 하던 미호는 아무리 생각해도 TV를 보며 공부를 한 게 효과가 큰 것 같아 기분이 좋았다.

나 구미혼 거 티 안 내고 인간인 척 잘하는 거 같아.

주머니에서 빨간 병을 꺼내어 유심히 들여다보았다. 그래도 진짜 인간이 되면 더 좋을 것 같다. 병을 쥔 손에 힘을 꾹 주고 주변을 둘러보았다. 도란도란 앉아서 도시락을 먹는 가족들, 다정하게 웃는 연인들, 떠들썩한 친구들 속에서 혼자 앉아 있는 것은 미호가 유일했다.

　인간이 되면 그때는 내 옆에도 다른 사람이 있을 거야. 그게 대웅이었으면 참 좋았을 텐데.

　그렇게 생각하니까 마음이 우울해졌다.

　대웅은 액션스쿨로 뛰어들어와 창고 방을 이 잡듯이 뒤지며 미호의 흔적을 찾았다. 미호가 잠자던 이부자리, 침대 밑, 선반이며 상자들까지 샅샅이 살펴보았지만 아홉 장의 쿠폰 외에는 아무것도 없었다.

　"에이씨, 어떻게 남긴 게 달랑 쿠폰 아홉 장밖에 없어!"

　그렇게 털었는데도 먼지 하나 안 나오는 방바닥에 철퍼덕 주저앉아 푸념을 하였다.

　"얘는 아홉 장이나 모았으면 한 장을 마저 채우고 가야지 뭐가 급하다고 그렇게 말도 없이 날름 없어졌대!"

　오만상을 지은 채 짜증을 내던 대웅이 돌연 자세를 고쳐 앉았다. 분명히 기억 안 나는 시점에 미호가 어디 간다고 말을 하고 갔을지도 모른다는 생각이 들었던 것이다. 대웅은 양반다리를 하고 앉아서 그날 있었던 일들을 곰곰이 더듬어 가기 시작했다.

　호이호이 했어, 그 다음에, 그 다음에 어떻게 됐지? 잠자던 기억을 깨우자. 레드썬, 레드썬, 레드썬.

　아무래도 기억이 안 나자 대웅이 에이씨 성질을 내며 바닥에서 벌떡 일어나 침대 위로 벌러덩 누웠다. 답답하고 허무한 마음에 허공에 대고 하소연을 늘어놓았다.

"구미호, 너 어떻게 그렇게 가냐. 친구라고 해놓고선……"

말을 내뱉는 것과 거의 동시에 그날 밤의 기억 한 자락이 떠올랐다.

— 미호야, 너 나랑 친구하기로 했지?

— 응.

— 너 그럼 내 부탁 한 가지만 들어줄래?

— 뭐?

— 미호야, 너 제발 없어져 주면 안 되냐?

대웅이 얼이 빠진 표정으로 침대에서 일어났다.

미호한테 사라지라고 했다. 내가 가라고 해서 미호가 간 거였다. 알고 보니 범인은 바로 나였던 것이다. 놀라움과 미안함에 당황함까지 오만 가지 감정이 뒤섞여 억장이 무너져 내렸다. 대웅은 어깨를 축 늘어뜨린 채 쿠폰 아홉 장을 집어들고 밖으로 나가 평상 위에 털썩 주저앉았다. 지난번에 갖다 놓은 사이다가 봉지째 그대로 놓여 있었다.

저게 저렇게 그냥 있는 걸 보니, 미호는 여기 와보지 않은 모양이네. 하기야 사라지라고 했는데 여기 올 일이 있겠어?

대웅은 제작사 사무실로 가서 반 감독이 들어오기를 기다렸다. 이제 미호를 만날 수 있을 가능성도 사라지고 마지막 지푸

라기라도 붙잡을 수밖에 다른 도리가 없었다.

"자넨 무슨 일인가?"

여느 때와 마찬가지로 바바리코트와 선글라스를 착용한 반 감독이 들어와서는 대웅을 보고 반색을 했다.

"저 여쭤볼 게 있어서 왔습니다."

반 감독이 궁금한 얼굴로 그를 쳐다봤다.

"촬영 스케줄이 어떻게 되나요? 가능하면 제 촬영은 제일 뒤로, 되도록 끝으로 미룰 수 있을까 해서요."

대웅의 말에 반 감독이 손가락으로 선글라스를 다소 거칠게 밀어올렸다.

"자네, 지금 뭐라고 했나? 내 눈을 똑바로 보고 다시 한 번 말해 보게."

말 한마디 잘못 했다가는 바로 잘라버리고 말겠다는 심상치 않은 기운에 밀려 원래 하려던 말 대신 반 감독의 마음에 들 만한 단어를 선별하여 모범 답안을 급조했다.

"제가 아직 검술 연습이 부족해서 더 갈고 닦은 뒤에 촬영을 하면 좋지 않을까 하는 감독님께서 그냥 무시하셔도 전혀 무방한 그저 저의 작은 의견입니다."

반 감독이 선글라스를 도로 원위치시켰다.

"난 함부로 아무나 무시하지 않네. 그리고 걱정 말게. 곧 액션스쿨에서 나와 함께 뼈가 부서지도록 혹독한 연습이 시작될 걸세."

"혹독한 연습이요."

중얼거리는 대웅의 눈빛에는 이미 혼이 나가 있었다.

"왜 두려운가?"

대웅이 고개를 도리도리 흔들며 이미 결정된 자신의 운명에 필사적이고도 쓸데없는 몸부림을 쳤다.

"아닙니다. 뼈가 부서지도록 연습해야죠."

주먹을 불끈 쥐어 보이고 돌아서는 순간 이마저도 망했구나 하는 절망감이 온몸을 덮쳤다.

사무실에서 나온 대웅은 제작사 한쪽 귀퉁이에서 핸드폰을 꺼내 천보사로 전화를 걸었다.

"여보세요. 천보사죠? 그 절에서 애타게 찾고 있다는 여우 그림 원래대로 돌아왔나요?"

돌아오지 않았다는 답변에 실망하여 전화를 끊었다. 안 돌아왔구나. 하긴 거긴 가기 싫다고 했잖아, 이 야단맞을 기억력아!

손바닥으로 머리통을 찰싹 치는 순간, 그날 밤 그러니까 미호에게 사라지라고 했던 날 밤에 미호에게서 온 음성녹음이 떠올랐다.

"어디 있지?"

미호가 보낸 번호를 찾기 위해 핸드폰을 들고 미친 듯이 버튼을 눌러댔다.

"여기 있다!"

미호는 어쩐지 쓸쓸하기도 하고 대웅이 생각도 나서 공원에서 나와 예전에 지내던 액션스쿨을 향해 걸어갔다. 닭집 앞을 지나가려니 미처 두고 오지 못한 공짜 종이 한 장이 생각나 주머니에서 가만히 꺼내 들여다보았다.

대웅이는 내가 남긴 공짜 종이로 닭을 먹었을까? 아홉 개니까 못 먹었을 거야. 마지막 하나 까지 채워줬으면 좋았을 텐데. 닭집 앞 파라솔에서는 미호와 눈싸움을 했던 여자가 친구들과 앉아 누구 남편이 바람이 났느니 하면서 잔뜩 목소리를 높이고 있었다.

"그 집 여편네가 알고 두 연놈들을 삶아서 머릿고기를 눌러버리겠다고 길길이 날뛰는 걸 봤어야 하는데……."

한창 침을 튀기며 말을 하는 여자 옆에서 얘기를 듣고 있던 아주머니가 말을 끊었다.

"강 여사, 전화 왔네! 얼른 받아봐."

아쉬워하는 눈빛들을 뒤로 한 채 핸드폰을 받으러 가는 여자와 미호 눈이 정통으로 마주쳤다. 반가운 마음에 미호가 활짝 웃으며 손을 흔드는데 여자는 찔끔 겁먹은 표정으로 시선을 내리깔며 어색하게 두어 번 흔들더니 요란스럽게 울리는 핸드폰을 집어든다.

"여보세요."

전화를 받는 여자를 향해 다시 한 번 웃어주고 미호는 액션스쿨을 향해 제 갈 길을 갔다.

액션스쿨, 옥상, 평상, 화분들 모든 게 그대로인데 대웅과 함께 지냈던 흔적들만 깨끗이 지워졌다. 쓸쓸해진 방안에서 미호는 유일하게 남겨둔 공짜 종이 아홉 장을 집어들었다. 가만 들여다보다가 주머니에 있는 한 장을 마저 꺼내어 열 장을 채웠다.

"이제 열 개 됐다. 근데 대웅이는 없어."

시무룩한 표정으로 창고 방을 나와 멍하니 허공을 바라보았다. 여기서 이렇게 기다리고 있어도 대웅이는 이제 여기 안 오겠지. 대웅이 너무너무 보고 싶어서 자꾸만 슬픈 생각이 들었다. 옥상의 난관 앞에 기대서서 어딘가에 있을 대웅을 막연히 불러 보았다.

"대웅아, 나는 되게 멀리 있는 것도 잘 보고 소리도 잘 듣는데 네가 안 보이고 안 들리는 걸 보면 네가 정말 멀리 있나 보다. 나는 아주, 아주 오래 살아서 시간이 어떻게 흘러가는지 셀 줄 몰랐는데 너랑 있고부터는 시간을 세고 있어. 옆에 있으면서 조금만 더, 조그만 더 하면서 세던 시간은 아주 빠르게 지나갔는데 너를 못 보면서 보고 싶다, 보고 싶다 하면서 세는 시간은 너무 느려."

눈물이 날 것만 같아서 미간에 힘을 꾹 주었다. 그렇게 한참 동안 머물다가 이제 그만 가야 할 것 같아 대웅과 함께 많은 일을 했던 방문 고리를 마지막으로 쓰다듬었다.

"있잖아, 대웅아. 내 마음에 너한테 홀려서 제멋대로 시간을 세는 것 같아."

계속 있다가는 아무래도 울어버릴 것 같아 그만 돌아서는데 바람이 쏴 불어왔다. 멈칫 서서 놀란 얼굴로 사방을 둘러봤다. 대웅이다. 대웅이 냄새가 나. 미호가 바람에 머리카락을 날리며 숨을 힘껏 들이마셨다. 점점 더 가까이 온다. 대웅이가 나한테 오고 있어. 얼떨떨해진 마음이 날개라도 단 것처럼 둥실 떠올랐다.

대웅이 계단을 오르는 소리가 들리자 계단 앞으로 가 섰다. 숨을 헐떡거리며 계단을 두 개씩 밟아오는 대웅의 모습을 본 순간 미호는 눈을 찔끔 감았다가 떴다. 꿈이 아니었다. 정말 왔다. 가슴이 터질 것처럼 부풀어 오르고 정신이 아득하였다.

"정말 있네."

대웅이 숨을 헐떡거리며 미호를 쳐다봤다.

"너 나 찾으러 온 거야?"

"그래."

"정말 나 찾았어?"

믿기지 않아 다시 한 번 물었다. 다시 한 번 대웅의 목소리로 듣고 싶었다. 너를 찾았노라고.

"그렇다니까. 찾아서 정말 다행이야."

행복하게 웃는 대웅의 얼굴을 홀린 듯이 바라보다가 미호도 그제야 진심으로 웃었다. 혼자만 행복한 게 아니고 대웅이도 같이 행복해 한다는 것이 기뻐서 웃음이 멈추지 않았다.

미호와 평상에 마주앉아 대웅이 급하게 사온 사이다 캔을 들었다.

"자, 건배하자."

"건배!"

캔을 소리가 나도록 맞부딪히고 사이다를 단숨에 마셔버렸다. 캬 소리를 외치며 미호와 눈이 마주친 순간 왠지 모르게 웃음이 터졌다. 하루 온 종일 미호의 얼굴만 바라보고 있어도 지루하지 않을 것만 같았다.

"내가 너 갑자기 사라진 거 알고 얼마나 놀라고 슬펐는지 알아?"

서운한 표정을 짓는 대웅을 쳐다보며 미호가 담담하게 말을 했다.

"너 되게 좋아하면서 가는 거 다 봤어."

봤구나. 괜히 거짓말은 해 갖고. 뜨끔하여 시선을 피하다가 가만있을 수만은 없어 비장하게 목소리를 높였다.

"다 봤다니 부인하진 않겠어. 그래, 너 없어지고 처음엔 막 좋더라. 그런데 정말 잠깐이었어. 그 뒤에 밀려오는 알 수 없는 허전함엔 나도 정말 깜짝 놀랐다."

다소 과장된 톤이긴 하였지만 어쨌거나 전혀 거짓말은 아니다.

"정말 나 없어지고 허전했어?"

"그럼! 우리가 어떤 사이냐? 내가 너의 소중한 구슬을 품어

주던 사이잖아. 너도 가고 구슬도 꺼내서 그런지 속이 텅 빈 것 같았어. 역시 나는 특별한 친구인 너와 우정을 나누며 구슬을 꼭 품고 있을 때가 좋았다는 걸 깨달았어."

미호의 소중함을 전면에 앞세우고 구슬의 필요성은 살짝 뒤로 감춘 채 미호의 반응을 살폈다.

"나도 너 너무 보고 싶었어."

이 정도 반응이면 나쁘지 않다. 본론을 꺼내봐도 좋을 듯 싶어서 일보 전진을 시도했다.

"그래? 그럼 우리 다시 이전으로 돌아갈까?"

"응, 네가 여기 있으라고 하면 난 여기 있는 게 정말 좋아."

이제 거의 다 왔다! 다시 한 발자국 더.

"그럼 우리 예전으로 돌아가는 기념으로 호이호이!"

대웅이 사이다 캔과 손가락을 동시에 내밀었다. 미호가 캔과 검지를 동시에 맞부딪히며 호이호이를 기분 좋게 외쳤다.

"미호야, 사이다 더 마실래? 너 한 번 마셨다 하면 다섯 캔 이상은 마시잖아."

대웅이 사이다를 한 캔 더 꺼내려고 하는데 미호가 평상 구석에 놓여 있는 먼지 쌓인 비닐봉지를 들어 보였다.

"여기 있어."

대웅이 미호가 들고 있는 봉지를 쳐다보고는 고개를 내저었다.

"그건 지난번에 두고 간 거라 안 차갑잖아. 이거 마셔."

차가운 사이다 캔을 꺼내서 건네는데 미호가 뜨뜻미지근한 사이다 캔을 손에 꼭 쥔 채 감동 받은 표정으로 대웅을 쳐다봤다.

"너 전에도 여기 왔었어?"

어쩐지 멋쩍은 기분에 대웅이 머리를 긁적거렸다.

"그냥 몇 번 왔어. 사람은 잠수 타도 언젠가 나타나겠지 싶은데, 구미호가 뿅하고 사라지니까 완전히 없어진 것 같고 다신 못 볼 것 같고 그렇더라. 그래도 내가 여기 있으면 네가 혹시 다시 오지 않을까 해서 만날 와봤어."

속에 있는 말을 털어놓으려니 쑥스러워 별거 아닌 양 웃어넘기고는 화제도 돌릴 겸 사이다를 다시 건넸다.

"너랑 다시 사이다 먹게 돼서 다행이다. 마셔."

미호가 사이다를 받아들고 조심스럽게 말을 꺼냈다.

"대웅아, 그럼 너 내 구슬 다시 품어 주고 나랑 같이 있을 수 있어?"

너무 속이 보이는 것 같아 차마 말을 못 꺼냈는데 미호가 먼저 말을 해주다니, 순간 어찌나 반갑고 기쁘든지 한 2미터쯤 점프하는 것은 문제도 없을 것 같았다.

"그럼! 나 처음도 아니고 자신 있어."

혹여나 미호의 마음이 바뀔까 봐 냉큼 대답을 하고서는 얼굴 한가득 웃음을 띠었다.

"좀 오래 품고 있어도 돼?"

걱정스러워하는 미호의 얼굴에 대고 대웅이 자신만만하게
외쳤다.

"구슬이를 품고 있을 땐 아침에 개운하고 밤에 잠도 잘 오
더라. 나 구슬체질이야."

그제야 미호가 개운하게 웃으며 양손을 모아 쥐었다.

"정말 너무 다행이다."

소뿔도 단김에 빼랬다고 대웅이 팔을 활짝 벌리고 가슴을
미호에게 내밀었다.

"자! 준비됐으니까 말 나온 김에 줘."

돌연 미호의 표정이 안타까움으로 일그러지며 청천벽력 같
은 말을 한다.

"어떡하지? 나 지금 구슬 없어."

"뭐!"

"어디다 잠깐 빼놨어."

"그 소중한 걸 빼놓고 다니면 어떡하냐!"

구슬을 잃어버리기라도 한 것처럼 부산을 떠는 대웅을 미안
하게 쳐다보던 미호가 자리에서 벌떡 일어섰다.

"잠깐만 기다려. 내가 가서 가져올게."

대웅이 적극적으로 미호의 등을 떠밀었다.

"그래, 얼른 갔다 와. 내가 같이 갈까?"

"아니야. 난 특별하니까 아주 빨리 뛰어갔다 올게."

미호가 가려다 말고 멈춰 서서 대웅에게 하나 마나 한 다짐

을 받아두었다.

"나 좀 늦게 와도 너 여기 꼭 있을 거지?"

"응, 짐 다시 싸 가지고 와서 있을게. 구슬 조심해서 가져오고 너무 빨리 뛰면 사람 아닌 거 티 나니까 주의하고."

벌써 계단을 내려가고 있는 미호의 등을 향해 대웅이 크게 소리를 쳤다.

"얼른 갔다 와."

대웅이 옥상 난간에 서서 바람처럼 질주하는 미호를 흐뭇하게 바라보며 감탄했다.

"오, 벌써 저기까지 갔네. 우리 미호 겁나 빨라."

그나저나 이렇게 미호의 스피드에 감탄만 하며 서 있을 때가 아니었다. 대웅 역시도 미호만큼은 아니지만 빨리 집으로 가서 짐을 챙겨 와야 했다.

집에 돌아와 커다란 가방에 옷가지를 아무거나 급하게 쑤셔 박고 있는데 할아버지가 수상쩍은 표정으로 대웅을 쳐다보았다.

"무슨 영화를 합숙까지 하면서 찍냐?"

대웅이 답답하다는 표정으로 할아버지에게 설명했다.

"할아버지, 국가대표가 올림픽 앞두면 태릉선수촌 들어가지? 그거랑 똑같이 액션배우는 영화 앞두고 액션스쿨에 들어가서 합숙훈련 받는 거야."

대웅의 말을 다 듣고도 할아버지가 여전히 미심쩍은 표정을 풀지 않은 채 질문을 던졌다.

"얼마나?"

"어, 한 삼사일? 일주일, 아니 넉넉잡고 보름 정도면 충분할 것 같아. 그 사이엔 면회도 안 되니까 오지 마. 내가 자주 전화할게."

할아버지가 그제야 이해가 된다는 듯이 고개를 두어 번 끄덕거리더니 의미심장한 미소를 지었다.

"녀석, 요 며칠 여자 땜에 어깨 축 처져서 다니더니. 그래, 훈련 열심히 해라."

대웅이 짐을 꾸리다 말고 순순히 허락을 하는 할아버지를 의아하게 쳐다보았다.

"할아버지가 나한테 열심히 하라면서 집 나가게 놔두는 건 처음이네."

"만날 땡땡이치러 도망가니까 잡았지, 네가 열심히 하겠다고 나서는데 내가 왜 잡겠냐?"

대웅이 새삼스레 할아버지를 쳐다보며 다짐했다.

"나 뼈가 부서지게 열심히 할게."

할아버지 또한 난생처음으로 제대로 된 일에 각오를 다지는 손자를 흐뭇하게 바라보았다.

"부서지면 안 되지. 요령껏 해야지."

"알았어. 요령껏 잘할게."

평생을 돌아봐야 의기투합해 본 일이 거의 없는 두 사람은 시선을 마주한 채 어색한 파이팅을 외쳤다.

대웅이 가방을 들고 할아버지와 거실로 내려갔을 때 눈 밑에 다크서클을 짙게 내려앉은 고모가 소파에 앉아 아이스크림을 통째로 퍼먹고 있었다.

"민숙아, 대웅이 짐도 무거운데 액션스쿨까지 좀 태워다 줘라."

할아버지 말이 미처 다 끝나기도 전에 고모가 무서운 눈초리로 할아버지를 홱 돌아보았다.

"전 거기 안 가요, 아버지. 제 앞에서 액션의 '액'자도 꺼내지 마세요."

분노의 일갈을 토한 후 도로 아이스크림 퍼먹기에 매진하는 고모의 뒷통수에 대고 할아버지가 혀를 찼다.

"계속 저거만 퍼먹는 거 보니 네 고모 또 차였구나……."

과년한 나이에 남자한테 차여 애꿎은 아이스크림이나 작살내는 고모나 그런 고모를 바라보며 안타까워하는 할아버지나 둘 다 안 돼 보이기는 마찬가지라 대웅도 마음이 편치 않았다.

"할아버지, 고모 시집 안 가면 어때. 내가 출세해서 고모 끝까지 책임질게. 부담 갖지 마."

제 딴엔 제법 기특한 소리라 생각했는데 고모가 눈을 희번덕거리며 득달같이 달려들었다.

"부담? 너까지 내가 부담스럽니?"

고모가 어처구니없는 울음을 터뜨리며 아이스크림 통을 품에 꼭 끌어안고 방안으로 뛰어갔다. 할아버지와 대웅이 오늘 들어서만 벌써 두 번째로 의기투합하며 동시에 고개를 저었다.

　혼자 가겠다고 고집을 부리고 집을 나선 지 30초도 안 되어 혜인 누나에게서 문자가 왔다.

　— 오늘 저녁 약속 잊지 않았지? 이따 보자.

　문자를 읽는 순간 갑자기 난감해졌다.

　아, 누나와 저녁 약속을 했었지! 미호가 액션스쿨로 돌아오는 것에 흥분하여 누나와 약속했던 일을 까맣게 잊고 있었다. 어쩌지? 혜인을 만나 잘 구슬린 다음 너무 늦지 않게 액션스쿨로 가는 편이 상책이다.

　일단 백화점에 먼저 들렀다. 미호 얘기를 해도 혜인이 오해하지 않을 수 있을만한 증표로는 커플링이 딱이었다. 대웅은 반지가 진열된 매대를 대충 훑으며 무난해 보이는 커플링을 대강 집었다.

　"이 커플링 주세요."

　"이쪽 것도 잘 나가는데요."

　다른 것을 함께 들어 보이며 추천을 하는 점원에게 대웅이 급하게 서둘렀다.

　"고를 시간 없으니까 그냥 주세요."

　점원이 멋쩍게 웃으며 대웅이 고른 커플링을 포장하였다.

"되게 급하신가 봐요."

"네, 급하게 잡아야 할 사람이라서요. 후딱 포장해 주세요."

백화점을 나와 한 손으로는 슈트케이스를 끌고 다른 한 손으로는 반지 케이스를 든 채 번화가를 걸었다. 이 반지로 누나가 오해 안 하게 잘 설득해야 하는데. 걱정이 이만저만이 아니었다. 심란한 마음으로 약속장소를 향해 가는데 인형을 산더미처럼 쌓아놓고 파는 노점상에서 커다란 닭다리 인형이 눈에 띄었다. 왠지 반가운 마음에 노점상 쪽으로 빠르게 걸어갔다.

"와, 이거 완전 미호 취향이다. 닭고기 인형이네."

대웅이 인형을 꾹꾹 눌러보다가 번쩍 집어서 주인에게 건넸다.

"이거 주세요. 계약금도 받았으니 미호한테도 하나 쏘자."

인형 값을 치르고 있는데 혜인에게서 다시 전화가 왔다. 아직 약속시간 좀 남았는데, 웬 전화지? 약속 취소 전화면 좋겠다 생각하며 전화를 받았는데 오히려 독촉을 하는 전화였다. 급하게 할 말이 있다고 서두르는 폼이 어지간히 심각해 보여서 대웅은 서둘러 약속 장소로 달려갔다.

"급하게 할 말이 뭐야?"

테이블 아래에 슈트케이스와 미호에게 줄 인형을 안 보이게 감춰두고 얼른 혜인의 맞은편 자리에 앉았다. 혜인이 심각하게 대웅을 쳐다봤다.

"대웅아, 너 영화 못 하게 됐다며? 방금 선녀한테 다 들었어."

마치 화가 난 것 같은 혜인에게 대웅이 안심을 시켰다.

"누나, 걱정하지 마. 나 할 수 있어."

그러자 혜인이 흥분하며 언성을 높였다.

"할 수 있다고 우긴다고 될 일이니? 의사가 포기하라고 했다며."

"괜찮아. 문제 될 뻔했는데 다 해결할 방법이 생겼어. 안 그래도 누나 만나서 얘기하려던 게 있는데……."

깜짝 이벤트를 위해 주머니에 감춰둔 반지를 꺼내려고 하는 순간 혜인이 버럭 역정을 내었다.

"난 안 괜찮아. 그런 일은 나한테 먼저 얘기했어야 하는 거잖아. 난 그것도 모르고 널 회사에 추천했던 건데 이제 와서 이러면 내가 뭐가 되니?"

예상했던 것과는 전혀 다르게 이야기가 전개되자 대웅이 당황해서 혜인을 쳐다보았다.

"너랑 나랑 무슨 특별한 사이인 걸로 걱정까지 들으면서 너한테 기회 주려고 한 건데 나 이제 어떡해!"

화를 내는 혜인의 모습에 대웅은 무슨 말을 해야 할지 몰라 반지 케이스를 쥐고 있던 손가락에 힘을 꾹 주었다. 혜인이 다시 대웅에게 따지고 들었다.

"나는 아직 신인인데 회사방침에 어긋난 짓 해서 눈 밖에 나고 싶지 않아. 네가 만약에 영화출연 무산될 거 속이고 덜컥 계약이라도 했다면 내가 남자친구 때문에 회사 속이고 소개했다고 오해받았을 거 아냐."

회사 내에서 자신의 입지를 걱정하고 있는 혜인의 태도가 너무 속상하고 야속해서 화도 나지 않았다. 갑작스러운 부상으로 고대하던 영화에 출연하지 못하는 것으로 들었다면, 설령 그것이 사실이 아니더라도 위로하거나 걱정해야 하는 것이 아닌가 말이다.

"누나가 오해받게 하지 않을게. 남자친구라는 오해도, 속였다는 오해도 받을 일 없을 거니까 걱정하지 마."

반지를 주머니 깊숙이 도로 넣고 그만 자리에서 일어났다.

난 누나 속이려고 한 거 아닌데, 내가 진짜로 속이려고 한 건 미혼데. 한 손에는 슈트케이스, 한 손에는 닭고기 인형을 들고 터덜터덜 걸어가는 대웅의 마음이 씁쓸했다.

동주가 난생처음 만들어본 스테이크 접시를 슬쩍 들어서 보았다. 너무 일찍 세팅을 해둔 탓에 이미 식어 있었다. 미호가 돌아오면 이걸 다시 데워줘야 하나?

쓸데없는 생각을 진지하게 하는 스스로가 어이없어서 쓴웃음이 났다. 그러고 보니 누군가 돌아오길 기다리는 것도 정말 오랜만이다. 그때 미호가 헐레벌떡 뛰어들어오는 소리가 들렸다. 미호를 돌아보는 동주의 입가에 반가운 미소가 번졌다.

"대웅이가 왔어!"

미처 숨도 고르지 못한 미호가 대단한 뉴스라도 전하는 양 잔뜩 흥분하여 소리쳤다. 무슨 영문인지 자세히 말하라는 듯 동주가 미호를 가만히 쳐다봤다.

"대웅이가 나한테 돌아왔다고!"

동주의 표정이 눈에 띄게 굳었다. 미호의 다음 말이 무엇일지는 듣지 않아도 알 것 같았다.

"내 구슬 줘. 나 사람 될 거야."

"벌써 결정한 거예요? 조금 더 생각할 줄 알았더니."

동주가 씁쓸한 듯 미호를 쳐다봤으나 어떤 말로도 미호의 마음을 돌리기는 불가능해 보였다. 귀에 담으려 들지도 않을 것이다.

"대웅이가 내 구슬 품어 준댔어."

"차대웅이 백일을 못 채우고 중간에 다른 여자에게 가거나 구슬만 품은 채 멀리 도망가면 어쩔 거죠?"

미호가 확신에 찬 얼굴로 동주를 쳐다보았다.

"난 대웅이 믿어."

순진한 미호가 안타깝고 답답해서 오랜 기간 마음속으로 품고 있었던 아픈 상처를 드러내 보였다.

"당신을 닮은 길달이란 아이도 그렇게 얘기했었어요. 사람이 되고 싶어했고 사람을 사랑했지만 결국 그에게 배신당하고 흔적도 없이 사라졌죠. 당신도 그렇게 죽을 수 있어요."

효과가 있다. 미호가 두려운지 동주를 바라봤다. 다시 한 번 간절한 바람을 담아 동주가 물었다.

"정말 죽음을 견딜 수 있겠어요?"

"할 수 있어."

망설임 없이 고개를 끄덕이는 미호를 바라보는 동주의 눈빛이 싸늘했다. 잠시 침묵하던 동주가 미호를 식탁으로 안내하고는 테이블 위에 와인 잔 세 개와 화이트와인, 레드와인을 각각 한 병씩 세팅했다.

"좋아요. 당신을 놔 드리죠. 그전에 충고 하나 하자면 당신이 인간이 될 거란 말은 차대웅에게 하지 말아요."

이유를 묻는 듯 미호가 동주를 바라보며 다음 말을 기다렸다.

"당신을 상당히 만만하게 보던데 그나마 가지고 있던 두려움이라도 남아 있어야 함부로 도망가지 못할 거예요."

차갑게 웃는 동주의 말을 곰곰이 생각해보더니 미호가 고개를 끄덕이며 동의했다.

"그래, 말하면 안 되겠지."

동주가 세 개의 와인잔 중 두 개의 잔에 각각 화이트와인과 레드와인을 따르고 나머지 잔 하나는 그대로 비워두었다.

"내 피를 마시면 당신은 서서히 죽어가게 될 거예요."

동주가 레드와인이 든 잔을 들고 미호를 쳐다봤다. 마치 잔

속에 들어 있는 레드와인이 자신의 피라도 되는 것처럼. 그리고 레드와인 잔을 들어 아무것도 들어 있는 않은 빈 잔에 천천히 따르며 말을 이었다.

"당신이 가진 구미호의 기운은 조금씩 비워지게 되죠."

완전히 비워진 잔을 살짝 들어 보이더니 이번에는 화이트와인이 든 잔을 집어들었다.

"그리고 백일 동안 여우구슬이 흡수한 인간의 기운으로 다시 당신을 채우면……."

화이트와인을 원래 레드와인이 있던 잔에 천천히 부으며 말을 하고는 미호를 본다.

"구미호가 인간이 되는 거예요."

동주가 화이트와인으로 채워진 레드와인 잔을 미호에게 건넸다. 미호가 화이트와인을 받아들자 동주가 레드와인으로 채워진 잔을 들고 미호의 잔에 가볍게 부딪혔다.

"부디 인간이 될 수 있길 바라요."

동주가 한껏 심각해 있는 미호를 바라보다가 이내 테이블 위에 덩그러니 남아 있는 텅 빈 잔을 향해 싸늘한 시선을 던졌다.

미호가 대웅에게 간다며 나가자 동주는 테이블 위에 덩그러니 남아 있는 텅 빈 잔을 싸늘하게 바라보았다. 테이블 앞으로 걸어가 초라하게 놓여 있는 빈 잔을 손가락으로 통통 튕겼다.

"인간이 가장 고통스러워하는 죽음은 자신의 죽음이 아니라 사랑하는 사람의 죽음이죠. 백일 동안 품었던 구슬을 구미호에게 돌려주면 그 사람은 어떻게 되는지 말해주지 못했네."

말을 하며 빈 잔을 테이블 밖으로 슬쩍 밀었다. 바닥에 떨어져 산산조각난 유리조각을 쳐다보며 동주가 입술을 비틀어 올리며 차갑게 조소하였다.

"백일 후 당신이 인간이 되는 순간 견뎌야 할 죽음은 차대웅의 죽음이 될 거예요."

대웅은 창고방으로 들어와 출연계약서, 명함, 반지, 자동차 카탈로그를 식탁 위에 늘어놓았다. 차례대로 보고 있으려니 한숨이 절로 나왔다. 자신만만했는데 벌써 삐걱거리는 것 같아 기분이 심란했다. 닭고기 인형을 쿠션 삼아 품에 안고 생각에 골몰하고 있다가 갑자기 자리에서 벌떡 일어섰다.

근데 미호는 왜 이렇게 안 오는 거지? 혹시 또 뿅 한 거 아니야? 불안한 마음에 창고방을 나서는 순간 미호의 모습이 보였다. 평상에 앉아 손가락만 한 병 두 개를 번갈아 쳐다보면서 뭔가 고민하는 듯했다.

"미호야, 언제 왔어? 왔으면 부르지 왜 이렇고 있어?"

반가운 마음에 다가가자 미호가 대웅에게 들고 있던 두 개의 병 중 파란 병을 들어 보였다.

"대웅아, 나 구슬 갖고 왔어."

대웅이 파란 병에 얼굴을 바싹 들이밀며 신기하게 쳐다보왔다.

"와, 이게 내 속에 있던 여우구슬이구나."

"응, 이거 네가 품어줄 수 있지?"

"어? 응."

막상 실체를 보니 마음 한구석이 켕겼다.

"네가 내 구슬을 품고 있는 동안에는 내 옆에서 멀리 가면 안 돼. 절대로 다른 여자랑 기를 나눠도 안 되고 항상 내 옆에 나하고만 있어야 해."

"알아. 구슬을 가지고 있으려면 그 약속은 지켜야지."

미호가 당연하게 대답하는 대웅의 안색을 새삼스럽게 살폈다.

"백일 동안 지킬 수 있겠어?"

미호가 조심스럽게 하는 말에 대웅은 그만 입이 떡 벌어졌다.

"백일?"

"응, 이번엔 백일 동안 가지고 있어야 해. 중간에 그만둘 수도 없어, 절대로."

한 달도 길다고 길길이 뛸 판에 백일이라니.

"야, 백일은 너무 길지! 백일이나 다른 여자 만나지 말고 네 옆에만 붙어 있으라고? 네가 무슨 내 여자친구냐?"

어이없다는 듯 거세게 항의하는 대웅의 말을 가만 듣고 있던 미호가 돌연 눈을 반짝였다.

"그런 게 여자친구면 그래, 나 네 여자친구 할래."

말도 안 되는 소리에 대웅이 기겁하며 소리를 내질렀다.

"야! 구미호가 어떻게 사람 여자친구가 돼? 그게 말이 돼!"

미호가 눈을 동그랗게 뜬 채 안 될 게 뭐냐며 따졌다.

"왜 안 돼? 나도 할 수 있어. 나 네 여자 친구 시켜줘!"

턱도 없는 소리를 천연덕스럽게 하는 미호의 말에 대웅은 그만 말문이 콱 막혔다. 얘가 뭘 시켜달라는 거야. 이건 정말 해도 해도 너무 하네.

"나 없어서 허전했다며, 찾아다녔다며, 내가 없어질까 봐 걱정됐다며."

말을 않고 있으려니까 갈수록 첩첩산중이다.

"대웅아, 나 네 여자친구 되고 싶어."

아무리 배우 데뷔가 시급하다 한들 이런 말도 안 되는 일까지 저지를 수는 없다. 사람이란 무릇 넘지 말아야 할 선이 있는 법이거늘.

"절대 안 돼."

고개를 휘휘 내젓고는 평상에서 일어나 방 안으로 들어왔다. 막상 방으로 들어와 식탁 위에 주르륵 놓여있는 계약서들을 보니 환장할 노릇이다. 눈앞에 다가온 기회들을 송두리째 날려버리게 생겼다. 미치겠네. 아무리 구슬이 필요해도 그렇지 어떻게 구미호 남자친구가 돼. 쟤는 어떻게 그런 야단맞을 생각은 한 거야. 괴로운 표정으로 방문에 머리를 쿵쿵 찧고 있는데 문 너머에서 미호의 목소리가 들렸다.

"대웅아."

대웅이 머리 찧는 것을 멈추고 문을 바라봤다.

"대웅아, 나 갈게."

계약서들이 백지장으로 변해 저 멀리 날아가는 그림이 눈앞에 그려졌다. 그래도 어떻게 해. 할 수 없지.

"나 있던 대로 돌아갈 거야. 이번에 가면 세상에 나오지 못할 거야. 다시는 네 앞에 나타나지 않을게."

다시는……?

대웅이 멍한 표정으로 문을 향해 물었다.

"그럼 다시는 못 보는 거야?"

"응, 다시는 못 보는 거야."

"지금 바로 가는 거야?"

생각지도 못했던 얘기에 완전히 당황하였다. 구슬을 품어주지 않는다고 미호가 이렇게 급하게 가버릴 줄은 전혀 몰랐다.

"갈게. 잘 있어. 대웅아."

그냥 확인차 물어본 것뿐인데 곧바로 작별인사부터 고하다니, 세상에 그런 매너가 어디 있어! 방 안에 있는 사이 미호가 영영 떠나가버릴까 봐 문을 벌컥 열었다.

"네가 잘못 알고 있는 게 있어! 내가 허전해서 찾아다니고 없어질까 봐 걱정된 건 네가 아니고 구슬이야!"

화를 낼 줄 알았는데 마땅히 그럴 거로 생각했는데 미호는 그저 담담한 시선으로 바라만 봤다.

"구슬이 필요해서 내가 너 속인 거라고. 그래도 나한테 구슬 줄 수 있어?"

"응."

주저하는 기색 하나 없이 대답하는 미호가 답답해서 오히려 화가 치밀었다.

"넌 기분 나쁘지도 않냐? 그래도 괜찮아?"

"내가 필요하다고 하면 더 좋겠지만 구슬도 내 일부고 그게 없어질 일도 없잖아."

맺힌 구석 하나 없이 말하는 미호 때문에 오히려 듣는 쪽이 미안해졌다. 할 말이 없어 가만 있는데 미호가 웃으며 말을 이었다.

"차라리 잘 됐다. 네가 구슬이 그렇게 좋으면 그거 가지고 있는 동안엔 날 떠나지 않을 거잖아."

이쯤 되면 차라리 감동이다. 여기다 대고 싫다는 말은 차마 할 수가 없다.

"…… 정말 백일이면 되는 거야?"

"응, 백일이면 돼."

"백일일도 안 돼. 딱 백일이다!"

엄포를 늘어놓는 대웅을 쳐다보며 미호가 순순히 고개를 끄덕였다.

"응, 딱 백일!"

"그래, 이렇게 된 거 백일 눈 딱 감고 해보지, 뭐."

"그럼 나 여자친구 시켜주는 거야?"

뛸 듯이 기뻐하는 미호 때문에 안 그래도 따끔따끔하던 마음이 본격적으로 아파왔다.

"아무리 구미호지만 그래도 여잔데 자존심도 없냐?"

미호가 퉁명스럽게 말하는 대웅을 멀뚱멀뚱 쳐다봤다. 이거야 원, 자존심이 뭔지도 모르는 표정이다.

"아무튼, 이건 아니다."

대웅이 몸을 휙 돌려 방으로 들어가자 미호가 격한 목소리로 항의했다.

"시켜 준다며! 나 여자친구 하게 해 줘!"

미호가 대웅이 뒤를 졸졸 따라다니며 여자친구 시켜달라고 막무가내로 졸라대는데, 아무래도 미호는 연애를 무슨 소꿉놀이 배역 정하기 정도로 생각하는 모양이다. 졌다. 내가 져야지.

"난 사람이니까 사람 식으로 할 거야."

대웅이 결심한듯 미호의 손목을 붙잡았다. 그리고는 아까 사두었던 반지를 꺼내 미호에게 정식으로 프러포즈하였다.

"구미호! 내 여자친구가 돼 줘."

함박웃음을 지은 채 몇 번이고 고개를 끄덕거리는 미호의 손가락에 반지를 끼워주었다.

"이제부터 구미호는 차대웅의 백일 여자친구다."

독립선언문이라도 낭독하는 것처럼 비장하고도 엄숙한 프러포즈에 미호의 꼬리가 폭죽 터지듯 펼쳐졌다. 처음 보는 광

경도 아니건만 아직 익숙한 경지에는 이르지 못했는지 새삼
겁이 나서 두어 발자국 뒤로 물러섰다. 그러거나 말거나 미호
는 손가락에 낀 반지를 내려다보며 헤실헤실 웃기만 했다.

프러포즈가 끝이 나고 대웅은 파란 병을, 미호는 빨간 병을
들고 평상에 마주앉았다.

"그건 뭐야?"

대웅이 눈짓으로 미호가 들고 있는 병을 가리켰다.

"내 구슬을 오래 빼두는 대신 마셔야 하는 거야."

"자, 원샷이다!"

두 사람은 각자 들고 있는 병을 높이 들며 신나게 건배를 외
쳤다.

백일 간의 연애 계약

미호가 반지를 낀 손가락을 들어 보이며 배시시 웃었다.

"이제 나는 대웅이 네 여자친구야."

그리고는 대웅의 손을 붙들고 제 손가락을 마주한 채 양쪽의 커플링을 번갈아 바라보며 흐뭇하게 웃었다.

"너랑 나랑 짝이다!"

대웅이 미호의 반지에 제 반지를 건배하듯이 짝 부딪혔다.

"그래, 안타깝고 억울하기 짝이 없지만 짝이네. 하지만 딱 백일 동안만이야."

"대웅아, 짝도 됐는데 내가 정말 해보고 싶었던 거 하게 해줄래?"

무지 바라는 얼굴로 쳐다보는 미호에게 대웅이 선심을 쓰듯 고개를 끄덕여 보였다.

"어차피 이렇게 됐는데 못 할 게 뭐야. 뭐가 하고 싶니?"

"잠깐만."

미호가 부지런히 창고방을 왔다갔다 박스를 가져다 뒤집어 놓더니 그 위에 물이 가득 담긴 대접을 올려놓았다. 도대체 뭐 하려고 저러지, 황당해 하고 있는데 미호가 팔뚝에 커다란 수건을 한 장 걸고 대웅의 앞에 조심스레 섰다.

　"수건을 왜 둘렀어?"

　미호가 얼굴을 가리고 있던 팔뚝의 수건을 살짝 내렸다. 양 볼에 뻘건 칠을 해놓고 머리카락은 젓가락을 비녀 삼아 하나로 틀어 올린 채 저 혼자 신이 나서 헤헤 웃고 있다. 이게 무슨 해괴한 짓인가 싶어 뜨악하게 쳐다보는데 갑자기 엉거주춤한 포즈로 엉덩이를 어색하게 내렸다.

　"절 받으십시오."

　어라, 뭐야, 이건. 그러니까 지금 얘가 하고 있는 괴상한 복장이 신부 복장이었던 거야?

　"그만!"

　대웅이 기겁하며 소리를 지르자 미호가 발을 벌리다가 말고 엉거주춤한 자세 그대로 멈추었다.

　"뭐 하려고 하는지 감 잡았는데 이건 안 돼."

　"나 이거 꼭 해보고 싶었단 말이야. 계속 하게 해줘."

　떼를 쓰며 조르는 미호에게 대웅이 단호하게 잘라 말했다.

　"안 돼! 구슬 땜에 얼결에 남자친구 됐다고 은근슬쩍 신랑 만들려고 하는 거냐? 구미호가 진짜 염치없기 짝이 없어. 어이가 짝하고 야단을 때린다."

대웅이 제 뺨을 때리는 시늉을 하며 평상을 내려갔다. 불쌍한 표정으로 쳐다보고 있는데도 아랑곳하지 않고 창고방으로 걸어가는 대웅의 단호한 태도에 미호도 그만 조르기를 포기한 채 평상 위에 털썩 주저앉았다.

"에이, 이건 꼭 하고 넘어가려고 했는데 아쉽다. 웅아, 그럼 우리 짝짓기나 하자."

"뭐?"

대웅이 얼빠진 얼굴로 미호를 돌아보며 손가락으로 귀를 세게 후볐다.

"나 지금 뭐 잘못 들은 거 같은데, 뭘 하자고?"

미호가 얼른 평상에서 일어나 대웅의 옆에 척하니 섰다.

"짝짓기."

대웅이 미호를 뚫어지게 쳐다보는가 싶더니 갑자기 미친 듯이 웃어젖혔다. 대웅을 이렇게 크게, 그리고 오랫동안 웃게 한 적은 처음이라 왠지 우쭐한 기분이 들었다.

"그렇게 좋아?"

대웅이 웃음을 딱 그치고 미호를 무섭게 노려보았다.

"구미호랑 짝짓기를 하느니 구슬을 토하겠어."

손가락을 입 안에 집어넣고 우웩, 우웩 소란을 떠는 대웅을 새침하게 쳐다보며 미호가 피 하고 입바람을 불었다.

"그게 그런다고 나올 것 같아? 이제 백일 동안은 절대 못 빼. 그동안 넌 내 꺼야."

화가 난 사람처럼 미호를 노려보고 서 있던 대웅이 갑자기 성큼 다가왔다. 저도 모르게 뒷걸음질치다가 벽에 부딪혀 그대로 서 있는데 대웅이 벽에 손바닥을 턱하니 짚더니 미호 앞에 딱 붙어 섰다.

"그래, 좋아. 해보자. 네가 원하는 게 이런 거야?"

위협하듯 강한 어조로 묻는 대웅에게 미호가 해맑게 웃으며 고개를 끄덕였다.

"응!"

"역시 반응이 보통 인간 여자하고는 다르구나. 아주 남달라."

미호가 땅이 꺼져라 한숨을 쉬는 대웅의 허리에 가만히 팔을 둘렀다. 대웅이 경악을 떨며 미호의 팔을 떼어내려고 안간힘을 썼다.

"미호야, 이러지 마. 장난친 거야."

허리를 감고 있는 팔에 힘을 꽉 주니까 대웅의 목에 핏대가 섰다.

"장난친 거라니까!"

"그런 게 어디 있어?"

"미안해. 놔봐. 좀 놔!"

치열한 사투 끝에 가까스로 미호를 떼어내고 대웅이 잽싸게 방안으로 들어가 문을 닫았다.

순간 만감이 교차했다. 내가 섣불리 바보짓을 한 건가? 아니야, 뱃속에 구슬이만 생각하자. 백일만 참으면 끝이야. 방문 너머에서 미호가 투덜거리는 소리가 들려왔다.

"사람이 구미호한테 장난치고 있어. 좋다 말았네."

침대에 누워 잠을 청하고 있는데 어디선가 음울한 여우울음 소리가 들려 왔다. 소스라치게 일어나 바짝 긴장한 얼굴로 소리를 따라가 보니 화장실에서 나는 소리였다. 열린 문틈으로 조심스럽게 화장실 안을 들여다보았다. 미호로 추정되는 인물이 귀신처럼 머리를 산발로 풀어헤치고 바닥에 쭈그리고 앉아 울고 있었다.

"미호니?"

산발한 머리카락 사이로 얼굴을 빼꼼 내밀고 불쌍하게 쳐다보는 건 분명 미호였다.

"놀랬잖아. 너 왜 그래?"

대웅의 물음에 미호가 다시 여우울음 소리를 내기 시작했다. 아까 너무 심하게 굴었나 싶어 미안하기도 하고 걱정이 되어 미호에게 다가갔다.

"너 울어?"

고개를 드는 미호의 볼이 시뻘겋게 달아올라 있었다. 뭐지, 싶어 들여다보니 아까 연지 곤지 그렸던 게 번진 모양이다.

"안 지워져. 이게 안 지워져."

눈물을 뚝뚝 떨어뜨리며 제 볼을 어루만지는 미호에게 뭘로 그렸냐고 물었다.

"이거."

대웅이 미호가 들고 있는 매직을 뺏어 들고 유심히 들여다보았다.

"야, 유성매직으로 얼굴에 그린 거야?"

"난 그냥 빨간 물감인 줄 알고……."

"봐봐. 얼굴 좀 들어봐."

뭘 잘 했다고 징징 우는지 미호의 턱을 붙잡고 볼을 자세히 들여다보았다. 안 그래도 기운이 장사인 애가 얼마나 문질러 댔는지 벌겋게 부어 있었다.

"무슨 구미호가 이렇게 떨떨하냐."

유성매직으로 얼굴에 낙서한 주제에 떨떨하다는 소리는 듣기 억울한지 미호가 입술을 불퉁 내밀었다.

"방법을 찾아보자."

대웅은 핸드폰을 들고 '얼굴에 묻은 유성매직 지우는 법'을 검색창에 쳤다.

"답변이 많네. 너처럼 떨떨한 사람들이 좀 있나 보다."

"그래? 나 사람 같은 짓한 거야?"

분위기 파악 못 하고 푼수짓을 보태는 미호를 한심하게 쳐다보다가 핸드폰을 다시 들여다보았다. 물파스로 지울 수 있다고 쓰여 있다. 모기 물린 데 바르려고 사두었던 물파스를 꺼내 인터넷에서 읽은 대로 미호의 얼굴을 톡톡 물파스로 두드려 발랐다.

"오, 이거 시원하다."

"가만있어 봐."

뭣 때문에 이러고 있는지 까맣게 잊었는지 당장 시원한 감각에만 급급해 안면근육을 무너뜨리며 실실거리는 미호에게 따끔하게 이르고 탈지면으로 벌건 볼을 문질렀다.

"지워진다!"

"정말?"

"얼굴에 이런 건 괜히 칠해가지고."

대웅이 툴툴거리며 볼에 물파스를 톡톡 뿌리자 미호가 풀죽은 얼굴로 시선을 내리깔았다.

"나 얼굴에 빨간 거 찍고 시집가는 거 해보고 싶었단 말이야."

구미호도 사람처럼 시집을 가기도 하나? 대웅이 궁금한 눈으로 쳐다보자 미호가 아주 오래전 얘기를 꺼냈다.

"옛날에 시집가서 인간세상에서 살아보려 했었어. 그런데 구미호가 간 파먹는다고 소문이 나서 아무도 나한테 오지 않는 거야. 그래서 시집도 못 가고 그림에 갇혔어."

속상해하는 미호의 볼을 잠자코 솜으로 문질렀다. 울긋불긋한 매직 자국은 이제 거의 지워졌다.

"네가 그 시대 악플의 피해자구나."

"악플이 뭔데?"

"남의 얘기 나쁘게 지어내서 욕하고 소문내는 거. 그 시대에도 그런 사람들이 있었네."

가려운 데를 긁어주는 대웅의 말에 미호가 반색을 하며 목소리를 높였다.

　"나 정말 사람 잡아먹은 적 없거든. 호랑이가 사람 먹으려고 하는 거 내가 그러지 말라고 말려준 적도 있어."

　"네가 말리니까 호랑이가 말을 들어?"

　호랑이를 말 한마디로 설득할 수 있다니 대웅에게는 그저 신기한 일이었다.

　"응. 말 안 들으면 내가 잡아먹는다 그랬거든."

　"아, 넌 주로 잡아먹는다는 말로 협박을 하는구나."

　"오백 년도 넘게 지났는데 아직도 그런 소문이 있는 거 보면 소문은 쉽게 없어지지 않는 모양이야."

　속상해하며 푸념을 하는 미호가 안 돼 보여 대웅이 선심쓰듯 말했다.

　"편견은 쉽게 바뀌지 않지. 내가 나중에 훌륭한 영화배우 되면 내 친구 김병수 감독이랑 같이 구미호에 대한 편견을 깨 주는 영화 만들어서 네 누명 벗겨줄게."

　"정말?"

　뛸 듯이 기뻐하는 미호의 모습에 어깨가 으쓱해졌다.

　"그럼. 내가 영화배우 되는데 네 구슬도 일조를 하게 됐으니까 그 정도 선물은 해야지."

　선물이란 말을 내뱉자 아까 샀던 닭고기 인형이 퍼뜩 떠올랐다.

"아, 맞다, 선물."

느닷없이 침대로 달려가는 대웅의 뒷모습을 미호가 멀뚱히 쳐다보았다.

"너 정말 깜짝 놀랄 거다."

안 그래도 궁금해 미치겠는 표정으로 있는 미호에게 대웅이 의미심장한 미소를 날렸다.

"미호야, 네가 제일 좋아하는 게 뭐야?"

미호가 한 치의 망설임도 없이 즉각 대답했다.

"고기!"

대웅이 만족스러운 표정으로 고개를 끄덕였다.

"그렇지. 이건 모양으로 보나 크기로 보나 딱 너를 위한 선물이다."

너무 궁금해 돌아가시기 일보 직전인 미호를 향해 대웅이 여유작작 당부의 말씀까지 늘어놓았다.

"너 너무 좋다고 꼬리 튀어나오면 안 된다."

계속 되는 간보기에도 미호는 싫은 내색 하나 없이 엉덩이를 꼭 막으며 설레는 표정으로 고개를 끄덕거렸다.

"구미호 씨를 위한 초특급 슈퍼 킹사이즈 닭다리! 짠!"

대웅이 닭고기 인형을 번쩍 들어 보이자 미호가 입을 떡 벌리며 환호성을 내질렀다.

"이야! 진짜 큰 고기다!"

"미호야, 고기 받아!"

힘 조절에 실패해 멀게 던져진 닭고기 인형을 미호가 잽싸게 뛰어가서 슬라이딩 점프를 하며 받아냈다. 그대로 고꾸라져 인형을 깔고 누워 있는 미호를 바라보던 대웅이 걱정스러운 얼굴로 다가왔다.

"어? 미호야, 괜찮아?"

미호가 인형을 베게 삼아 얼굴을 파묻은 채 아무 말도 하지 않았다.

"미호야, 왜? 별로야? 진짜 고기 아니라서 실망했어?"

그제야 고개를 들고 고개를 도리도리 저었다. 커다란 눈망울이 촉촉하게 젖어 있었다.

"너무 좋아. 너무 좋아서 꼬리가 아니라 눈물이 나오려 그래."

"네가 그렇게 좋아해 주니까 사온 보람이 있다. 내가 한가할 때 고기 집에 두어 시간 널어놓고 냄새도 배게 해줄게."

고작 닭고기 인형을 꼭 끌어안고 마냥 행복해 하는 미호 덕분에 대웅도 덩달아 행복했다.

"다음엔 소갈비 인형도 찾아볼게."

액션스쿨 연습실에서 대웅은 반 감독에게 목검을 겨누고 있었다. 바로 곁에는 제작피디와 스턴트맨 몇몇이 대웅의 연습 장면을 심각한 표정으로 바라보고 있다. 대웅이 목검을 툭 떨어뜨리고 반 감독 앞에 털썩 무릎을 꿇으며 항복을 선언하는 것으로 연습은 끝. 반 감독이 대웅의 어깨를 붙잡고 격렬하게 일으켜 세웠다.

"자네, 대체 뭔가? 어떻게 이럴 수 있지!"

반 감독이 대웅의 어깨를 격하게 흔들며 따지듯이 물었다. 마땅히 답변할 말이 떠오르지 않아 반 감독이 흔드는 대로 가만 흔들리고 있는데, 반 감독이 감탄스럽다는 듯이 말했다.

"완벽한 액션이었어!"

"내 눈을 똑바로 보게!"

반 감독이 대웅의 머리를 붙잡고 대웅의 눈을 똑바로 쳐다보았다. 대웅도 질세라 눈을 부릅떴다.

"어째서 자네의 눈엔 두려움이 없지?"

혼란스러운 표정으로 쳐다보는 반 감독을 향해 대웅이 다시 한 번 눈에 힘을 주었다.

"두려움이 뭔지 전 모릅니다."

"공중 삼 회전 후 한 다리로 착지할 때 떨리지 않았나?"

"전혀요."

"한 다리 착지를 하다 잘못 하면 큰 부상을 입을 수도 있어!"

반 감독이 자기 일처럼 흥분하며 언성을 높였다.

"전 부상 따위 두렵지 않습니다. 다칠까 봐 몸 사리며 액션하는 소심한 놈 아닙니다."

구슬이 있으니 이제 무서울 것도 두려울 것도 없는 대웅이었다. 반 감독이 감격한 얼굴로 대웅을 품에 꼭 끌어안았다.

"왜 이제 나타난 건가! 자네의 액션엔 감동이 있어."

곁에서 지켜보던 제작피디와 스턴트맨들이 반 감독만큼은 아니지만 제법 진지한 태도로 박수를 쳤다. 대웅도 자랑스러운 듯 자기 자신을 향해 박수를 보냈다.

"더 큰 감동을 드리겠습니다."

이 모든 장면을 얼이 빠진 표정으로 지켜보던 병수가 대웅을 연습장 구석으로 데려갔다.

"너 정말 괜찮아? 아픈데 꾹 참고 있는 거 아냐?"

미호에게 받은 구슬 덕에 불사조로 거듭난 대웅의 속사정을 모르는 병수로서는 당연한 걱정일 터. 대웅이 친구의 머리통을 꽉 잡아 시선을 마주했다.

"내 눈을 똑바로 봐. 이게 아픈데 꾹 참는 눈으로 보이냐?"

병수가 진지한 눈빛으로 고개를 저었다. 그제야 대웅은 머리를 놔주고 병수를 향해 씩 웃었다.

"괜찮다고 했잖아. 다 잘 해결됐어."

대웅이 생수를 병째 들고 꿀꺽꿀꺽 마시고 있는데 병수가 반지 낀 손가락을 유심히 쳐다보았다.

"그 반지는 뭐야?"

"아, 이거. 그냥 별거 아니야."

대충 얼버무리며 손가락을 움츠리자 병수가 화를 벌컥 냈다.

"별거 아니긴, 딱 봐도 커플링이구먼. 너 이 자식, 미호 씨 떠난 지 얼마 됐다고. 에이, 남녀관계에 남이 무슨 상관이라고. 다 저 알아서 할 일이지."

미호랑 나눠 낀 커플링이라고 말하느니 차라리 바람둥이로 오해 사는 편이 나을 것 같아 대웅은 침묵으로 일관했다.

"나 대웅이 여자친구 됐어."

동물병원 앞 벤치에 앉아 반지 낀 손가락을 보여주며 미호가 동주에게 자랑을 했다. 동주가 피식 웃으며 반지를 슬쩍 쳐다봤다.

"구슬이 정말 필요하긴 했나 보네요."

"이런 반지는 좋아하는 사람한테 주는 거지?"

"차대웅한테 당신은 '좋아하는'도 아니고 '사람'도 아니잖아요."

동주가 웃는 얼굴로 미호의 꿈을 한낱 개꿈을 만들어놓았다.

"나 사람 될 거고 앞으로 좋아하게 될 수도 있지!"

사람들이 잘하는 말 중에 '사람 일은 모르는 거다'라는 말도 있지 않은가 말이다. 게다가 백일만 지나면 사람이 되니까 가능성은 더 높아진다.

"차대웅이 당신을 좋아해 줄 거라는 기대를 하고 있나 본데 당신의 뭘 보고요?"

"대웅이는 내가 특별하다고 했어. 나는 빨리 뛰고 높이 뛰고 대단하다고 했어."

말을 하고 보니 절로 우쭐해졌다. 이렇게 특별한 이유가 있다니.

266

"빨리 달리는 차가 있고 높이 나는 비행기가 있는데 그런 능력은 특별하긴 해도 쓸모는 없어요."

일리 있는 말이지만 미호는 기분이 상했다.

"나는 멀리 있는 것도 되게 잘 보고 잘 들어."

동주가 이번에는 핸드폰을 들어 보였다.

"그런 능력도 이거보단 못 할 걸요."

얘가 진짜! 울컥했지만 틀린 말이 아니라서 반박할 수도 없었다.

"나 많이 먹는다고 칭찬도 해줬어!"

화낸 적이 훨씬 많다는 점에서 찔리긴 했지만 가뭄에 콩 나듯 감탄을 했던 것도 사실이니까 전혀 거짓말은 아니다.

"그만큼 돈이 많이 든다는 건데 돈 많이 버는 여자는 좋아라 해도 돈 많이 드는 여자는 환영 못 받아요."

"난 되게 예쁘잖아!"

이번만큼은 동주도 고개를 끄덕였다.

"그건 인정해줄게요. 그런데 예쁜 거만 믿고 몸으로 덤비는 여자, 그건 부작용이 아주 커요. 강하게 충고하는데 앞으로 절대 차대웅한테 짝짓기하자고 덤비지 마세요."

입바른 소리만 해대는 동주가 야속해서 입술을 불퉁 내밀고 있으려니 이렇게 화만 내고 있을 일이 아니라는 생각이 들었다. 그럴 게 아니라 인간을 잘 알고 있는 동주에게 무엇이든 배우는 게 급선무였다.

"그럼 내가 어떻게 해야 돼?"

미호가 여태까지와 태도를 바꾸어 동주에게 물었다.

"지금까지처럼 당신이 원하는 걸 얻으려고 협박만 하지 말고 그 사람이 원하는 걸 들어주려고 해봐요."

"대웅이가 원하는 거……."

심각하게 고민에 빠져 있는 미호의 코앞으로 동주가 불쑥 개 껌을 봉투째 내밀었다.

"이거 좋아하죠? 고민하면서 드세요."

동주에게 건네받은 개 껌 봉투에서 개 그림을 보고는 미호가 버럭 성질을 내었다.

"내가 개야?"

"무시해서 미안해요."

다시 달라고 손을 내미는 동주를 못 본 척하고 개 껌을 챙겨 들고 자리에서 일어나 등을 획 돌렸다.

"길 가면서 먹진 마요!"

붙잡을세라 총총히 걸어가는 뒷모습에 대고 동주가 짧게 웃었다.

"낭자! 아냐, 이건 너무 느끼하네. 다시 하자. 낭자. 아, 이러면 너무 촐랑 맞아 보이고"

대웅이 창고방 벽에 걸린 거울을 상대로 자문자답하며 시나리오 연습에 열중이다. 벌써 한 시간 넘게 미호는 닭다리를 끌어안고 이부자리에 누워 연습장면을 보고 있었다.

"대웅아."

"어."

대웅이 시나리오에서 눈길도 떼지 않은 채 건성으로 대답했다.

"네가 나한테 이런 선물도 줬으니까 나도 네가 원하는 거 해주고 싶은데 뭐 해줬으면 좋겠어?"

대웅이 시선도 한 번 주지 않은 채 딱 잘라 말했다.

"조용히 해줬으면 좋겠어."

"너한테 뭐든 해주고 싶다니까. 원하는 거 다 말해봐, 웅아!"

말 같지 않은 소리에 대답하지 않고 있으려니 미호가 웅아, 웅아, 웅아, 시끄럽게 이름을 불러댔다.

"아, 시끄러! 조용히 해달라는 것도 안 들어주면서 뭘 해주겠다고!"

"네가 해달라는 거 다 해줄게."

분부만 내려주십시오 하는 얼굴로 방실거리는 미호에게 대웅이 여봐란듯 물어보았다.

"정말? 너 당장 고기 끊으라고 하면 끊을 수 있어?"

닭고기 인형을 꼭 끌어안은 채 불쌍한 얼굴로 침을 꿀꺽 삼키는 미호를 성가시게 쳐다보며 대웅이 손바닥을 휘휘 내저었다.

"구미호한테 무리한 요구할 생각 없으니까 신경 쓰지 말고 조용히 있기나 해줘."

미호도 더 이상 조르지 않고 고분고분 대답했다.

"조용히 할 테니까 나중에라도 꼭 얘기해줘. 내가 꼭 들어줄게."

그런 미호가 낯설게 느껴져 대웅이 시나리오를 읽다 말고 미호를 새삼스레 보는데 미호가 깜짝 놀란 얼굴로 방문을 바라보았다.

"어, 누가 온다!"

문밖에서 들려오는 남자들의 목소리에 대웅이 서둘러 옥상으로 나갔다.

"감독님이 여기 숙직실 정리하라시는데……."

대웅도 여러 번 안면이 있는 액션스쿨의 직원들이었다.

"지금은 안 되는데…… 제가 잠깐 감독님께 얘기해볼게요. 죄송합니다."

대웅이 퇴근하는 반 감독을 만나려고 주차장을 향해 서둘러 달려갔다.

"감독님, 영화 찍는 동안 제가 위에 숙직실에서 쭉 지내게 해주십시오."

대웅의 말에 반 감독이 의아한 표정을 지었다.

"창고로 쓰던 곳이라 생활하기가 편하지 않을 텐데. 혹시 무슨 문제 있어서 그런 거 아닌가?"

뜨끔했지만 애써 태연한 얼굴로 반 감독을 납득시킬 이유를 주저리주저리 주워 삼켰다.

"영화에 집중하고 싶어서 그럽니다. 여기서 지내면 틈나는 대로 연습할 수 있을 것 같아서요."

"자네가 여기서 지낸다…… 생각 좀 해보세."

반 감독이 미심쩍은 표정으로 생각에 골몰하였다. 반 감독의 결정에 미약하나마 영향력을 행사하기 위하여 대웅은 필사적으로 액션스쿨에 보탬이 될 만 한 일들을 떠올렸다.

"제가 액션스쿨 관리를 확실히 하겠습니다. 밤에 경비도 서고 틈나는 대로 청소도 하고 장비도 반짝반짝 닦아두겠습니다. 저기 간판에 먼지가 많이 꼈네요. 제가 저것도 닦아두겠습니다."

고민에 잠겨 있던 반 감독이 뭔가 획기적인 생각이라도 난 것처럼 눈을 번쩍 떴다.

"자네가 여기 있으면 고모님이 드나드시겠지!?"

흥분한 기색을 보아하니 고모가 여기 드나들면서 다각도로 사고를 친 모양이다. 지난번에 조각상 엉덩이에 립스틱을 문혀놓은 일만 해도 별거 아니라고 넘어가기에는 민망한 사건이었다.

"고모 드나들지 말라고 하겠습니다."

대웅의 결연한 의지에 반 감독이 기를 쓰고 말렸다.

"아닐세! 난 누구 드나들고 그러는 거 함부로 말리는 사람 아니네. 여기 있도록 하게."

"감사합니다."

구십 도로 허리를 굽혀 인사를 하는데 반 감독이 가슴 철렁한 말을 했다.

"자네 혹시 여기서 지내면서 머리가 길고 허연 옷을 입은, 굉장히 빨리 뛰고 높이 뛰는 동네 처자 본 적 있나?"

순간 자동반사적으로 옥상 쪽으로 시선이 올라갔다. 미호가 천연덕스럽게 손을 흔들고 있었다. 아니, 감독님이 왜 미호를? 미처 생각을 할 틈도 없이 감독이 대웅의 손을 덥석 쥐었다.

"혹시 보면 전화번호 좀 따두게. 꼭이네."

"네."

간곡하게 부탁을 하기에 대답을 하기는 했는데 영 마음이 찜찜하다. 창고방으로 올라가자마자 미호를 붙잡고 물었다.

"감독님이 혹시 지난번에 담벼락 부순 널 봤나?"

"모르겠어. 저번엔 나 보고 막 쫓아왔었다니까."

미호가 두려운 표정으로 대웅을 쳐다봤다.

"미호야, 혹시 모르니까 절대 감독님 눈에 띄면 안 돼. 보면 무조건 도망가."

"응."

아침 일찍 학교에 가는 길. 대웅 곁에서 미호가 '반두홍 액션스쿨 개관 기념'이라고 적혀 있는 크로스백을 뿌듯한 얼굴

로 들여다보았다. 책가방을 매고 싶어하는 미호에게 대웅이
준 물건이었다.

"대웅아, 이거 되게 좋다."

"그건 선택된 사람만 받을 수 있는, 시중엔 팔지도 않는 한
정판이야."

대웅의 설명을 듣고 보니까 가방에서 예사롭지 않은 분위기
가 풍기는 것 같았다.

"한정판이면 좋은 거야?"

"그럼. 너 그거 매니까 완전 패셔니스타다."

"그것도 좋은 거야?"

대웅이 엄지손가락을 척 들어 보이며 자신 있게 말했다.

"멋지다는 말이야."

바로 그때 닭집 강 여사가 핸드폰을 들고 수다를 떨며 이쪽
으로 걸어왔다. 새로 얻은 가방을 자랑하고 싶은 마음에 미호
가 강 여사를 향해 반갑게 손을 흔들었다. 강 여사의 표정이
살짝 굳어지는가 싶더니 이내 손을 들어 어색하게 흔들었다.

"내 가방 멋있지?"

뜨악한 표정으로 가방을 쳐다보던 강 여사가 미호의 얼굴을
바라보더니 마지못해 고개를 끄덕였다. 미호가 강 여사가 들
고 있는 가방을 보고는 엄지손가락을 척 들어 보였다.

"아줌마 가방도 좋다. 아줌마도 패셔니스타야."

이게 미쳤나 싶은 표정으로 강 여사는 자기가 들고 있는 전

형적인 목욕가방을 새삼스럽게 쳐다보았다.

"고마워."

"저녁때 닭 먹으러 갈게."

목욕탕을 향해 총총히 걸어가는 강 여사의 뒷모습을 바라보며 대웅이 놀란 표정을 지었다.

"너 언제 저 아줌마랑 친구 먹었냐?"

"친구로 보여?"

"오가다 인사도 하고 서로 패션에 대한 조언도 하면서 칭찬을 나누면 그게 친구지."

대웅의 설명을 듣고 미호의 얼굴에 화색이 만연하였다.

"그렇구나. 그럼 이제 닭집 아줌마도 내 친구다."

"너 스스로 친구도 만들고 제법이다."

말을 하는 와중에 대웅의 핸드폰이 울렸다. 등록돼 있지 않은 번호다. 대웅이 고개를 갸웃거리며 전화를 받았다.

"누구세요?"

— 차대웅 씨죠? 저는 박동주라고 합니다.

젊은 남자였다. 낯선 목소리와 생소한 이름에 대웅이 다시 한 번 물었다.

"누구…… 시죠?"

— 옆에 미호 씨 있으면 바꿔주겠습니까?

"미호요?"

대웅이 황당한 표정으로 미호를 쳐다봤다. 미호가 전화 목소리를 알아들었는지 놀란 얼굴로 물었다.

"동주 선생이야?"

뭐가 뭔지 모르겠지만 어찌 됐든 바꿔달라고 하니, 대웅이 핸드폰을 미호에게 건넸다.

"너 바꾸래."

미호가 얼른 핸드폰을 받아들었다.

"동주 선생! 나야."

저 남자는 또 어떻게 알았대? 황당해서 쳐다보고 있으려니 미호가 뭔가 꺼리는 듯 대웅의 눈치를 살폈다.

"어, 잠깐만."

뭐 감출 게 있다고 저쪽으로 걸어간담. 미호의 뒷통수에 대고 대웅이 짜증스럽게 한 마디했다.

"야, 그냥 여기서 받아."

들은 척도 안 하고 멀찍이 떨어진 곳으로 가는 미호의 태도에 기가 막힐 지경이었다.

"동주 선생 말대로 짝짓기하자고 절대로 안 했어."

대웅에게 안 들리는 곳으로 오고 나서야 잘하고 있느냐는 동주의 질문에 안심하고 대답할 수 있었다. 마음을 사로잡는 비법에 대한 얘기를 당사자가 듣는 데서 해서는 안 된다는 것쯤은 미호도 안다.

― 차대웅이 원하는 것도 잘 알아봤어요?

"아니, 나중에 얘기해준대. 대웅이가 바라는 거 있으면 내가 꼭 들어줄 거야."

좋다고 웃고 있는데 수상쩍은 눈으로 대웅이 슬슬 다가오고 있었다.

"나중에 내가 또 놀러 갈게."

얼른 통화를 끊고 시침 뚝 떼고 있으려니 대웅이 의심스럽다는 듯 질문을 던졌다.

"누구야? 되게 친해 보이던데."

"박동주. 동주 선생이고 친구야."

"놀러 가고 그럴 정도로 친해진 사람이 있었어?"

"응. 나한테 되게 잘 해주고 친절해."

"그 사람은 네가 구미호인 거 모르니까 잘 해주고 친절한 거지. 정체를 숨기고 놀러 가고 그러면 안 되는 거 아냐? 뭐 하는 사람이야? 어떻게 만났는데?"

대웅이 취조하듯 미호를 몰아세웠다. 뭐라고 둘러대기는 해야겠는데 거짓말에는 영 소질이 없고 그렇다고 솔직하게 대답을 할 수도 없으니 사면초가였다.

"웅아, 동주 선생에 대해서는 물어보지 마."

묵비권을 행사하자 대웅이 기가 막힌 얼굴로 버럭 역정을 냈다.

"궁금해서 물어본 게 아니라 그 사람이 걱정돼서 그런다!"

"걱정하지도 마. 동주 선생한텐 나쁜 짓 안 해."

더 이상의 질문은 받지 않겠다며 미호가 빠른 속도로 대웅을 앞질러 걸어갔다.

"가방 참 좋다."

이미 얘기 다 끝난 가방을 새삼스레 어루만지는 미호에게 대웅이 들으란 듯 큰 소리로 말했다.

"나쁜 짓 안 해? 나한텐 잡아먹는다고 협박하고 고기 사내라고 괴롭혔으면서, 새로 생긴 친구한텐 착한 척만 하겠다!"

동주 걱정은 할 필요 없으니 안심하라고 한마디 한 것이 오해를 사고 말았다. 열이 바싹 오른 대웅이 미호의 옆으로 다가와 섰다.

"나중에라도 그 사람한테 무슨 일 생기면 찜찜하니까 내 전화로 연락하지 말라 그래."

"알았어. 전화하지 말라고 그럴게. 가서 만나면 돼."

고분고분 대답하고 저만치 걸어가는 미호의 뒤통수에 대고 대웅이 못마땅한 표정으로 혀를 찼다.

"젊은 남자던데 쟤 얼굴만 보고 꽂혔겠지? 어리석기는……."

버스 정류장에 도착해 미호와 멀찍이 떨어진 곳에서 버스를 기다리고 있는데 새삼스럽게 미호에게 관심 두는 사람들이 눈에 들어왔다. 한우 사진에 꽂혀 광고판에 넋을 잃은 미호를 흘끔흘끔 훔쳐보며 예쁘다고 수군거리는 젊은 남자가 둘, 신문 보는 척 미호의 뒤태를 감상하는 양심 없는 중년 아저씨가 하나, 대놓고 입을 헤벌리고 쳐다보는 어린애가 하나.

늙으나 젊으나 저 어린 것까지도 예쁜 여자라면 그저 사족을 못 쓰지. 본 모습은 알지 못한 채 겉모습에만 현혹되는 어리석은 남자들이 저리도 많다는 사실에 한심해하고 있는데 젊은 남자 하나가 주춤거리며 미호에게 다가서는 것이 보였다. 대웅이 성큼성큼 걸어가 남자가 미처 다가오기 전에 미호의 팔목을 휙 붙잡아 끌었다.

"버스 왔다. 가자."

그리고는 미호의 어깨에 손을 턱 올려 남자를 향해 반지를 드러내 보였다. 그러나 그것이 끝은 아니었다. 버스 안에도 어리석은 중생은 여전히 많았다. 다른 자리에 앉아 있다가 아무 이유도 없이 미호의 옆자리로 옮겨 앉으려는 남자를 보고는 대웅이 얼른 미호 옆자리에 가서 앉았다. 새치기라도 당한 것처럼 씩씩거리는 남자는 주먹다툼이라도 할 기세였다. 하는 수 없이 미호 어깨에 손을 턱 걸치며 반지를 보여줬다. 이 여자가 내 애인인 거 알았으면 꺼져 하는 눈빛으로 쏘아보는 것 역시 잊지 않았다.

"만날 떨어져 있으라더니 왜 옆에 왔어?"

사정도 모르고 배시시 웃는 미호에게 대웅이 귀찮지만 어쩔 수 없다는 듯 어깨를 으쓱했다.

"내가 그동안 신경 안 쓸라 그랬는데 어리석은 인간들을 보호해야 한다는 사명감에 안 나설 수가 없다. 나 어릴 때 꿈이 배트맨이었는데 이런 식으로 세상을 보호하게 될 줄은 몰랐네. 귀찮게시리."

대웅이 목에 힘을 주고 생색을 내는데 누군가가 등 뒤에서 말을 걸어왔다.

"저기요……."

"왜요?"

또 시작이냐 싶어 신경질적으로 고개를 휙 돌린 순간 귀엽고 참하게 생긴 아가씨가 수줍은 눈길로 대웅을 바라보고 있었다. 버스 등받이에 대고 있던 손을 황급히 내리고 미소를 입가에 살짝 드리운 채 좀 전에 했던 대사를 새롭게 튜닝했다.

"왜요?"

"차대웅 선배님이시죠? 저 고등학교 후밴데 기억하시겠어요?"

"후배?"

얼른 떠오르는 인물이 없어서 얼굴이 낯이 익긴 한데라는 말로 대충 얼버무렸다.

"정말요?"

여자가 들뜬 표정으로 환하게 웃었다.

"이름이……."

기억을 더듬는 시늉을 해보이자 여자 쪽에서 먼저 척하니 제 이름을 댔다.

"선주예요."

"아, 선주!"

마침 생각났다는 듯 추임새를 살짝 넣었더니 여자 쪽에서 먼저 묻지도 않은 일화를 털어놓았다.

"졸업식 때 편지도 드렸는데."

"그랬나?"

섣불리 아는 척했다가 내용 얘기를 하려 들면 큰일이다 싶어서 하하하 웃음으로 때우고 있는데 여자가 수줍게 웃었다.

"더 멋있어지셨어요."

"선주도 예뻐졌다."

점점 의도가 선명해지는 가운데 두 사람의 대화를 가만 듣고만 있던 미호의 표정이 점점 굳어졌다.

"저 이번 정류장에서 내리는데……."

여자의 말에 대웅이 곧바로 아쉬워했다.

"그래?"

"선배님, 전화번호 바뀌셨죠?"

"아, 내 번호 바뀌었지. 내 번호가……."

미호가 핸드폰을 꺼내려는 대웅의 손을 확 붙잡아 여자의 면전에 똑같은 모양의 커플링을 들이밀었다. 대웅이 미호의 옆구리를 찌르며 가만있으라 신호를 보냈건만 거기에 굴하지 않고 대웅의 손목을 꼭 붙들고 있다.

"여자친구 분이랑 계신데 방해해서 죄송합니다."

도망치듯 버스에서 내리는 여자의 등에 대고 대웅이 아쉽게 손을 흔들었다.

"선주야, 잘 가."

버스가 출발하자마자 대웅이 대놓고 미호를 노려보았다. 그러거나 말거나 미호는 이미 저만치 걸어가는 여자를 향해 반갑게 손을 흔들었다.

"선주야, 잘 가."

전공수업이 있는 예술대 건물 앞에 다다르자 미호가 지레 겁먹은 표정으로 대웅을 쳐다보았다.

"여기도 사람만 들어가는 데야?"

"이제 상황 파악이 좀 되는구나. 여기서 기다려."

미호를 건물 밖에 세워둔 채 대웅은 혼자서 예술대 안으로 들어왔다. 2층으로 올라가는 창으로 미호가 하릴없이 서 있는 모습이 보였다. 마음이 쓰이긴 했지만 그렇다고 미호를 데리고 강의를 들을 순 없는 노릇이라 무시하고 3층까지 올라갔다.

땅바닥을 툭툭 차는 미호의 뒷모습이 어쩐지 쓸쓸해 보였다. 못 본 척 계단을 올라가다가 흘끗 창밖을 내다보니 이번에는 바닥에 쭈그리고 앉아 있다. 오가는 사람을 부러운 눈으로 쳐다보는 모습이 어찌나 처량해 보이는지 도저히 발걸음이 떨어지질 않았다. 아무래도 안 되겠다 싶어 단숨에 계단을 내려와서는 미호가 있는 곳으로 달려갔다. 시무룩한 표정으로 올려다보는 미호에게 선심을 쓰듯 물었다.

"너도 들어가게 해줄까?"

"나도 들어가도 돼?"

복권이라도 당첨된 것처럼 놀라워하는 미호를 향해 대웅이 거들먹거렸다.

"좀 불안하긴 하지만 내가 잘 마크해볼게. 대신 조용히 앉아서 구경만 해야 한다. 절대 사고 치면 안 돼."

"알았어. 구경만 할게."

미호가 구경만큼은 자신 있다는 표정으로 주먹을 꽉 쥐어 보였다.

"들어가자. 흙 묻은 거 털고. 아무거나 만지지 말고."

대웅이 꼬장꼬장한 유치원 선생처럼 미호의 행동을 하나하나 지적하면서 건물 안으로 안내했다.

"여기서 뭐 하는 건데?"

미호가 잔뜩 긴장한 얼굴로 대웅의 옆구리를 쿡 찔렀다.

"앞에서 교수님 하는 얘기 열심히 들으면 돼."

"듣기만 하면 돼?"

"가끔 교수님이 누가 얘기해보겠나 하면 절대로 눈 마주치면 안 돼."

고개를 끄덕이며 열심히 경청하는 미호의 태도가 기특해서 대웅은 강의를 들을 때 반드시 지켜야 할 주의사항에 대하며 몇 가지 더 일러두었다.

5층 강의실 안으로 들어가 대웅은 미호와 나란히 자리를 잡고 앉았다. 미호가 책이며 노트북이며 꺼내놓고 앉아 있는 학생들을 두리번거리더니 조그맣게 귀엣말을 하였다.

　"우와, 멋있다."

　"그냥 앉아 있기 무안할 테니까 이거라도 펴 놓고 있어."

　대웅이 책을 하나 꺼내 미호 앞에 펼쳐주었다.

　"우와, 이것도 글씨야?"

　미호가 영어로 된 문장들을 가리키며 눈을 동그랗게 떴다.

　"이건 잉글리쉬야, 잉글리쉬. 저쪽 다른 나라 글씨야."

　미호가 존경스러운 눈빛으로 대웅을 쳐다보았다.

　"그럼 넌 이 글씨 다 알아? 읽어 봐!"

　내심 뜨끔했지만 애써 태연한 표정으로 자연스럽게 화제를 돌렸다.

　"미호 너 너무 긴장한 거 같다. 내가 긴장 풀리게 뽀글이 물 한 잔 뽑아올게. 여기서 기다려."

　미호가 강의실 밖으로 나가는 대웅을 쳐다보고 있다가 긴장한 눈빛으로 주위를 둘러봤다. 책을 넘기는 모습도 따라해 보고 볼펜 드는 것도 흉내 내고 있으려니 괜스레 기분이 흐뭇했다.

　"나 완전 사람 된 거 같아."

　혼잣말을 하고는 누가 볼세라 손바닥으로 입을 가리며 쿡쿡 웃었다.

대웅은 미호에게 줄 사이다를 하나 뽑은 다음 뭘 마실까 생각하다 커피를 뽑았다.

수업하다 졸면 미호한테 완전 쪽팔릴 거야. 커피 마셔 둬야지. 그때 저쪽에서 혜인이 반가운 얼굴로 다가왔다.

"대웅아!"

손을 들어 흔드려는데 순간 손가락에 낀 반지가 눈에 들어왔다. 황급히 등 뒤로 손을 감추고 아무렇지 않은 척했다.

"커피 마시려고?"

대웅이 다정하게 다가와 묻는 혜인을 향해 어색하게 웃어 보였다.

"응."

"그럼 나도 주스 하나 뽑아줄래?"

손을 등 뒤로 한 채 서둘러 반지를 뽑으려는데 마음이 급해서 그런가, 좀처럼 뽑히지가 않았다.

"무슨 주스? 여기 유기농 야채주스가 있네. 야채가 피부에도 좋고 몸에도 좋다는데 그거 마셔라."

말로 시간을 벌며 필사적으로 반지를 빼는 와중에 아차 실수로 반지를 바닥으로 떨어뜨렸다. 급한 마음에 뒷발로 차서 반지를 자판기 밑으로 밀어넣었다.

"두 개 부탁해. 친구랑 샌드위치 먹을 거거든."

"두 개."

반지도 뺏겠다, 여유 만만하게 자판기에 동전을 넣었다. 대웅의 손가락 위로 혜인의 눈길이 오래도록 머물렀다.

"넌? 수업 들으러 왔어?"

"응."

"강의실 어디야?"

"저기."

손가락으로 대충 아무 데나 가리키다 말고 얼른 손을 내렸다. 혜인이 강의실에 가보기라도 하면 큰일이었다. 대웅은 혜인을 얼른 보내야겠다는 생각에 양손에 하나씩 들고 있던 주스를 불쑥 내밀었다. 혜인이 뭔가 살피는 눈빛으로 대웅의 양손을 번갈아 쳐다보았다. 그리고는 이내 안심한 듯 주스를 받아들었다.

"고마워. 그리고 미안해, 대웅아."

무슨 말인지 몰라 쳐다보고 있는데 혜인이 어색해 하며 말을 꺼냈다.

"지난번엔 너 말리려고, 걱정되는 마음에 심하게 말한 건데 좀 지나쳤던 것 같아. 내 진심 알지?"

지금 대웅에게 그건 문제도 아니었다. 당장 자판기에 밀어넣은 반지를 꺼내는 게 급선무였다. 그러려면 일단 혜인을 보내야 했다.

"누나, 다 잘 됐어. 걱정 안 해도 돼."

대웅의 대답이 마음에 들었는지 혜인이 후련한 미소를 지어 보였다.

"수업 잘 들어. 갈게."

"누나, 전화할게."

혜인이 사라지기 무섭게 대웅은 바닥에 납작 엎드려 자판기 밑으로 손을 집어넣었다. 너무 깊숙이 밀어넣었는지, 있는 힘껏 손을 뻗었는데도 반지에 닿는 느낌이 없었다. 한참을 용을 써보다 아무래도 안 되겠다 싶어 방향을 바꾸어 공략했다. 자판기 바닥을 손바닥으로 더듬으며 발버둥을 치고 있는데 혜인이 샌드위치 팩을 들고 미호가 있는 강의실 쪽으로 걸어가는 게 보였다. 반지고 뭐고, 지금 당장 혜인을 막아야한다는 생각에 벌떡 일어나 미친 듯이 달렸다. 강의실 입구에 서서 주위를 둘러보는 혜인을 등 뒤에서 와락 붙잡아 사정없이 복도 끝으로 밀고 갔다.

"누구야? 응? 누구냐고."

복도 끝에 다다라서야 대웅은 혜인의 앞에 얼굴을 쑥 내밀고는 짓궂은 장난이라도 친 것처럼 헤헤 웃어 보였다.

"왜 그래?"

혜인의 살짝 날이 선 목소리에 대웅이 과장되게 말했다.

"놀랐지? 놀랐구나. 내가 놀랄 줄 알았어. 누나가 확실히 놀라주니까 내가 놀래준 보람이 있네."

하하하 억지웃음 소리를 내는데 혜인이 황당한 얼굴로 쳐다보았다.

"너 또 장난친 거야?"

이보다 더 재미있는 장난은 없다는 듯 배를 잡고 웃다가 은 근슬쩍 마음을 떠보았다.

"근데 강의실은 왜 왔어?"

"이거 샌드위치. 너 먹으라고."

혜인이 들고 있던 샌드위치를 쏙 내밀었다.

"고마워, 누나."

쑥스럽게 샌드위치를 받아드는데 혜인이 기함할 소리를 하 였다.

"강의할 때 되지 않았어? 나 할 일 없는데 같이 들을까?"

야단맞을 소리를 태연하게 하는 혜인 때문에 대웅은 거의 돌아가시기 일보직전이었다.

"나 강의 없어. 착각을 했더라고. 수강신청을 병수한테 맡겼 더니 혼선이 있었나봐."

그럴싸한 변명을 쥐어짜 내느라 대웅은 머리에 쥐가 날 지 경이었다.

"강의 없어? 그럼 나랑 같이 밥 먹자."

여기까지가 한계였다. 더 이상 거절할 만한 이유가 떠오르 지 않아 대웅은 울며 겨자 먹기로 고개를 끄덕였다.

"좋지! 내가 가서 가방 가지고 올게. 여기 꼼짝 말고 백까지 만 세고 있어."

일단 강의실 쪽으로 걸어가면서도 미호한테는 또 뭐라 변명 을 해야 할지 눈앞이 캄캄했다.

"내가 학교 측과 행정적인 문제가 생겨서 과사무실이라는 데를 가봐야 하거든."

가방을 주섬주섬 챙기는 대웅을 멀뚱히 쳐다보다 미호가 덩달아 일어나려 했다. 어깨를 붙잡아 자리에 도로 앉히고는 지그시 눈을 마주치며 혼신의 힘으로 설득을 했다.

"미호야, 너 수업 구경하고 싶다며. 넌 여기서 듣고 있어. 나 혼자 갔다 올게. 다른 데 가지 말고 여기 있어."

여지를 주지 않으려고 잽싸게 책을 한 권 더 떠밀며 밀어붙였다.

"이게 수업 교재거든. 이거 봐."

얼떨결에 책을 받아든 미호는 뭐 또 다른 충고사항은 없는지 긴장한 얼굴로 대웅을 바라봤다.

"심심하면 교수님이 하는 말 공책에다 써 놓고."

서둘러 교실을 빠져나가는 대웅을 보는 미호의 얼굴에 실망스러운 기색이 역력했다.

세계 영화사에 대해 설명하는 교수님의 목소리가 얼마나 졸리던지 미호는 수업 시작부터 꾸벅꾸벅 졸다가 더 이상 실수를 저질러서는 안 된다는 생각에 그만 강의실 밖으로 나와 버렸다.

꼭 끝까지 듣고 싶었는데.

미호는 잔뜩 풀이 죽은 얼굴로 예술대 건물 앞에 쭈그리고 앉아서 대웅이 오기를 기다렸다. 강의실에서 같이 앉아 있던 학생들이 건물 밖으로 우르르 나오는 것을 보고는 얼른 다가가 대웅이 있나 확인했지만 허사였다. 대웅을 기다리며 왔다 갔다 반복 운동을 하고 있으려니 설상가상으로 허기가 지기 시작했다.

배고프다. 나 혼자 집에 가야겠다.

배도 고프고 대웅이도 없으니까 영 기운이 안 나 터덜터덜 교정을 걷는데 바로 뒤에서 자동차 경적 소리가 들렸다. 혹시 대웅인가 싶어 뒤를 돌아본 순간 미호의 얼굴이 하얗게 질렸다. 차 안에 앉아 미호를 바라보는 남자는 대웅의 꿈을 책임진 반 감독이 분명했다. 붙잡히면 대웅의 꿈이 박살난다는 생각에 미호는 죽기 살기로 도망쳤다. 정문 밖으로 나와 뒤따라오는 차가 더 이상 보이지 않자 달음박질을 멈추고 벽에 기대서서 숨을 골랐다. 호흡이 미처 돌아오기도 전에 저쪽에서 반 감독의 차가 다가오는 것이 보였다. 다시 달음박질을 치려는 순간 심장이 쾅하고 부서지는 것 같은 느낌이 들었다.

어, 왜 이러지?

생전 처음 느끼는 낯선 감각에 어리둥절해하면서도 필사적으로 몸을 움직이려는데 아까보다 더 한 고통이 심장을 내리찍었다.

들키면 안 되는데. 미호는 숨을 곳을 찾아 사방을 둘러보다가 손바닥으로 심장 부근을 꾹 누른 채 화단 밑으로 몸을 숨겼다. 쿵쿵 소리를 내며 빠르게 뛰는 심장의 압박을 참아내려고 미호는 이를 악물었다. 왜 이러지. 몸이 이상해.

문득 동주가 했던 말이 떠올랐다.

— 당신은 서서히 죽어가게 될 거예요.

이런 게 죽음이라는 건가 싶어 두려운 생각이 들었다.

대충 샌드위치나 먹자고 했는데도 굳이 한턱을 낸다고 우기는 통에 어쩔 수 없이 중국집까지는 끌려왔는데 설상가상으로 혜인이 중식 코스를 시켜 일을 더욱 크게 만들었다. 대웅은 코스 메뉴가 나오는 족족 초스피드로 접시를 비워내느라 음식이 입으로 들어가는지 코로 들어가는지 모를 지경이었다. 음식 먹는 게 이렇게나 고통스럽기는 처음이었고 코스 메뉴가 이렇게 길게 느껴지기도 처음이었다. 코스의 마지막 순서인 과일 음료가 나왔을 때는 너무도 감격스러워 그대로 일어나 만세 삼창이라도 부르고 싶었지만 그 기운으로 음료를 원샷하였다.

"다 먹었다! 가자, 누나."

혜인이 급하게 서두르는 대웅을 못마땅한 듯 쳐다봤다.

"뭐 그렇게 급하게 먹어? 체했겠다."

"배가 너무 고팠나 봐. 씹기도 전에 막 넘어가네. 가자."

기분이 상한 혜인을 배려하기에는 대웅의 마음이 너무 다급했다. 혜인의 차에서 내리자마자 대웅은 미호가 기다리고 있을 강의실을 향해 미친 듯이 달렸다. 급하게 삼킨 음식물이 소화되기도 전에 격하게 움직인 탓인지 위장에 있던 음식이 식도로 역류하는 느낌이 들었다. 더부룩한 위장을 손바닥으로 쓸며 강의실을 둘러보는데 미호의 모습은 어디에도 보이지 않았다.

뭐야, 여기서 기다릴 줄 알았더니 그냥 갔네. 체하게 밥 먹고 열나게 뛰어왔더니 미호는 보이지도 않고. 쓸데없는 헛발질을 한 것 같아 허무했다.

그나저나 속이 왜 이리 안 좋지?

대웅은 인상을 찌푸린 채 주먹으로 답답한 가슴을 두드렸다.

"어서 오세요."

동물병원 안으로 불쑥 들어온 미호를 손님인 줄 알고 반갑게 인사를 건넨 조수가 얼굴을 알아보고는 동주에게 눈짓을 보냈다. 동주가 다소 놀란 표정으로 의자에서 일어나 미호를 향해 빙그레 웃어 보였다.

"정말 놀러 왔네요."

"나, 몸이 좀 이상해."

심각한 미호와는 달리 동주의 얼굴에는 그다지 놀란 기색이 보이지 않았다. 호기심 어린 시선으로 지켜보는 조수에게 병원 뒷일을 부탁하고는 차분히 미호를 데리고 집으로 왔다.

미호를 일단 식탁에 앉혀두고 동주는 우선 스테이크부터 구워 접시에 내왔다. 두툼한 고기를 먹기 좋게 썰고 있는데 미호가 고기는 아랑곳없이 조금 전의 몸의 고통을 호소하였다.

"갑자기 몸이 쿵쾅쿵쾅거리고 목이 턱 막혔어. 그러더니 꼼짝 못 하게 무겁고 뜨겁고 힘들었어."

미호가 얼 빠진 표정으로 자신이 느꼈던 증상을 나열했다, 그 모습을 가만 지켜보던 동주가 담담하게 진단을 내렸다.

"그런 걸 통증이라고 하죠."

통증이라는 말을 난생처음 들은 듯한 표정으로 미호가 동주를 쳐다봤다.

"당신은 한 번도 아파 본 적이 없어서 당황했겠지만 인간들은 아주 쉽게 다치고 아파요."

그러자 심각하게 굳어 있던 미호의 얼굴에 반색이 돌았다.

"그러면 나 조금은 인간이 된 거야?"

"그런 셈이죠. 앞으로도 그런 통증을 느낄 때가 있을 거예요. 시간이 지나면 지날수록 더 자주 심해질 거고요. 참을 수 있겠어요?"

"인간이 되는 거면 참아야지."

다부진 답변에 동주가 빙긋 웃으며 다 자른 고기를 미호 앞으로 밀어주었다.

"넌 고기 안 먹는다며?"

이제야 정신이 좀 났는지 미호가 뒤늦게 예전에 동주가 했던 말을 기억해냈다.

"놀러 온다고 했을 때 미리 준비해둔 거예요. 아픈 뒤니까 잘 먹어둬요. 사람들은 그러거든요."

미호를 강의실에 혼자 버려뒀던 게 영 마음에 걸려 사죄도 할 겸 소고기를 잔뜩 사들고는 액션스쿨로 향했다. 닭 먹는 날로 알고 있다가 소 먹는 날 된 거 알면 미호가 깜짝 놀랄 거야. 대웅의 얼굴에 자꾸만 흐뭇한 미소가 걸렸다. 미호가 오면 곧장 고기부터 구워줘야겠다는 생각에 들어오자마자 불판부터 달구고는 냉장고에서 맥주와 사이다를 꺼내 평상 위에 내놓았다.

얜 어디 가서 아직 안 오는 거야.

이거야말로 샴페인 뚜껑 미리 따놓고 사람 기다리다 탄산 죄다 빼는 일이다. 옥상난간에 서서 미호가 오나 안 오나 내려다보기를 몇 번. 그만 짜증이 나서 불판을 확 꺼버렸다. 평상에 계속 앉아 있자니 지루해서 아래로 내려가 건물 앞을 서성이다가 그마저도 지루해져서 계단을 올라가려는데 고급 승용차 한 대가 액션스쿨 안으로 들어오는 게 보였다.

이 시간에 누구지? 궁금한 눈으로 쳐다보고 있는데 차에서 미호가 내렸다.

쟤가 왜 저기서 내려?

죄지은 것도 없는데 계단 뒤로 몸을 숨기고 마른 침을 꿀꺽 삼키며 자동차의 운전자가 누군지 지켜보았다.

"동주 선생, 여기야."

미호의 목소리가 들리고 이내 훤칠하게 생긴 남자가 운전석에서 내렸다.

저게 동주 선생이야? 멀쩡하네.

대웅이 동주 선생이란 작자에게 유감 천만한 눈길을 보내며 저도 모르게 흠을 잡아내려 애썼다.

"다음에 또 놀러 와요. 고기 많이 준비해 둘게요."

뭐랄까, 정중한 척 말하는 목소리가 전형적인 바람둥이 같다고나 할까, 좌우지간 느낌이 개운하지 않았다.

"동주 선생이 오늘 준 고기 진짜 맛있었어. 그거 많이 비싸?"

"비싸죠, 많이."

"그렇구나. 그럼 대웅이는 안 사주겠다."

죽어라 발품 팔아 사다 먹인 고기를 죄다 싸구려로 만들어 버리는 이 놀라운 발언에 대웅은 기가 막혔다. 아무 말 안 하고 남자 집에 놀러 가 고기 얻어먹은 것까지는 좋다 이거다. 하지만 여태껏 해온 노력을 물거품으로 만드는 이 발언만큼은 도저히 참기 어려웠다. 당장 뛰어나가 버럭 하고 싶었지만 그놈의 체면이 대웅의 발을 붙잡았다. 또 무슨 망언으로 뒤통수를 칠지 눈에 쌍심지를 켜고 있는데 동주 선생이란 작자가 미호의 이마에 손을 짚었다.

그렇지, 그렇지. 아무 대가도 없이 비싼 고기를 먹이진 않았을 테지.

"이제 괜찮네요. 다음에 또 아프면 찾아와요."

아프다고? 미호가? 이게 무슨 강호동 청순가련해지는 사기인가 말이다. 고분고분 남자의 손길에 이마를 내맡긴 채 고개를 끄덕이는 미호의 사기행각이 너무도 괘씸해서 콧구멍으로 뜨거운 김이 절로 나왔다. 동주 선생인지 동주 선수인지가 차에 올라타는 모습을 보고는 대웅도 잽싸게 계단 위로 올라갔다.

동주가 차창을 내리고 액션스쿨로 들어가려는 미호를 불러세웠다.

"잠깐 물어볼 게 있는데 왜 날 동주 선생이라고 불러요?"

"너는 내가 인간 되는 법 가르쳐주는 선생이잖아. 그러니까 동주 선생이지."

묘하게 마음을 건드리는 말에 동주의 표정이 굳어졌다.

"나를 완전히 믿나요?"

미호의 오롯한 시선이 아프게 느껴졌다.

"너 나한테 거짓말했어?"

"아뇨, 난 당신한테 거짓을 알려준 건 없어요. 뭐, 모든 걸 다 알려주진 않았지만."

미호가 동주를 바라봤다. 의심 한 점 없는 깨끗한 눈빛이다. 그러니까 동주를 정말로 스승이라 믿는 눈빛.

"그럼 내가 또 배우러 갈 테니까 기다려."

미호가 계단을 올라가는 모습을 바라보며 동주가 쓸쓸히 웃었다.

"기다리라고. 나더러 기다리라⋯⋯."

기다림이란 말은 그에게 있어 너무도 낯선 단어였다.

탁탁탁, 빠르게 계단을 올라오는 소리에도 대웅은 들은 척도 하지 않고 불판 위에 올린 고기만을 뚫어지게 쳐다봤다.

"와, 소다!"

아무것도 안 먹은 것처럼 광분하며 달려드는 미호의 가증스러운 태도에 분노가 치솟았다.

"왜 이래. 이건 싼 소야. 비싼 소 먹고 온 분이 왜 싼 소에 달려들고 그래. 저리 가."

"동주 선생이랑 하는 말 들었어?"

비리를 은폐하려는 최소한의 수고조차 하지 않는 뻔뻔함이 대웅의 분노에 불을 질렀다.

"너 그러고 다니면 안 되는 거 아니냐? 정체를 숨기고 남자한테 비싼 고기 얻어먹고 비싼 차 얻어 타고 네가 구미호지, 꽃뱀이냐?"

고분고분 말을 듣던 미호가 뱀이라는 소리에 발끈했다.

"첨엔 개라 그러더니 이제 뱀이라고 하네. 난 구미호야."

미안한 척도 없이 거침없이 말하는 걸 보아하니 비싼 소 먹으면서 개념까지 말아잡쉈나 보군.

"그래, 너 구미호야. 담벼락도 깨부수는 구미호가 아픈 척도 하셨나 봐요? 이마도 짚어주면서 걱정하더라. 저는 연약한 여자에요, 소가 먹고 싶어요, 그것도 비싼 소로. 이런 거냐?"

손바닥으로 양 볼을 포갠 채 연약한 여인의 모습을 흉내 내는데 미호가 대웅의 팔을 확 낚아챘다. 너무 심했나 움찔하고 있는데 미호가 뜨끔한 소리를 했다.

"너 반지 어쨌어?"

미호를 데리고 학교로 달려가 예술대 4층 자판기를 번쩍 들어올리게 했다. 저 안쪽 먼지 자욱한 곳에 반지가 반짝하며 모습을 드러내었다. 오백 원짜리 동전 몇 개도 곁다리로 있었다.

"찾았다!"

먼지 구덩이 속에서 반지를 집어들며 대웅이 환호성을 질렀다.

"미호야, 역시 넌 대단해! 장정 셋이 달려들어도 못 들었을 텐데 넌 정말 특별한 친구야."

기쁨에 겨우 말을 하는데 미호가 자판기를 쿵 내려놓았다. 순간 깜짝 놀라 뒷걸음질을 쳤다.

"반지가 왜 여 어?"

무섭게 쳐다보는 시선을 피해 대웅이 반지에 묻은 먼지를 후후 털어냈다.

"이 안으로 굴러 들어갔는데 내 힘으론 못 꺼낸 거지. 봐봐.

나 반지도 찾고 동전도 이만큼 주웠다. 이거면 사이다 세 개는
뽑겠지."

미호의 관심을 다른 데로 돌리려고 횡설수설 말을 늘어놓았
지만 허사였다.

"왜 여기로 굴러 들어갔어?"

더는 둘러댈 말도 없어 곧이곧대로 털어놓았다.

"빼다가 떨어뜨렸어."

"어쩌다?"

"여기서 우연히 누나랑 마주쳤는데 누나가 반지 보는 거 싫
어서 빼다가 떨어뜨렸어."

속이 켕기긴 했지만 이실직고하니 맘은 편했다.

"너 오늘 누나 만나서 나만 두고 간 거구나."

실망으로 일그러진 미호의 얼굴을 본 순간 엉뚱하게도 화가
치밀었다.

"그래, 누나 만났다. 밥도 먹었다. 그래도 아무 일 없었고 구
슬도 멀쩡하잖아. 그럼 된 거 아냐?"

초스피드로 음식 해치우고 달려왔더니 기다리지도 않고 동
주 선생한테 놀러 가서 고기 먹은 건 미호였다.

"그 누나한테 반지 숨기듯이 나도 숨길 거야?"

"그래, 할 수만 있으면 그러고 싶어."

다 털어놓은 마당에 이제 와서 숨길 일이 뭐가 있나 싶어 그
냥 아무렇게나 말해버렸다.

"네가 바라는 게 그거야?"

미호의 차분한 목소리가 낯설게 느껴졌다.

"그거라면? 너 내가 바라는 거 있으면 들어준다 그랬지. 그럼 내가 바라는 게 누나한테만큼은 숨겨 달라는 거면, 들어줄 거야?"

"싫어!"

단칼에 거절해버리는 미호의 격한 반응에 그럼 그렇지 자조 섞인 웃음이 나왔다.

"그럴 줄 알았어. 들어줄 것도 아니면서 바라는 건 왜 물어봐!"

"그거 말고 다른 거 말하면 되잖아!"

"바라는 거 없어! 사람이 구미호한테 감히 뭘 바라겠냐. 너한테 바라는 거 아무것도 없어!"

홧김에 일부러 마음 상해할 만한 소리를 확 내질렀다.

"그럼 넌 나한테 바라는 건 구슬밖에 없어?"

미호의 슬퍼 보이는 눈빛에 양심이 따가웠지만 물러서기 자존심 상해서 다시 한 번 내질렀다.

"알면서 뭘 물어."

퉁명스럽게 내뱉고 걸어가는 대웅의 뒷모습을 바라보는 미호의 눈망울이 축축해졌다.

침대에 드러누워 잠을 청한지가 한참 전인데 아직도 정신이 말똥말똥했다.

"왜 이렇게 가슴이 답답하지? 체했나."

말은 그렇게 했지만 사실은 뭣 때문인지 이미 알고 있었다. 소화불량 때문이 아니다. 아까 자판기 앞에서 미호한테 한 말이 그대로 부메랑처럼 돌아와 대웅의 가슴을 푹푹 찌르는 탓이었다. 아무래도 안 되겠다 싶어 커튼을 슬쩍 열고 미호의 이부자리를 살펴보았다. 당연히 자고 있을 줄 알았던 미호가 방 안에 없다는 것을 알고 침대에서 벌떡 일어났다.

"미호야, 여기 있어?"

대웅이 미안한 얼굴로 창고 문을 열자 입이 떡 벌어지는 광경이 펼쳐졌다. 미호가 꼬리를 공중에 죄다 펼친 채 평상에 홀로 앉아 술을 마시고 있었다. 수북하게 쌓여 있는 맥주 캔과 만만치 않은 숫자의 소주병, 그리고 꼬리의 펼침 상태로 미루어 짐작컨대 취해도 보통 취한 게 아니었다.

"얘가, 얘가. 꼬리 활짝 펴고 뭐 하는 거야!"

"구미호가 꼬리 펴고 사는 게 뭐가 나빠! 나 앞으로 꼬리 펴고 당당하게 살 거야!"

코가 새빨개진 채 혀 꼬부라진 소리를 내는 미호를 기가 막혀 쳐다보다가 에라 모르겠다, 평상 위에 털썩 앉았다.

"차대웅, 너 너무해. 나 사람 아니라고 너무 무시해."

"미호야, 정신 차리고 꼬리나 접어. 환해서 저 멀리서도 보이겠다. 꼬리에 불 꺼."

대웅이 취해서 정신 못 차리는 미호에게 사정사정하였다.

"네가 원하는 게 그거야?"

미호가 배시시 웃으며 대웅을 빤히 쳐다보았다. 만취한 상태에서도 원하는 게 뭐냐는 타령이나 하고 앉았으니 도대체 어디서 뭘 듣고 와서 저러는 건지 어이가 없다.

"그래!"

그냥 해본 소리에 미호가 눈을 반짝이며 관심을 보였다.

"그럼 내가 들어줘야지!"

끙 소리를 내는가 싶더니 꼬리를 확 접었다. 대웅이 주정뱅이 수준에 맞춰 박수를 힘차게 쳐주었다.

"잘했어. 함부로 꼬리 내놓는 거 위험해. 앞으로 그러지 마."

미호가 엉덩이를 붙잡은 채 흐뭇하게 웃었다.

"알았어. 대웅아, 또 원하는 거 없어?"

만취 타령에 장단이나 좀 맞춰주자 싶어 주변을 둘러보다가 평상에 튀어나온 못을 발견하고는 부탁했다.

"아, 여기 못 튀어나온 거 찔리겠다. 이거 박아줘."

"알았어!"

미호가 주먹질 한 방으로 튀어나온 못을 박아 넣었다. 평상이 들썩거리는 바람에 깜짝 놀라 가슴을 부여잡았지마는 미호에게 힘찬 박수를 보내는 것은 잊지 않았다.

"또?"

또 뭐가 있나 둘러보다가 마침 들리는 개 소리에 맞춰 대웅이 인상을 찌푸렸다.

"야, 저 개 소리 너무 시끄럽다. 조용히 시켜봐."

미호가 목을 길게 빼고 낸 구미호 울음소리 한 방으로 발정
난 개를 침묵시켰다.

"이야, 우리 미호 목청 좋네."

대웅이 기립 박수로 화답하자 미호가 신이 나서 "또, 또, 또"
를 외쳐댔다. 이번엔 또 부탁하지? 곰곰이 생각하는데 허공을
날아다니는 모기가 눈에 띄었다. 여름철 모기가 이렇게 반가
워 보기는 또 처음이다.

"여기 날아다니는 모기도 잡아봐."

미호가 자신감 빵빵하게 드러내며 자리에서 일어났다.

"이건 내가 만날 하는 건데."

대웅이 허공에 대고 빠르게 손뼉을 미호의 모습을 바라보며
고개를 갸웃거렸다.

"만날 하는 거?"

"내가 모기가 너 먹지 말라고 만날 잡았어."

미호가 깡충거리며 높은 곳을 향해 박수를 쳤다.

그래서 여기에선 모기에 한 번도 안 물렸던 거구나. 새삼 고
마운 생각이 들어 모기 잡는 데 열중하고 있는 미호를 가만 바
라보았다.

"술 먹어서 잘 안 잡히네. 놓쳤다."

헛손질에 억울해 하는 미호를 대신해 대웅이 모기를 향해

버럭 호통을 쳤다.

"아니, 저놈의 모기가 술 취했다고 구미호를 우습게 보네."

에잇, 하고 잡는 척 시늉만 내본 손바닥에 걸려들어 짜부라져 있는 모기 한 마리를 발견하고는 대웅이 환호성을 질렀다.

"어, 잡았다. 내가 잡았어."

"또 있다!"

갑자기 미호가 바로 눈앞에서 손을 휘두르며 손뼉을 쳤다. 그 소리에 놀라 대웅이 약 오른 표정으로 미호에게 달려들었다.

"너 일부러 놀랠라 그런 거지. 봐봐. 진짜 잡은 거야?"

"버렸어."

"웃기지 마. 너 일부러 그랬지?"

신이 나서 깔깔대고 있는데 미호가 갑자기 정색하며 귀를 기울였다.

"그 여자다."

"뭐?"

미호가 난간 쪽으로 다가가 귀를 쫑긋 세웠다.

"여기로 오네."

"누가 와?"

"대웅아, 네가 진짜로 바라는 거 내가 들어줄게. 네가 바라는 건 다 들어줄게."

미호가 난간 앞에 서서 대웅을 바라봤다. 자신도 모르는 부탁을 들어주겠다니, 그게 무슨 소린가 싶어서 잠자코 서 있는데 미호가 어딘가 떠나는 사람처럼 슬픈 표정을 지었다.

"네가 바라는 건 다 들어줄게. 나는 너를 좋아하니까."

도대체 왜 이러는 건지 알 수가 없었다. 순간 미호가 미처 말릴 틈도 없이 휙 뛰어내려 난간에 매달렸다.

"나 숨는다!"

대웅이 난간으로 다가가는데 계단 쪽에서 누군가 부르는 소리가 들렸다.

"대웅아!"

놀라 돌아보니 혜인이 서 있었다. 인사할 겨를도 없이 난간을 확인하는데 순간 심장이 철렁 내려앉았다. 당연히 매달려 있어야 할 미호가 보이지 않았다.

"미호야!"

난간 아래를 정신없이 둘러보았지만 어디에도 미호의 흔적이 보이지 않았다.

"대웅아."

이름을 부르며 다가오는 혜인을 그대로 지나친 채 대웅은 미친 듯이 계단을 내려갔다.

해피엔딩 인어공주

기막혀 하는 혜인을 옥상에 남겨둔 채 대웅은 허둥거리며 건물 밖으로 나갔다. 낙하지점을 가늠하기 위해 옥상 난간을 올려다본 순간 대웅의 얼굴이 하얗게 질렸다. 밑에서 올려다봤을 때도 이렇게 높은데 저기서 뛰어내렸으니 몸이 성할 리 없다.

"미호야! 미호야!"

의식을 잃고 쓰러져 있는 미호가 자꾸 떠올라 돼 입안이 바싹 말랐다.

"웅아."

담벼락에 바싹 붙어 앉아서 헤벌쭉 웃는 미호를 본 순간 애간장이 탈 정도로 불안했던 마음이 순식간에 차갑게 식었다.

"너, 뭐야! 거기서 갑자기 뛰어내리면 어떡해!"

"난 숨은 건데."

분위기 파악 못 하고 태평한 소리나 해대는 미호 때문에 대웅은 화가 치밀었다. 아무리 취해도 그렇지 어떻게 이런 위험한 장난을 할 수가 있느냔 말이다. 자칫 잘못 떨어지기라도 하는 날엔 죽을 수도 있는 것을.

"숨는다고 그 높은 데서 폴짝 뛰어내리는 사람이 어딨어!"

미호가 언성을 높이며 흥분하는 대웅을 이상한 눈으로 쳐다보았다.

"난 사람 아니잖아."

미호의 말을 듣는 순간 아차 싶었다. 미호가 사람이 아니라는 걸 완전히 잊고 있었다.

"나는 괜찮은데 왜 놀라서 쫓아왔어."

잊을 일이 따로 있지 어떻게 미호가 구미호인 걸 잊을 수가 있을까. 조금 전에 꼬리도 봐놓고선. 너무 한심하고 바보 같아 스스로가 어처구니가 없었다.

"그건 뭐야?"

대웅이 미호 옆에 떨어져 있는 물건을 자세히 들여다보았다.

"간판이네!"

반 감독에게 액션스쿨의 관리인 역을 자청하여 간신히 숙직실에서 지내는 것을 허락받았는데 당장 오늘 간판을 부숴놨으니 그냥 넘어가진 않을 터였다.

"뛰어내리다가 걸려서 부서졌어."

살다살다 옥상에서 뛰어내리다가 간판과 충돌사고 난 사람은 처음 봤다. 아, 미호 사람 아니지.

"여긴 왜 그래?"

대웅이 미호 팔에 난 상처를 들여다보았다.

"걸려서 긁혔어. 괜찮아."

괜한 소릴 해서 다치게 한 것 같아 마음 한구석이 콕콕 찔렸다. 그저 웃고만 있는 미호가 바보 같아서 더욱 그랬다.

"또 온다."

배시시 웃던 미호가 건물 쪽을 쳐다보며 귀를 쫑긋 세우며 쓰러져 있는 간판을 끌어안으며 숨었다.

"대웅아."

혜인이 건물 밖으로 걸어 나왔다. 미호가 간판을 바짝 끌어당기며 도망갈 태세를 취했다. 대웅이 손목을 꽉 붙잡자 미호가 눈을 동그랗게 뜬 채 대웅을 쳐다보았다.

"그냥 있어. 숨을 필요 없어."

혜인이 대웅이 서 있는 곳으로 성큼성큼 걸어왔다.

"너 뭐야? 무슨 일이야?"

따지듯이 묻던 혜인이 대웅의 옆에 서 있는 사람이 미호라는 것을 확인하고는 그만 입을 다물었다.

"쟤랑 다시 여기서 지내는 거니? 아니, 보내긴 했던 거야?"

침통하게 서 있던 대웅이 어렵게 입을 떼었다.

"내가 다시 찾아서 잡았어. 그리고 앞으로도 같이 있어야 해."

더 이상은 미호를 숨기고 싶지 않았다. 설사 혜인을 포기해야 한다고 해도 미호에게 그런 짓까지 시킬 수는 없었다.

"그랬니? 넌 나한테 올 생각도 없었던 거네."

상처 받은 혜인의 눈빛이 가슴 아팠지만 대웅은 눈을 질끈 감았다.

"지금은 누나한테 못 가."

기가 막힌 혜인이 입을 떡 벌린 채 헛웃음을 쳤다.

"이제 오해라고 변명도 안 하네. 너 쟤 좋아하니?"

"나 미호 옆에 있어야 해. 그러기로 약속했어."

혜인에게는 미안하지만 구슬만 쏙 빼먹는 비겁한 놈이 되기는 싫었다. 화가 난 사람처럼 입술을 꾹 다물고 서 있던 혜인이 더는 상대할 가치도 없다는 듯 홱 돌아서 차에 올라탔다. 시동 소리와 함께 떠나가는 차를 바라보는 대웅 곁에서 미호가 미안한 표정으로 대웅의 안색을 살폈다.

옥상으로 올라온 대웅이 미호가 버린 빈 맥주 캔을 확 구겨 집어던졌다. 평상 옆에서 간판 세워 들고 미호가 걱정스러운 눈으로 대웅을 바라봤다.

"대웅아……."

평소와는 다른 조심스러운 목소리가 오히려 대웅의 신경을 건드렸다.

"너 땜에 그런 거 아니야. 누나한테 더 이상 거짓말하기 싫어서 그런 거야. 네 옆에 있으면서 붙잡고 있으면 누나한테 나쁜 놈이니까."

미호에게 등을 돌린 채 맥주 캔을 집어 던지려는데 느낌이 묵직했다. 뜯지도 않은 새 맥주를 어떻게 처리할까 잠깐 생각하다 뚜껑을 따서 그대로 들이켰다. 단숨에 비워버린 맥주 캔을 확 구겨서 박스로 집어던지는 순간 갑자기 울화통이 치밀었다.

"에이씨, 난 원래 나쁜 놈인데. 착한 놈 아닌데!"

평상에 남은 빈 캔을 모조리 던져버리자 더는 할 일이 없었다. 망연자실 앉아 있는 대웅을 바라보다 미호가 바닥에 나동그라져 있는 맥주 캔을 주워 모아 가지런히 놓는다. 대웅이 빈 맥주 캔을 늘어놓는 미호를 쳐다보며 툴툴거렸다.

"나는 원래 약속 같은 거 잘 지키는 놈도 아닌데. 어쩌다 너랑 깰 수 없는 약속 같은 건 해가지고."

미호가 끼고 있는 반지가 눈에 들어왔다. 원랜 누나랑 약속하려고 산 반진데. 이젠 돌이킬 수 없는 일이 돼버렸지만 속상한 마음만큼은 어쩔 수가 없었다. 가만 앉아 있자니 속이 답답해서 아래로 내려갔다. 하릴없이 밤하늘을 바라보며 청승을 떨고 있는데 머리 위로 빗방울이 톡톡 떨어졌다. 기왕 젖은 거 이제 와서 피할 필요가 있겠나 싶어 그대로 벤치에 앉아 있는데 갑자기 빗물이 뚝 그쳤다.

비 한 번 참 싱겁게도 내리네.

팔꿈치를 무릎에 대고 멍하니 먼 바닥을 내려다보던 대웅이 깜짝 놀라 하늘을 올려다보았다.

저쪽에는 비가 오는데 왜 여기는 안 오지?

불과 30센티미터를 경계로 비가 오고 안 오는 초자연적인 현상에 의아해 주변을 살피는데 벤치 바로 뒤에 붙어 서서 액션스쿨 간판을 비 가리개처럼 머리에 이고 있는 미호의 모습이 눈에 들어왔다.

"언제부터 그러고 있었냐?"

"아까부터."

"안 무거워?"

미호가 대답을 하려고 입술을 달싹거린 순간 대웅이 먼저 선수를 쳤다.

"아, 넌 구미호니까 괜찮지. 내가 또 까먹을 뻔했네."

대웅의 말에 아니라고 말하기가 미안했는지 미호가 응, 하고 말았다. 미호가 이고 있는 간판을 우산 삼아 추적추적 내리는 비를 바라보며 앉아 있는데 등 뒤에서 낑낑거리는 소리가 들렸다.

"아, 힘들다. 좀 무겁다."

들으라고 얘기했으면서 막상 뒤돌아보면 아무렇지 않은 척 능청을 떠는 미호가 우스워 그만 픽 웃어버리고 말았다. 이미 저지른 일을 두고 후회하는 것은 전혀 그답지 않은 일이었다. 미련 갖지 말고 그냥 놓아 버리자.

"그래, 이제 뭘 더 숨기겠냐."

자조 섞인 말을 내뱉으며 대웅이 반지를 손가락에 끼었다.

"웅아."

잘못한 것도 없이 풀 죽어 대웅의 안색이나 살피는 미호가 안쓰러워 대웅은 그만 자리를 털고 일어났다.

"가자."

대웅이 미호가 들고 있는 간판을 대신 받아들고 척척 걸어 갔다. 대웅을 따라가도 될지 말지 고민하는 미호를 돌아보며 대웅이 부드럽게 재촉했다.

"이리 들어와."

미호가 얼른 대웅의 뒤에 서서 허리를 꼭 붙잡았다.

얘가 지금 무슨 자전거라도 탈 줄 아나. 눈에 힘 한 번 팍 주자 미호가 아쉬운 표정으로 허리에 감은 손을 풀고 대신 티셔츠 자락을 붙잡았다.

"가서 간판부터 고치자."

방으로 올라간 대웅이 순간접착제로 간판에서 달랑달랑 떨어져 나가려는 글자들을 찰싹 붙였다. 미호는 대웅의 맞은편에 앉아서 잡지에서 오려낸 닭 사진을 제 침대에 붙이며 신기해했다.

"이거 되게 신기한 물건이다. 다 달라붙네."

"조심해. 이건 순간접착제야. 한 번 잘못 붙으면 짝 달라붙어서 안 떨어져."

대웅이 미호를 흘끗 쳐다보며 말을 이었다.

"꼭 너 같다고나 할까."

"내가 순간접착제야?"

"한순간의 실수로 짝 달라붙어서 절대 떨어지지 않는 초강력 순간접착제다."

마지막으로 니은 받침 글자를 간판 위에 붙이고 대웅이 만족스러운 표정을 지었다.

"잘 붙었다. 이제 영원히 안 떨어지겠어."

"순간접착제는 영원히 안 떨어지는 거야?"

미호가 얼굴 가득 함박웃음을 지었다.

"너는 백일 있다 떨어져야지. 이제 구십 며칠 남았지? 날짜 잘 세야 하는데."

어림없다는 얼굴로 잘라 말하며 대웅이 이른 달력 앞으로 가서 날짜를 확인했다. 미호가 입술을 비쭉거리면서 침대에 붙인 닭 사진을 손바닥으로 꾹 눌렀다.

"떨어지지 마라."

"구십오일 남았네. 벌써 오일이나 지났어."

일부러 들으란 듯이 말을 하며 미호 쪽으로 돌아섰다. 사진을 꾹꾹 누르는 미호의 팔뚝에 선명한 상처 자국이 보였다.

아, 맞다. 대웅이 걱정스러운 얼굴로 미호에게 다가섰다.

"너 그 상처 괜찮냐?"

미호가 걱정하는 대웅을 한 번 쳐다보더니 대수롭지 않은 듯 혀를 날름 내밀어 상처를 핥았다.

"어, 이렇게 하면 돼."

대웅이 동물처럼 상처를 핥는 미호의 팔뚝을 붙잡았다.

"하지 마. 간판 수리 끝났으니까 너도 수리 좀 하자."

대웅이 어디선가 약상자를 들고 와 미호에게 신신당부했다.

"이거 발라줄 테니까 절대 먹으면 안 돼."

"응."

대웅이 약을 다 바른 상처 부위에 대고 후후, 입 바람을 불어주었다.

"웅아, 나 여기도 다쳤는데."

미호가 대웅에게 반대쪽 손을 마저 내밀었다.

"여기부터 다 하고."

기다리는 동안 혀로 핥고 있으려니 대웅이 어이없다는 듯 말했다.

"너는 어쩌면 하는 짓이 우리 집 뚱자랑 똑같냐."

"개? 너 또 나한테 개라고 하는 거야?"

미호가 발끈하며 달려들었다. 다른 건 몰라도 평범한 동물과 동급 취급받는 것만큼은 참기 어려웠다.

"뚱자는 그냥 개 아니야. 사람 빼고 나랑 제일 친한 베프다."

"베프? 그게 뭔데?"

"제일 친한 베스트 프렌드라는 거야."

"그럼 나도 베프 시켜줘."

제 마음에 드는 건 무조건 조르기부터 하는 단순함이 너무
나 미호다워서 피식 웃음이 났다.

"안 되는데. 뚱자가 질투할 텐데."

대웅이 일부러 정색을 해 보이자 미호가 대번에 입술을 툭
내밀었다.

"그래. 뚱자한텐 당분간 비밀로 하고 너도 베프 시켜줄게."

선심 쓰듯 한 마디 해줬더니 언제 불만이었냐는 듯 활짝 웃
는다.

"베프. 나 너랑 베프 돼서 되게 좋아."

눈웃음을 치며 웃는 모습이 뚱자처럼 귀여워서 대웅은 뚱자
에게 하듯이 미호의 머리를 쓰다듬었다. 머리를 만져주면 목
을 움츠리며 웃는 것도 뚱자랑 똑같다.

"이쪽 손."

말이 떨어지기가 무섭게 손을 툭 내미는 모습은 아예 뚱자
그 자체였다. 뭐야, 구미호도 알고 보니까 되게 귀엽네. 도대체
뭣 때문에 얘를 무서워했던 건지 이제는 기억조차 가물가물
하다.

미호가 어디서 주웠는지 영화 슬레이트를 들고 딱딱 부딪히
며 장난을 쳤다. 대웅이 미호 손에서 슬레이트를 뺏어 들고 어
린애한테 하는 것처럼 부드럽게 타일렀다.

"이거 장난감 아니고 영화 찍을 때 쓰는 거야. 부서뜨리면

안 돼."

미호가 이부자리에 털썩 주저앉아서 대웅이 든 슬레이트를 쳐다보았다.

"웅아, 네가 그 감독이랑 하는 영화라는 건 사람만 볼 수 있는 거야?"

"사람 아니라도 볼 수 있어. 그리고 영화에는 사람 아닌 것도 많이 나와."

"어떤 게 나오는데?"

미호가 눈을 반짝이며 관심을 보였다.

"외계인, 괴물, 귀신 이거저거 많이 나와."

"그런 애들은 어떻게 되는데?"

"영화에 따라 다르지."

"그중에 사람하고 되게 좋아해서 결혼하고 행복해지고 그러는 것도 있어?"

미호가 기대된다는 듯 대웅을 바라보았다.

"사람하고 좋아하는 얘기는 많지."

별 뜻 없이 얘기한 건데 미호가 반색을 하고 달려들었다.

"정말? 어떤 건데?"

대웅이 곰곰 생각해보다가 왕조현과 장국영이 나왔던 영화의 제목을 댔다.

"천녀유혼."

"어떤 내용이야?"

"겁나 예쁜 귀신이 사람 기를 빼먹고 살고 있었거든. 거기에 순진한 서생이 걸려든 거지. 말도 안 되지만 둘이 서로 좋아하게 돼. 영화니까."

"그래서 둘이 행복하게 잘 살아?"

미호가 손까지 모아쥐고 간절한 표정으로 대웅의 대답을 기다렸다.

"아니, 귀신이 사라져주지."

미호가 속이 상한 얼굴로 안타까운 탄식을 내뱉었다.

"걔는 왜 그랬대. 바보같이."

"사람이 아니니까."

"그런 바보 같은 애 말고 다른 애는 없어?"

"어…… 뱀파이어?"

"그건 무슨 내용인데?"

"겁나 섹시한 뱀파이어가 사람 피를 빨아먹고 살고 있었거든. 거기에 순진한 백작 부인이 걸려든 거지. 어이가 없지만 둘이 서로 좋아하게 돼. 영화니까."

"그래서 걔네 둘은 결혼해?"

미호가 과정은 죄다 생략한 채 결론부터 대뜸 물어왔다.

"전혀! 뱀파이어가 햇빛 맞고 사라져."

"걔도 잘 안 됐구나. 잘 되는 얘기는 하나도 없네."

시무룩해져서는 기운이 하나도 없는 미호가 안 돼 보여 대웅이 위로하듯 말했다.

"영화니까 그렇지. 너는 리얼이고, 우리는 친구잖아."

대웅이 자신을 빤히 쳐다보고 있는 미호를 향해 손가락을 쭉 내밀었다.

"영화니까 그렇지. 너는 리얼이고……. 우리는 친구잖아."

대웅이 자신을 빤히 쳐다보고 있는 미호를 향해 손가락을 쭉 내밀었다.

"호이호이."

"호이호이."

그가 내민 손가락에 제 손가락을 꼭 붙이며 안도하는 모습이 안쓰러워 대웅은 해피엔딩으로 끝나는 영화를 한 번 꼽아 보았다.

"그리고 찾아보면 영화 중에 잘 되는 것도 있을 거야. 이티도 떠나고 킹콩도 죽고……."

그런데 막상 생각하려니까 마땅히 떠오르는 영화가 하나도 없었다. 대웅이 진지하게 고민하고 있을 때 미호가 불쑥 나서며 초를 쳤다.

"동주 선생한테 물어보면 돼. 동주 선생은 되게 똑똑해서 아마 알 거야."

미호의 입에서 동주라는 이름이 나오는 순간 대웅의 얼굴에서 웃음기가 사라졌다.

"동주 선생? 동주 선생이 그렇게 똑똑해?"

"어, 동주 선생은 모르는 게 없고 친절하게 잘 가르쳐줘."

"친절하고 똑똑한 친구 생겨서 좋겠다."

말 속에 있는 가시를 느끼지 못하고 미호가 아무 거리낌 없이 고개를 끄덕였다.

"내일 가서 물어봐야겠다."

"그래라. 동주 선생한테 자주자주 가서 놀아. 고기도 많이 얻어먹고 모르는 것도 물어보고."

"안 그래도 자주 놀러 간다고 했어."

분위기 파악 못 하고 칭찬해달라는 듯 쳐다보는 미호의 어이없는 태도에 속이 부글부글 끓었지만 이내 아무 상관없다는 듯 시큰둥하게 말했다.

"꼭 그래라. 나는 부담 줄고 좋지. 그저 동주 선생이란 사람한테 괜히 미안하고 고맙고 그러네."

말과는 다르게 대웅이 잔뜩 골이 난 표정으로 침대 위로 격하게 몸을 던지며 벌렁 드러누웠다.

"웅아, 네가 나오는 영화는 어떤 건지 얘기해줘."

뒤늦게 궁금한 표정을 지어봤자 이미 대웅의 마음은 틀어진 지 오래였다.

"동주 선생한테 물어봐. 되게 똑똑해도 그건 알지 모르겠다.

"웅아!"

사정 모르고 졸라대는 미호의 얼굴에 대고 대웅이 들고 있던 슬레이트를 탁 쳤다.

"그만 자!"

대웅이 잠에서 깼을 때는 이미 방 안이 고기 구운 냄새로 진동했다. 미호가 어제 사온 고기로 아침 식사를 하고 있었다.

"근데 너는 어제 그렇게 술 퍼마시고 아침부터 고기냐?"

그만큼 마셨으면 속도 쓰릴 텐데 고기가 넘어가나?

"어, 고기를 먹어줘야 속이 풀릴 거 같아."

이쯤 되면 사랑이 아니라 집착이다, 집착.

"아, 속풀이 해장소구나."

대웅이 눈을 치켜뜨며 미호를 대놓고 야렸다. 그러거나 말거나 미호는 고기 접시에 코를 박고 킁킁거리며 만족스러운 표정을 지었다.

"고기 냄새만 맡아도 속이 좀 풀리는 거 같아."

그리고는 접시에 있는 고기를 한 점 입에 넣으며 감탄부터 내질렀다.

"아, 맛있다!"

"너 또 고기 구워먹고 프라이팬 저기 놓은 거냐?"

대웅이 싱크대에 있는 프라이팬을 짜증스럽게 쳐다보았다.

"응. 이제 고기는 나 혼자 구워먹을 수 있어."

대웅의 짜증 섞인 불평을 칭찬으로 알아듣고 미호가 뿌듯한 표정으로 대꾸했다.

"구워 먹기만 하는 거지! 내가 그동안 신경은 쓰였지만 말을 못 했는데 네가 먹은 프라이팬은 네가 좀 닦아. 너는 눈치는 좀 는 것 같은데 염치는 전혀 늘지를 않는다. 더 없어지는 거 같아."

"나는 네가 프라이팬 닦는 거 좋아하는 줄 알았어."

미호가 천연덕스럽게 사람 염장을 질렀다.

"야! 내가 프라이팬 닦을 때 아 또 한 끼를 해결했구나 하는 안도감으로 좋아한 거지 닦는 거 좋아서 닦은 게 아니야."

"알았어. 다 먹고 닦을게."

어쩌나 시원시원하고 명쾌하게 대답을 하는지 버럭 흥분을 했던 것이 무색해질 지경이었다.

"그것 참 개념 있는 대답이네."

대웅이 고개를 끄덕이다가 갑자기 반색하며 미호를 불렀다.

"미호야, 우리 앞으로 지내는 생활에 대한 개념 정리를 이참에 한 번 해볼까?"

궁금한 얼굴로 쳐다보는 미호를 책상 앞으로 불러 앉히고 차분한 분위기 속에서 대화를 시도했다.

"우리가 이 건물에서 지내려고 액션스쿨 관리를 맡아서 하겠다고 감독님이랑 약속했던 거는 들었지?"

"응, 네가 한다고 했잖아."

불필요할 정도로 정확한 기억력에 뜨끔했지만 이내 평정심을 되찾고 다시 대화를 이어갔다.

"그래, 내가 해야 하는데, 나는 영화도 준비해야 하고 공부도 해야 하고 너무 바빠. 그래서 좀 벅차다."

미호가 순순히 인정하며 고개를 끄덕거렸다.

"맞아. 대웅이 너는 할 일이 많아."

다른 건 몰라도 인정할 건 인정하는 점만큼은 미호의 장점으로 인정한다.

"그래서 내가 생각해봤는데 너 이 액션스쿨 관리인 해볼래?"

미호가 눈을 동그랗게 떴다.

"관리인?"

대웅이 몹시 고민스럽다는 표정과 주저하는 목소리까지 말을 이었다.

"관리인이란 게 사람만 할 수 있는 일이라 너한테 맡긴다는게 불안하긴 하지만 네가 이제 제법 사람다워져서 기회를 한번 줄까 싶은데, 어때? 할 수 있겠어?"

"관리인? 나 관리인 되게 하고 싶어!"

관리인이라는 게 무슨 일을 하는 직책인지도 모르고 사람만할 수 있다는 데 홀려 무조건 손을 들며 방방 뛰었다. 걸렸구나 싶은 마음에 대웅은 내심 승리의 브이를 그렸다.

"좋아. 아무나 할 수 있는 건 아니지만 믿고 맡겨 보겠어."

바로 이런 상황을 두고 서양 사람들은 윈윈이라고 하고 우리말로는 누이 좋고 매부 좋다고 하는 거다.

"관리인은 뭐해야 하는데?"

대웅은 교수처럼 뒷짐을 진 채 방 안을 자박자박 걸어다녔다.

"사람들 오기 전에 여기 깨끗이 청소하고 장비들 다 정리해 둬야 하는 거야."

엄청난 명강의라도 듣는 것처럼 연신 고개를 끄덕이며 경청하는 미호의 진지한 태도에 대웅은 만족스러운 미소를 지으며 훌륭한 관리인이 되기 위한 행동수칙에 대해여 열변을 토했다.

"여기 유리창에 먼지도 닦고 바닥도 쓸고. 화단에 잡초도 뽑고 쓰레기도 정리하고."

행동지시를 다 마친 후에는 기본 매너에 대한 강의로 들어갔다.

"관리인은 액션스쿨의 얼굴이야. 혹시 사람들과 마주치면 조심스럽고 정중하게, 나이 드신 분들한테는 높임말 쓰고, 할 수 있겠어?"

그러자 미호의 얼굴이 대번에 찌푸려졌다.

"사람한테 높임말 쓰는 건 자존심 상해. 살아도 내가 더 살았는데 사람이 나이 들어봤자 백 살밖에 더 먹었겠어?"

그런 것은 지나치게 동안인 미호가 알아서 해야 할 개인사정일 뿐이었지만 문제가 일어날 여지를 남기는 것은 마땅치 않아 좀 강하게 말했다.

"아, 그럼 자존심 지키세요. 구미호 할머니."

냉정하게 일어나는 대웅의 팔뚝에 매달리며 미호가 애원하는 표정을 지었다.

"할게. 하면 되잖아."

그럼 그렇지. 대웅이 어디서 가져왔는지 명찰을 미호에게 건네며, 제법 그럴싸한 분위기를 조성하였다.

"좋아. 이제 너를 반두홍 액션스쿨 관리인으로 임명하겠어."

초등학생 이름표 같은 조악한 명찰을 받아들고 좋아라 웃는 미호의 얼굴에 대고 대웅은 결코 잊어서는 안 될, 가장 기본적인 조항을 넌지시 알려주었다.

"이건 특별히 시켜주는 거니까 아무한테도 네가 관리인이라고 얘기하면 안 돼."

"응."

미호가 자기만 믿고 맡겨두라는 얼굴로 야무지게 고개를 끄덕거렸다.

미호는 동물 병원으로 동주를 찾아가 명찰부터 들이밀었다.

"나 액션스쿨 관리인하기로 했어."

동주가 명찰을 들여다보며 어이없는 한숨을 내쉬었다.

"차대웅은 당신을 제대로 파악하고 다루고 있군요."

퍽이나 대단한 칭찬이라도 들은 것처럼 미호가 뿌듯하게 웃었다.

"대웅이가 점점 날 사람으로 대해주는 거 같아서 기분이 좋아. 어제는 나처럼 사람 아닌 애들 나오는 영화 얘기도 해줬어. 아, 동주 선생도 그런 영화 많이 알지?"

동주가 영화에 호기심을 보이는 미호를 새삼스레 쳐다보았다.

"그런 얘긴 영화도 있고 책으로도 있어요."

"책?"

동주는 궁금해 하는 미호를 데리고 서점으로 갔다. 난생처음 와보는 서점의 풍경이 신기했는지 미호가 사방을 둘레둘레 돌아보았다.

"책이 진짜 많네."

"사람들을 직접 접하지 않고 세상에 대해서 공부하려면 책을 보는 것도 좋아요."

여행서적 코너를 서성이던 미호가 동물 사진집을 하나 꺼내들고 감탄사를 내질렀다.

"와, 못 봤던 동물들도 되게 많구나."

동주가 코웃음을 치며 미호의 귀에 대고 나직하게 속삭였다.

"세상은 넓고 먹을 건 많죠?"

"나 먹고 싶어서 본 거 아니야!"

동주에게 눈을 흘기고 뚜벅뚜벅 걸어가던 미호가 성인잡지 코너 쪽으로 다가갔다.

"짝짓기다!"

미호가 야한 사진이 실려 있는 잡지 표지를 유심히 들여다보며 드러내놓고 감탄했다.

"지나치는 법이 없군요."

비아냥거리는 소리에 입술을 비쭉 내밀며 돌아서던 미호가 반대편 서가에서 커다란 소 사진이 있는 책 표지를 발견하고 냅다 달렸다.

"어, 소다."

그때 책 수레를 끌고 오는 직원을 보고 동주가 얼른 미호를 제 품 안으로 끌어당겼다. 미호가 고개를 들어 동주의 얼굴을 물끄러미 바라봤다. 동주가 얼른 미호를 안고 있는 팔을 풀고는 묻지도 않은 이유를 설명하였다.

"당신이랑 부딪히면 저 사람이 다쳐요. 그럼 사람 아닌 거 들키잖아요."

"다행이다."

"당신 수준에 맞는 책은 저쪽에 있어요."

동주가 미호를 데리고 간 곳은 동화책 코너였다. 미녀와 야수, 개구리 왕자, 백조공주 같은 책 표지를 살피며 미호가 기쁜 표정을 감추지 못하였다.

"다 사람 아닌 애들 나오는 거네."

동주가 그중에서 인어공주 책을 골라 들고 미호에게 건넸다.

"이게 좋겠네요."

미호가 책 표지를 유심히 바라보다가 뭔가 발견한 듯 소리쳤다.

"인어공주, 애는 물고기네."

"인어가 사람이 되고 싶어하는 얘기예요."

동주의 설명에 미호가 눈을 동그랗게 뜨며 당장에 흥미를 보였다.

"정말? 어떻게 되는데?"

"직접 읽어보세요. 당신한테 선물로 드리죠."

동주의 말에 미호가 설레는 표정으로 책을 품에 꼭 끌어안았다.

관리인으로서 책무를 다하고자 미호는 빗자루를 들고 신나게 건물 앞을 쓸었다. 구미호의 신분으로 사람만 할 수 있는 일을 한다고 생각하니 꼬리 춤이 절로 났다. 좀 쉬려고 허리를 펴는 순간 어젯밤에 걸어두었던 간판이 삐걱삐걱 거리는 게 보였다. 어, 하는 사이 간판이 바로 밑에 서 있는 할아버지의 머리통을 향해 맥없이 추락하고 있다. 미호가 잽싸게 달려가 간판을 손으로 막았다.

"할아버지, 괜찮아?"

할아버지가 대경실색하며 미호를 쳐다보았다.

"아휴."

미호가 놀란 가슴을 쓸어내리며 앉을 곳을 찾아 두리번거리는 할아버지를 모시고 벤치로 갔다.

"아가씨, 참 고마워. 아가씨도 다칠 뻔했는데 괜찮나?"

할아버지가 미호의 안색을 걱정스럽게 살폈다.

"나는 괜찮아."

아차, 하는 마음에 얼른 말끝을 높였다.

"괜찮아요."

사소한 규율을 어겨 관리인 자리에서 물러날 수는 없지.

"젊은 아가씨가 늙은이 다칠까 봐 그렇게 나서주고 마음씨가 참 곱네."

생각지도 않은 칭찬에 미호가 할아버지를 향해 활짝 웃어 보였다.

"아유, 참 예쁘게도 생겼네. 아까 보니까 참 부지런도 하더라. 손도 빠르고 일도 잘 하고 날도 더운데 엄청 고생하네. 더운데 시원한 거 한 잔 마시고 해."

할아버지가 가방에서 야채주스를 꺼내 미호에게 건넸다.

"고맙습니다."

넙죽 받아들고 한 모금 마신 순간 실망이 이만저만이 아니었다. 이건 뽀글이 물과는 다르게 하나도 안 달고 오히려 쓴맛이 났다. 그래도 일단 한 모금 마시기 시작한 거 마저 다 마셔 버리고 콧등을 찌푸렸다.

으, 써.

"아가씨는 이름이 어떻게 돼?"

"미호예요."

"미호. 이름도 예쁘네. 부모님은?"

"없어요."

"없어?"

할아버지가 안쓰러운 얼굴로 미호를 한참 동안이나 바라보왔다.

"아가씨도 부모님이 안 계시구먼."

미호가 빗자루를 든 채 할아버지를 쳐다보았다.

"나 일 계속 해야 되는데요."

"그래, 계속 해. 이거 하나 더 마시고."

할아버지가 가방에서 야채주스를 하나 더 꺼내 미호에게 권했다. 달갑지 않았지만 일단 받아서 주머니에 넣었다.

"다른 사람 줘도 되죠?"

"그렇게 해."

감동 받은 얼굴로 쳐다보는 할아버지에게 꾸벅 인사를 하고 본연의 임무를 다하기 위해 빗자루를 잡은 손에 힘을 주었다.

야채는 이따 대웅이 먹으라, 그래야지.

시나리오 수정 건 때문에 반 감독을 만나러 갔다가 우연히 들른 혜인과 마주치는 바람에 분위기가 싸해졌다. 혜인 때문에 울적한 기분을 달래기에는 미호보다는 똥자가 제격이란 생각에 대웅은 모처럼 집으로 왔다. 정원에 앉아서 똥자랑 주거니 받거니 담소를 나누고 있는데 밖에서 무슨 좋은 일이라도 있었는지 할아버지가 흐뭇한 표정으로 걸어 들어왔다.

"할아버지."

할아버지가 대웅을 보고는 필요 이상으로 놀란 표정을 지었다.

"너 왜 여기 있냐? 영화하는 동안은 안 온다더니."

"그냥 짜증나서 왔어."

할아버지 표정에 불안감이 살짝 서렸다.

"그럼 합숙하러 다시 안 가나?"

"다 때려 치고 여기 있고 싶어. 난 집이 좋은데."

"그럼 안 되지."

어찌된 일인지 할아버지 음성에서 필사적으로 말리는 기운이 감돌았다.

"거긴 너무 덥고 학교하고도 멀어서 다니기에 불편해."

"그럼 차 가져다 써."

오토바이도 벌벌 떨던 할아버지가 망설이는 기색 한 번 없이 선뜻 차를 내놓다니. 이 믿기 어려운 횡재에 대웅의 눈이 동그래졌다.

"정말?"

기대만빵 잔뜩 부풀었다가 갑자기 빈약한 지갑 사정이 떠오르자 김이 확 꺼졌다.

"차만 있으면 뭐 해. 기름 값도 없는데."

"카드 살려줄까?"

"정말?"

자동차에 카드까지. 확률상 불가능에 가깝다는 2연속 횡재에 대웅의 입이 떡 벌어졌다.

"카드 살려줄 테니까 옛날처럼 막 쓰고 다니지 말고 옆에 있는 사람 챙겨주고 그래."

대웅이 언제 우울했냐는 듯 입이 찢어져라 웃었다.

"알았어. 할아버지 고마워."

"대신 영화 끝날 때까지 그만두지 말고 잘 해야 된다."

당연한 소리를 당부처럼 하는 할아버지에게 대웅이 충성을
다해 답했다.

"그럼!"

대웅이 차를 몰고 처음 향한 곳은 백화점이다. 카드 지급정
지를 당하고부터 백화점과 대웅의 사이에는 삼팔선보다 더
단단한 벽이 놓여 있었으나 이제 그 벽을 부수러 갈 차례였다.
백화점에 도착한 대웅은 손가락 사이에 신용카드를 끼우고
진한 키스를 날렸다.

"너 본 지 오랜만이구나. 우리 같이 한 번 달려볼까?"

대웅은 각종 매장을 섭렵하며 신나게 카드를 긁어댔다. 옷,
신발, 선글라스 등 그동안 맺힌 한을 원 없이 풀고 있는 대웅
에게 백화점 점원이 남자 벨트와 구슬 핸드폰 고리를 보여주
며 설명을 했다.

"행사기간이라 사은품 드리고 있거든요. 고르세요."

대웅이 주저 없이 남자 벨트를 골라 들었다.

"이거 주세요."

점원이 포장을 하려고 벨트를 집으려는 순간 미호 생각이

났다. 이렇게 많이 샀는데 미호꺼가 하나도 없다는 게 아주 조금 양심에 걸렸다.

"아니에요. 그거 말고 이거 핸드폰 고리로 할게요."

핸드폰 고리를 받아들고 이번에는 핸드폰 매장으로 갔다. 핸드폰도 없이 핸드폰 고리만 달랑 내놓을 수는 없지 않은가. 비싸기는 하지만 미호를 관리인으로 임명했으니 거기에 대한 월급이라고 생각하면 아까울 것도 없었다.

"이거 주세요."

핸드폰을 고르는 대웅의 얼굴에 흐뭇한 미소가 걸렸다.

대웅이 양손에 가득 쇼핑백을 들고 룰루랄라 방 안으로 들어오며 미호부터 찾았다.

"미호야!"

"웅아, 왔어?"

미호가 책 한 권을 품에 안은 채 대웅에게로 걸어왔다.

"야, 너 진짜 깨끗하게 청소해놨더라."

"응, 다 청소했어."

"잘 했어."

대웅이 들고 있던 쇼핑백을 바닥에 내려놓자 미호가 궁금한 표정으로 들여다보았다.

"뭐야?"

"그냥 필요한 게 있어서 이거 저거 샀어."

쇼핑백을 이리저리 뒤적거리는 미호의 모습을 시침 뚝 떼고 바라보며 타이밍을 재고 있다가 대웅이 결정적인 한 마디를 날렸다.

"네 것도 있어."

"정말? 뭔데?"

말 한 마디에 미호가 뛸 듯이 대웅을 쳐다보았다. 뭘 주면 앞뒤 안 가리고 좋아하는 모습이 뚱자랑 똑같아서 자꾸만 뭘 챙겨주고 싶긴 했다.

"너 보면 깜짝 놀랄 거다."

신이 나서 가방을 뒤적거리는데 미호가 품에 안고 있는 책이 한 권 눈에 들어왔다.

"근데 그건 책 아냐?"

대웅이 믿기지 않은 표정을 지었다.

"응."

"이야, 너 이제 책도 보냐? 뭐야, 인어공주?"

"응. 동주 선생이 선물로 줬어."

미호의 말에 대웅이 가방을 뒤지던 손을 일순 멈추었다.

"동주 선생이?"

"응. 사람 아닌 애 나오는 영화 물어봤더니 책도 있다면서 보라고 줬어. 너도 이 얘기 알아?"

미호의 얘기에 순순히 호응해주기 싫어 대웅이 고개를 홱 돌리며 삐딱하게 굴었다.

"나는 배트맨, 슈퍼맨, 스파이더맨처럼 맨 자 들어가는 것만 봐. 무슨 공주 이런 건 안 봐."

"넌 모르는구나."

동주 선생 얘기만 나오면 사람을 한 수 아래 취급하는 미호 때문에 정말 환장하겠다.

"취향이 그런 게 아니라는 거지."

이빨을 꽉 깨물고 단어 한 마디 한 마디를 씹듯이 내뱉는데도 미호는 이런 살벌한 분위기를 읽지 못하는지 천진하게 웃으며 선물을 재촉했다.

"근데 내 건 뭔데? 뭐 사왔는데?"

"고기. 거기 고기 샀잖아."

대웅이 턱 끝으로 고기가 들은 비닐봉투를 성의 없이 가리켰다.

"와, 고기다. 되게 많네."

환호성을 지르며 좋아하는 미호에게 보란 듯이 쇼핑백을 모조리 움켜쥐고 옷장에 처박아 두었다. 가방에서 미호에게 주려고 산 핸드폰을 꺼내 침대 위로 휙 던졌다.

괜히 샀네. 애초에 사은품을 벨트로 받는 거였는데.

"미호야, 저녁 먹자."

대웅이 고기를 구운 프라이팬을 평상으로 들고 가면서 미호의 이름을 크게 불렀다. 평상 한 쪽으로 미호의 인어공주 책이 놓여 있었다. 어쩐지 놓여 있는 자세가 불량해 보여 곱지 않은 눈으로 바라보다가 대웅이 책을 냉큼 집어서 상 위에 올렸다.

프라이팬 받침 찾고 있었는데 마침 잘 됐네. 좋아라 달려오는 미호에게 대웅이 당당하게 목소리를 높였다.

"오늘은 최고급 한우 안심 스테이크다."

"맛있겠다."

"나도 너랑 지내면서 점점 육식체질이 돼 가는 거 같아."

미호가 갑자기 평상 주변을 두리번거렸다.

"왜?"

"여기 있던 내 책 못 봤어?"

"책?"

모른 척 딴청을 피우고 있다가 슬쩍 프라이팬을 들었다.

"이건가?"

책표지 위에 동그랗게 눌린 프라이팬 자국이 선명하였다.

"내 책!"

미호가 상으로 와락 달려들어 책을 집었다.

"네 책이었네. 그냥 급한 대로 받침으로 썼지. 아휴, 눌러 붙었네. 어쩌냐. 책 버렸네."

매우 유감스럽다는 듯 책의 사망 소식을 알리며 은근슬쩍 미호의 안색을 살피었다. 그런데 이게 웬걸, 미호가 오히려 잘 됐다는 얼굴로 책을 흐뭇하게 보았다.

"아니야. 똥그랗게 예쁜 모양이 생겼잖아."

그리고는 책에 코를 대고 냄새를 킁킁 맡으며 황홀한 표정마저 지었다.

"책에서 고기 냄새도 난다. 아, 좋다."

남다른 취향에 김이 팍 샜지만 대웅은 애써 태연한 표정으로 다시 한 번 염장 지르기를 시도했다.

"잘 됐네. 아예 고기 접시로 쓸까? 냄새 더 나게."

"그럴까?"

기대감으로 눈을 반짝이는 미호를 쳐다보며 대웅이 체념 어린 한숨을 내쉬었다. 얘를 데리고 무슨 인간적인 소통을 해보겠다고.

"됐다. 고기나 먹어라. 실컷 먹어. 많이 샀으니까."

"점심에도 많이 먹었는데."

순간 머릿속이 뜨끈하게 달아오르며 간신히 잠재워놓은 전투 본능이 또다시 살아났다.

"동주 선생네서?"

"응, 이거랑 똑같은 스테이크 세 개나 먹었어."

갑자기 고기맛이 확 떨어졌다. 다른 건 몰라도 그 선수 같은 자식한테 선수를 뺏기고 싶지는 않았다. 그건, 대웅의 마지막 자존심이었다.

"그랬구나. 야, 아예 앞으로 모든 끼니는 동주 선생네 가서 해결하는 게 어떠냐?"

대웅이 젓가락을 상 위에 소리나게 내려놓고 후식으로 준비해둔 캔 커피를 집어 들었다. 밥도 먹기 전에 커피부터 마시려 드는 대웅을 빤히 쳐다보는 미호의 얼굴은 도무지 영문을 모르겠다는 표정이었다.

"나는 점점 더 바빠질 텐데 나 따라다니지 말고 동주 선생이랑 더 친하게 지내. 나랑은 그냥 친구하고 동주 선생이랑 베프해라."

커피가 동주 선생인양 빨대로 푹 찔렀다.

"그럴 순 없지. 나는 대웅이 너랑 더 친한데."

대웅이 커피를 손에 든 채 은근슬쩍 미호의 마음을 떠보았다.

"왜? 동주 선생이 더 비싼 고기 사주잖아."

미호가 어떻게 설명을 해야 되나, 한참 동안 고민을 하는가 싶더니 어렵사리 입을 열었다.

"음…… 비교를 하자면 동주 선생이 그냥 고기라면 너는 소고기야."

대웅의 얼굴에 대번 화색이 돌았다.

"그래? 나는 뭐, 한 닭고기 정도여도 상관없는데."

그런 것쯤이야, 하는 티를 팍팍 내면서 거드름을 피우는데 미호가 대웅의 얼굴을 바라보며 활짝 웃었다.

"아니야. 대웅이 너는 제일 좋은 한우 고기야."

대웅이 언제 화가 났었냐는 듯 헤벌쭉 웃으며 젓가락으로 한우 한 점을 집어 미호의 수저 위에 올려주었다.

"내가 사온 이 고기도 일등급 한우 고기야."

그리고는 이제야 생각났다는 얼굴로 손바닥으로 이마를 탁 쳤다.

"아차차. 내가 네 거 또 하나 사온 게 있는데 깜빡했네."

"뭔데?"

대웅이 턱 끝으로 창고방을 거만하게 가리켰다.

"저 안에 있어. 가 봐."

말이 끝나기가 무섭게 창고로 냅다 달리는 미호를 바라보며, 대웅의 얼굴에 들뜬 웃음이 가득하였다.

"대웅아, 뭔데? 어디 있어?"

방 안에서 미호의 목소리가 들리자 대웅이 빙글빙글 웃으며 핸드폰 통화 버튼을 눌렀다.

'한우 없인 못 살아, 정말 못 살아! 헤이!'

미리 설정해둔 미호의 핸드폰 벨 소리가 평상에까지 들리더니 이내 미호가 전화를 받았다.

"미호야."

— 대웅아!

엎어지면 코 닿을 거리에서 자신의 이름을 부르는 미호의 목소리가 유난히 반갑게 느껴졌다.

"그 전화기 네 거야."

대웅이 평상 위에 양반다리를 하고 앉아서 미호가 보일 열화와 같은 반응을 거만하게 기다렸다.

— 정말?

"네가 앞으로 관리인 일 하려면 필요할 거 같아서 하나 샀어. 그 옆에 구슬 달린 거 보여?"

— 어, 구슬이다. 되게 예쁘다.

감탄 어린 목소리가 안 그래도 올라간 대웅의 입가를 십도쯤 더 위로 끌어올렸다.

"네가 나한테 구슬 줬으니까 나도 너한테 주는 거야. 맘에 들어?"

귀청이 터져라 소리라도 칠 줄 알았는데 전화기 너머에서 전해지는 것은 침묵뿐이었다.

"미호야, 미호야."

대웅이 놀란 얼굴로 수차례 이름을 부르며 재촉했지만 여전히 묵묵부답이었다. 답답하여 평상에서 일어나 창고방으로 가려는 찰나 미호가 핸드폰을 손에 꼭 쥐고 창고방에서 나왔다.

"맘에 드냐고."

대웅의 말이 떨어지자마자 미호가 와락 품에 안겨왔다. 깜짝 놀란 대웅이 가만 서서 미호의 정수리를 어색하게 내려다봤다.

"웅아, 너무 너무 고마워. 네가 나를 사람처럼 대해 주고 사람한테 주는 선물도 주고 정말정말 고마워."

뭐든 반응을 해주긴 해야 할 것 같아서 대웅은 손바닥을 어정쩡하게 들고 미호의 등 위에 머쓱하게 올렸다.

"어, 그래."

미호가 대웅에게서 냅다 떨어지며 전화기를 들이밀었다.

"전화 또 해 봐."

"바로 앞에 있는데, 뭐."

"그럼 내가 저 멀리 안 들리는 데까지 가 있을 테니까 전화 해 봐."

미처 대답하기도 전에 저만치 달려가는 미호를 어이없이 쳐 다보다가 저도 모르게 웃음이 튀어나왔다. 대웅은 옥상 난간 앞에 서서 폴짝이며 뛰어가는 미호의 뒷모습을 가만히 바라 봤다. 미호가 달리다가 말고 돌아서서 대웅을 향해 힘껏 손을 흔들었다.

"저쪽으로 갈게!"

꼬리만 안 흔들고 있다 뿐이지 똥자처럼 신나게 달려가는 미호를 지켜보고 있는데 자꾸만 가슴이 울렁거렸다.

"왜 이러지? 구미호한테 한우고기라는 말이나 듣고 설레면 정신 나간 거지."

대웅이 어처구니없는 표정으로 고개를 절레절레 흔들며 손 바닥으로 머리를 한 대 툭 쳤다.

"야단맞고 정신 차리자."

대웅은 시나리오를, 미호는 동화책을 읽는 통에 실로 오랜 만에 창고방 안으로 정적이 흘렀다.

"대웅아, 얘 되게 예쁘지."

미호가 책을 읽다말고 인어공주 그림을 대웅에게 내밀었다.

"예쁘면 뭐해. 꼬리가 달렸는데. 야, 너랑 똑같다. 너도 꼬리,
얘도 꼬리."

"나는 꼬리 아홉 개 있어."

질 수 없다는 듯 발끈하는 미호에게 대웅이 엄지손가락을
척 들어보였다.

"유 윈."

미호가 대웅도 이미 알고 있는 책 내용을 설명하며 안타까
운 표정을 지었다.

"얘가 이 남자를 살려줬어. 그리고 이 남자를 되게 좋아한
다. 그런데 이 남자는 그 사실을 잘 몰라."

동주가 사준 책 내용에 흠뻑 빠져 있는 미호가 어쩐지 못마
땅해서 자꾸만 딴죽을 걸고 싶어졌다.

"걔가 정체 숨기고 들러붙은 거잖아."

"얘는 이유가 있어서 말을 못하는 거잖아!"

버럭 화를 내더니 이내 대웅을 살피듯 쳐다보며 엉뚱한 소
리를 물었다.

"만약에 사람이 될 거라는 걸 말하면 남자가 좋아할까?"

"안 좋아할 걸. 뒤에 보면 다 나와."

대웅이 뒤페이지를 펼치려고 하자 미호가 책을 뺏어들고 탁
덮었다.

"얘기하지 마. 내가 읽을 거야."

"그래라."

대웅이 약이 오른 얼굴로 시나리오를 붙잡았다.

"얘는 사람이 돼서 행복해졌으면 좋겠다."

미호의 한숨 섞인 혼잣말이 이상하게 마음속을 가만 울렸다.

침대에 누워 잠을 자려고 하는데 자꾸만 미호가 했던 말이 생각나서 마음이 심란했다.

— 얘는 사람이 돼서 행복해졌으면 좋겠다.

그거 비극인데. 보면 우울할 텐데.

아무래도 마음에 걸려서 커튼을 살짝 들추고 미호가 뭐 하고 있는지 살폈다. 숨소리를 고르게 내며 깊은 잠에 빠져 있는 미호의 모습을 확인하는 침대에서 살짝 내려왔다. 살금살금 탁자로 걸어가 동화책을 살며시 집어 들고 옥상으로 나갔다. 평상에 걸터앉아 동화책의 마지막 장을 펼쳤다. 왕자와 이웃나라 공주의 결혼식을 보며 물방울로 흩어지는 인어공주의 그림이 한 눈에 들어왔다.

"왜 하필 이딴 우울한 걸로 골라준 거야."

투덜거리며 마지막 페이지 세 장을 쭉 찢었다. 그리고는 몰래 방으로 들어와 마지막 세 장이 없는 동화책을 미호의 머리맡에 살며시 놓아두었다.

"책 찢어졌다!"

미호가 외치는 소리에 대웅은 올 것이 왔구나 마음을 다잡았다. 그러고는 미호가 들고 있는 책을 살피는 척하며 매우 유감스러운 표정으로 이 예기치 않은 사고가 사실은 종종 있을 수도 있는 일임을 설득시켰다.

"아휴, 불량이구먼. 잘 좀 확인하고 사지. 동주 선생 참 사람이 허술하네."

이때다 싶어 동주의 흠집까지 잡으며 미호의 반응을 살폈지만 미호의 관심사는 오로지 인어공주의 결말뿐이었다.

"끝까지 다 봐야 되는데."

"그거 볼 것도 없어. 내가 그냥 다 얘기해줄게."

"싫어."

귀를 막고 스포일러를 완강히 거부하는 미호의 얼굴에 대고 대웅이 보통 인간이라도 들을 수 있을 정도로 크게 소리쳤다.

"다 행복하게 끝나!"

정말이냐고 묻는 것 같은 얼굴로 쳐다보는 미호에게 다시 한 번 말했다.

"그거 영화로도 있는 유명한 얘기야. 언덜더씨, 너 그거 모르지?"

만화 영화 인어공주에서 나왔던 음악을 대충 주워섬기며 대웅은 자신의 주장에 신빙성을 더했다.

"영화도 있어?"

동주 선생이 그건 얘기 안 해준 모양이지?

"그래, 그 인어가 사람 돼서 왕자하고 결혼하고 나쁜 마녀도 물리치고 좋아라 하면서 끝나는 거야."

우쭐대며 설명을 하는 대웅을 향해 미호가 박수를 치며 환호했다.

"정말? 그렇구나! 잘 돼서 정말 다행이다."

저리도 좋아하는데 그냥 모르는 척하기도 뭣하다.

"나중에 그거 영화 버전 보여줄까?"

"응, 보고 싶어."

영화를 보여준다는 말만 듣고도 저렇게 들뜬 표정을 감추지 못하니 영화관에 데려가면 얼마나 좋아할까 궁금해서 슬쩍 찔러 보았다.

"아, 영화는 영화관 가서 봐야 제 맛인데."

"영화관? 나도 거기 갈 수 있는 거야?"

미호의 눈이 벌써부터 기대감으로 반짝거렸다.

"왜 가보고 싶어?"

내심 흡족했지만 그냥 가면 재미 없지. 짐짓 빼기는 질문으로 미호의 마음을 한 번 더 떠봤다.

"응."

"나 요즘 바쁜데…… 네가 그렇게 가보고 싶어하니 한 번 가보게 해주고는 싶은데."

고민하는 척 시간을 끌자 미호가 조마조마한 표정으로 대웅의 답변이 떨어지기를 기다렸다.

"내친 김에 오늘 한 번 갈까?"

"정말?"

떨 듯이 기뻐하는 미호에게 여유 있게 고개를 끄덕였다.

"그래, 나도 너도 각자 할 일 잘 끝내고 저녁 때 영화나 보자. 내가 전화할게."

미호가 핸드폰을 쳐다보며 자신있게 고개를 끄덕였다.

"어, 꼭 전화해."

"그럼 오늘 하루도 액션스쿨 관리 잘 해."

여유 만만 인사를 마치고 대웅이 연습실로 내려갔다.

동물병원 앞 벤치에 앉아서 미호가 다짜고짜 동주의 앞으로 핸드폰을 내밀었다.

"이거 대웅이가 사줬어."

"당신한테 너무 과하게 좋은 걸로 사줬네요."

미호에게서 핸드폰을 받아들고 이리저리 살펴보던 동주가 인어공주 책 표지를 찍어 설정해 놓은 메인화면을 보고는 미호를 쳐다봤다.

"대웅이가 해줬어. 난 얘처럼 될 거야."

미호의 말에 동주가 의아한 표정으로 고개를 갸웃했다.

"책을 끝까지 읽어봤어요?"

"다 못 봤는데, 대웅이가 행복해진다고 그랬어."

미호가 꿈을 꾸는 것 같은 얼굴로 핸드폰 액정 속 인어공주 그림을 들여다보았다.

"생각해주네요. 어쨌든 첫 데이트 가는 건데 잘 해봐요."

미호가 입술을 비쭉거리며 동주의 말을 정정했다.

"데이트가 아니고 영화관이라는데 갈 거야."

"그런 게 데이트예요. 남녀가 같이 놀러가는 거. 가장 흔한 장소가 영화관이죠."

"데이트구나. 난 데이트에서 뭐 해야 되는데?"

그제야 걱정스러운지 동주를 매달리듯 바라보았다.

"당신이 데이트 비용을 낼 수도 없을 테고 흥미를 끌만한 대화를 주도할 수도 없을 테고 마음껏 웃게 해줄 유머감각도 물론 없고, 그냥 예쁘게 차려 입고 가는 것밖엔 없겠네요."

깊이 생각해주는 척 아픈 데를 톡톡 건드리는 발언에 미호가 이맛살을 찌푸렸다.

"그거 말곤 없어?"

"그 사람을 즐겁게 해줄 방법을 찾아보세요."

"즐겁게 해주는 게 어떤 건데?"

동주가 미호의 귀에 대고 속삭이듯 물었다.

"고기 드실래요?"

"응!"

자동반사적으로 튀어나오는 답변에 동주가 빙긋 웃으며 손가락으로 미호를 가리켰다.

"바로 이런 게 즐겁게 해주는 거예요."

"아, 좋아하는 걸 줘야겠구나."

뭔가 깨달은 듯 몇 번이나 고개를 끄덕이는 미호에게 동주가 자상하게 말했다.

"고기 먹고 가세요. 오늘도 많이 준비해뒀어요."

영화 〈풍월도〉 시사회가 있는 극장 매표소 앞에서 대웅은 미호에게 전화를 걸었다.

"잘 찾아온 거야?"

— 응.

"매표소라고 쓰여 있는 데 앞에 있는 거 맞아?"

— 응.

그런데 아무리 둘러봐도 긴 머리에 흰옷을 입고 있는 여자가 안 보였다.

"아니, 얘는 도대체 어디 있는 거지? 다른 극장 간 거 아냐?"

대웅이 불안한 표정으로 혼잣말을 하고 있는데 바로 앞 의자에 앉아 있던 여자가 뒤를 홱 돌아보며, 그의 이름을 불렀다.

"웅아."

길었던 머리를 굵게 웨이브 펌하고, 옅은 아이샤도에 반짝거리는 립글로스를 발라 못 알아볼 정도로 예뻐진 미호가 활짝 웃는다. 대웅은 저도 모르게 걸음을 멈추고 홀린 듯 미호를 바라봤다.

"너 뭐한 거니?"

"빠마. 닭집에서 싸움 난 거 말려줬더니 고맙다고 닭집 아줌마가 해줬어."

"패셔니스타 친구가 힘 좀 썼네."

그제야 픽 웃으며 대웅이 미호 옆자리에 앉았다. 미호가 영화 팸플릿을 들여다보는 대웅을 물끄러미 바라보았다.

"대웅아, 너는 뭐 좋아해? 내가 고기랑 뽀글이 물이랑 맥주 좋아하는 것처럼 네가 좋아하는 게 뭐야?"

대웅이 팸플릿에서 시선을 떼고 미호를 쳐다보았다.

"왜? 이번엔 좋아하는 게 뭔지 알아서 해주게?"

"응!"

"그럼 램프의 요정 지니처럼 내가 좋아하는 거 막 나오는 거냐?"

"그게 뭔데?"

"있어. 문지르기만 하면 돈도 나오고 차도 나오고 집도 나오는 애."

미호가 알아들었다는 얼굴로 고개를 끄덕거렸다.

"아, 도깨비 방망이 같은 거구나. 난 그런 건 못 하는데."

아쉬운 표정을 짓고 있는 미호를 바라보며 대웅이야말로 애석한 얼굴로 혀를 찼다.

"내가 이왕 초자연적인 애를 만날 거면 걔를 만났어야 되는데."

"그런 건 못해도 네가 좋아하는 거 하나는 꼭 주고 싶은데."

그때 병수와 선녀가 엘리베이터 쪽에서 걸어오며 대웅의 이름을 불렀다.

"대웅아!"

"어, 여기야."

"미호 씨, 오랜만이에요."

반갑게 인사하는 병수 옆에서 선녀가 입술을 비쭉거리며 딴 청을 피웠다.

"잠깐 같이 있어. 음료수 사올게."

대웅이 자리에서 일어나자 그제야 선녀가 미호를 유심히 바라보며 한 마디했다.

"너 오늘 신경 좀 썼구나."

"너도 예쁘다. 신경 좀 썼구나. 패셔니스타다."

미호의 칭찬에 선녀가 대놓고 우쭐한 표정을 지으며 어깨를 으쓱해 보였다.

"나야, 뭐."

순간 미호가 매고 있는 가방이 낯익어 유심히 쳐다봤다.

"어, 이거 울 아빠네 가방이잖아. 이거 되게 구린 건데 이렇게 매니까 괜찮아 보이네."

미호가 가방을 들고 킁킁 냄새를 맡았다.

"이게 구린가?"

선녀가 가방 앞쪽 주머니에 꽂혀 있는 핸드폰을 발견하고 얼른 빼 들었다.

"야, 핸드폰 고리 너무 예쁘다."

미호가 자랑스러운 듯 흐뭇하게 웃었다.

"구슬이야. 대웅이가 줬어."

"어디서 샀지?"

선녀가 핸드폰에 걸린 구슬을 유심히 보다가 옆의 버튼을 눌렀다. 갑자기 켜진 메인화면을 보고는 핸드폰을 도로 미호에게 건넸다.

"인어공주네. 다운 받은 거야?"

선녀가 건네주는 핸드폰을 받아들며 미호가 자랑스레 말을 했다.

"책이야. 대웅이가 해줬어. 나는 얘처럼 될 거야."

"인어공주처럼? 그럼 죽겠다고?"

선녀가 황당한 표정으로 미호를 쳐다보자 옆에 있던 병수가 불쑥 끼어들었다.

"죽는 게 아니고 뭐가 돼서 사라졌던 거 같은데."

"그런가? 그게 뭐였지?"

갑자기 던져진 의문을 풀려고 곰곰이 생각에 잠긴 두 사람을 미호는 시선도 주지 않은 채 어두운 낯빛으로 중얼거렸다.

"행복해진다고 했는데."

"미호는?"

음료수를 사들고 온 대웅이 팸플릿을 들여다보느라 여념이 없는 병수의 어깨를 쿡 찔렀다.

"무슨 책 산다고 그래서 밑에 서점 있다고 했더니 갔어."

"책?"

미호가 살만한 책이라고는 인어공주 밖에는 없는데.

대웅이 음료수만 내려놓고 엘리베이터 쪽으로 급하게 뛰어갔다. 1층으로 내려와 서점을 찾아 두리번거리는데 친구와 함께 걸어오는 혜인과 정통으로 마주쳤다. 혜인이 먼저 다가와 어색하게 있는 대웅에게 말을 건넸다.

"대웅아, 우리 같이 영화도 찍어야 되는데 껄끄럽게 대하지 말자."

"나도 누나 불편하게 만들고 싶지 않아."

담담하게 말을 나누고 있는데 엘리베이터 문이 열리면서 사람들이 우르르 한꺼번에 쏟아졌다.

"너도 풍월도 시사회 보러 온 거야?"

"응, 병수랑 선녀랑 미호랑 왔어."

무심코 고개를 돌린 순간 엘리베이터에서 미호 같은 여자가 스치듯이 보였다.

어, 미호인가?

자세히 보려는 찰라 엘리베이터 문이 닫혔다. 안이 훤히 들여다보이는 투명 엘리베이터의 벽 쪽을 유심히 바라보며 미호의 모습을 찾았다. 인어공주 책을 가슴에 꼭 품은 채 대웅이 있는 쪽을 바라보며 위로, 위로 멀어져가는 모습이 어쩐지 공기방울 같아서 대웅은 눈을 뗄 수가 없었다.

미호는 옥상정원으로 올라와 벤치에 앉았다. 인어공주 책을 무릎에 올려두고 가만 들여다보고 있으려니 방금 전 로비에서 마주보고 서 있던 두 사람의 모습이 떠올라 가슴 한쪽이 꾹 조여 왔다.

"대웅이가 좋아하는 거 즐겁게 해주기로 했으니까 난 여기 있어야 돼."

슬픈 눈으로 책을 바라보다가 책장을 읽은 데까지 빠르게 넘겼다. 왕자와 이웃나라 공주의 재회 장면이 나오고, 이제 뒷내용을 넘겨봐야 하는데 차마 책장을 넘길 용기가 나지 않았다.

"정말로 죽나…… 사라지나……"

보지 말아버릴까 하다가 이내 결심을 굳히고 책장을 넘기려는데 누군가 미호의 팔목을 탁 붙잡았다.

"너 뭐해? 나 봤으면서 왜 그냥 가?"

대웅이 따지듯이 물으며 미호를 내려다봤다. 대웅과 얼굴을 마주하자 미호의 가슴 저 안쪽에서 뭔가 설움 같은 슬픈 감정이 왈칵 솟구쳐 올라왔다.

"너 거짓말 했지. 절대로 행복해지지 않지! 사라지는 거지."

한 줄기 바람이 미호 대신 책장을 팔랑팔랑 넘겨주었다. 대웅이 마지막 장으로 넘어가려는 책을 소리 나게 탁 닫더니 미호 앞에 한쪽 무릎을 꿇고 앉아 시선을 나란히 맞췄다.

"사라지지 않아. 행복하게 잘 먹고 잘 살아. 다른 얘기 듣지 말고 내 말이 다 맞으니까 내 말만 믿으면 돼."

같은 마음, 다른 선물

"사라지지 않아. 행복하게 잘 먹고 잘 살아. 다른 얘기 듣지 말고 내 말이 다 맞으니까 내 말만 믿으면 돼."

미호가 울 것 같은 얼굴로 대웅을 바라보며 그가 했던 말을 주문처럼 읊조렸다.

"사라지지 않아. 행복하게 잘 먹고 잘 살아. 대웅이 네 말이 맞아."

밝게 웃고 있는 미호의 눈에 눈물이 가득 맺혔다. 맑은 날 내리는 여우비처럼.

"그래. 그러니까 울지 마. 비 와."

대웅이 엄지손가락으로 미호의 눈 가에 맺힌 눈물방울을 슥 털어내고 손목을 붙잡아 일으켜 세웠다.

"가자."

"응, 가자!"

미호가 보는 앞에서 대웅이 인어공주 책을 휙 던져버렸다.

버려진 책에 눈길조차 주지 않은 채 미호는 대웅의 곁에 나란히 서서 걸었다. 책보다는 대웅의 말을 더 믿는다.

"시사회는 이미 시작해버렸고 우리 다른 영화 보자. 잠깐만 여기 있어."

대웅이 극장 앞 매표소로 티켓을 끊으러 간 사이 미호는 의자에 멀뚱히 앉아서 오가는 사람들을 구경했다. 정면에 커플로 보이는 남자와 여자가 있었다.

"표 사올게."

여자를 의자에 앉혀두고 매표소 쪽으로 걸어가는 남자의 모습이 꼭 자신과 대웅 같아서 미호는 호기심을 갖고 커플의 모습을 지켜보았다.

얘들도 데이트 하나 보다. 어떻게 하는지 보고 배워둬야지.

남자가 등 돌리고 있는 틈을 타서 여자가 가방에서 컴팩트를 꺼내어 얼굴을 단장했다. 그 모습을 유심히 바라보고 있다가 미호도 명찰이며 쿠폰, 순간접착제, 핸드폰 등 자신의 애장품을 모조리 담아 놓은 가방을 열어 고심한 끝에 로션을 꺼냈다. 아쉬운 대로 로션을 손바닥에 덜어 여자가 했던 그대로 얼굴에 대고 톡톡 두드렸다. 손바닥에 남아 있는 로션을 혀로 날름 핥고 있을 때 커플 여자의 묘한 행동이 미호의 레이더망에 포착되었다.

저건 또 뭐지?

매표소 앞에 서 있는 남자와 눈이 마주치자 여자가 검지 두 개를 쭉 펴서 남자를 향해 찌를 듯이 하고는 한 쪽 눈을 깜빡거리는 것이 아닌가. 그런데 여자가 그런 행동을 하니까 남자가 너무 행복하게 웃는 거다.

저런 건 배워둬야 돼.

여자에게서 훔쳐본 동작을 엉성한 폼으로 반복 연습을 하고 있는데, 티켓을 끊고 자리로 돌아오는 대웅과 정통으로 눈이 마주쳤다. 이 타이밍을 살려야 한다 싶어 미호가 잽싸게 대웅을 향해 양손 검지를 팍팍 찌르며 눈을 깜빡깜빡 해보였다.

"웅아, 웅아."

대웅이 뜨악한 표정으로 고개를 절레절레 저었다.

"오지명이냐? 용녀용녀 그런 것도 동주 선생한테 배웠어? 제대로 배우지도 못했네."

대웅이는 별로 안 좋아하네. 미호의 입술이 실망감으로 비죽 튀어나왔다.

"여기 앉아 기다리자. 영화 시작하려면 좀 있어야 돼. 자, 사이다."

대웅이 극장 안 푸드 코너 테이블 앞에 앉아서 미호에게 사이다를 건넸다. 그런데 깡통이 아니라 뚜껑 있는 종이컵이다. 신기한 표정으로 종이컵에 꼽힌 빨대를 쭉 빨고 있는데 바로 맞은 편 테이블에 매표소 앞에서 본 커플이 컵 하나에 빨대를 두 개 꼽고 함께 마시고 있었다. 이를 본 미호가 자신의 컵에 든 사이다를 얼른 마셔 버리고 대웅의 컵에 제 빨대를 꽂았다. 팸플릿에 집중하느라 이런 사정을 알 리 없는 대웅이 사이다를 마시려다가 미호의 이마에 콩하고 부딪쳤다.

"아야!"

깜짝 놀라 쳐다보니 미호가 대웅의 컵에 제 빨대를 꽂아놓고는 흐뭇하게 웃고 있었다. 이런 행동도 동주가 가르쳐줬나? 대웅의 표정이 굳어졌다.

"내 거야. 함부로 남의 거에 빨대 꽂는 거 아니야. 동주 선생이 그렇게 가르치든?"

대웅이 따끔하게 이르며 사이다를 컵 들어 채 벌컥벌컥 마셨다. 미호가 아쉬운 표정으로 맞은편 커플을 흘끔거렸다.

영화는 무척 웃긴 코미디였다. 미호는 화면을 홀린 듯이 바라보며 쉴 새 없이 웃음을 터뜨렸다. 비어 있는 앞좌석 등받이에 팔을 괴고 화면에 집중하는 미호의 옆얼굴을 바라보며 대웅은 저도 모르게 미소를 지었다.

데려온 보람이 있네.

미호의 웨이브 진 머리칼에 뭔가 하얀 휴지조각 같은 게 붙어 있는 것 같아 대웅이 손을 들어 미호의 머리 쪽으로 가져갔다. 그 순간 미호가 몸을 뒤로 젖히며 자지러지는 바람에 대웅의 팔이 미호의 목 뒤에서 목베개를 해준 모양새가 되어버렸다. 미호가 놀란 눈으로 대웅을 쳐다봤다. 좋아라 희희낙락한 미호의 얼굴에 대고 대웅이 눈을 부라리며 팔뚝에 힘을 줬다.

"봐."

못 들은 척 목으로 대웅의 팔을 찍어 누르던 미호가 팔을 쑥 잡아당겨 대웅의 어깨에 제 머리를 기댔다. 대웅이 팔을 빼내려 버둥거리다가 그만 포기하고 편하게 자세를 고쳐 앉았다. 그제야 미호가 손바닥으로 입을 가리며 흐뭇하게 웃는다.

"영화관이라는 데 정말 좋다. 꼬리 빠지게 웃었어."

영화관을 빠져나오는 미호의 얼굴이 붉게 상기돼 있다.

"나는 팔 빠지겠다."

대웅이 뻐근한 어깨를 몇 번 돌리며 미호를 쫙 째려보았다. 아랑곳하지 않고 미호가 대웅에게 팔짱을 끼며 당치도 않은 애교를 부렸다.

"웅아, 데이트는 정말 즐거운 거 같아."

대웅이 걸음을 멈추고 황당하다는 듯 미호를 쳐다보았다.

"뭐? 데이트?"

"응. 우리 지금 데이트하고 있잖아."

손바닥으로 입술을 가리며 수줍게 웃는 미호 때문에 대웅은 뒤로 넘어가기 일보직전이었다.

"어디서 그런 야단맞을 소릴 해. 그런 말 어디서 배웠어? 혹시 동주 선생?"

정색하며 묻는 대웅의 말에 미호가 고개를 끄덕여 보였다.

"영화관 간다고 했더니 데이트 잘 하라고 했어."

대웅이 쾌씸한 표정을 지으며 언성을 높였다.

"그 선생 정말 몹쓸 선생일세. 다음에 보면 호되게 야단 좀 쳐야겠어."

그건 그렇고 아무튼 이러고 있을 때가 아니다. 흥분을 가라앉히고는 진지한 얼굴로 미호와 시선을 마주했다.

"미호야, 너 잘못 배운 거야. 우리는 지금 데이트를 하는 게 아니야."

"그럼?"

"이건……"

잠깐 뜸을 들이다가 이내 명료하게 결론을 내렸다.

"산책이야. 산책. 내가 주로 뚱자랑 하던 산책을 너랑 하는 거야. 가자."

대웅이 미호의 손목 대신 가방끈을 붙잡고 개 줄 끌듯이 미호를 이끌었다.

"웅아, 이거 잡지 말고 내 손 잡고 산책하자."

미호가 대웅에게 들러붙으며 칭얼거렸다.

"안 돼. 뚱자도 만날 끈 잡고 산책해."

대웅이 단호한 목소리로 잘라 말했다.

"뚱자는 발만 있고 나는 손 있잖아! 웅아!"

제법 그럴싸한 주장이지만 대웅은 들은 척도 않고 가방끈을 휙 잡아끌며 척척 걸어갔다.

데이트라고? 아니, 이건 절대적으로 산책이야. 산책이어야만 해.

가방끈을 개 줄 삼아, 미호를 똥자 삼아 쇼핑센터를 산책하고 있는데 전자제품 매장 유리벽 너머에 있는 캠코더 광고판이 대웅의 시선을 사로잡았다. 대웅은 미호를 끌고 전자제품 매장 앞으로 걸어갔다.

"와, 멋지다."

지평선이 아득히 보이는 광활한 사막을 배경으로 캠코더를 들고 있는 남자의 멋진 광고사진이 감탄을 절로 나오게 했다.

"와, 멋지다."

대웅이 한 말을 그대로 따라하며 미호도 광고사진을 유심히 쳐다보았다.

"대웅아, 너 이거 좋아?"

"어, 좋네. 얼마나 할라나?"

"너 이거 갖고 싶어?"

"됐어."

있으면 좋기야 하겠지만 꼭 갖고 싶다는 생각이 들 정도로 필요한 것은 아니었다.

"저런 데서 저러고 있으면 폼은 나겠다."

사막을 등지고 서 있는 남자 모델의 멋진 실루엣을 흘끔 쳐다보다가 그만 걸음을 옮겼다. 미호가 광고판을 유심히 살펴보면서 대웅에게 물었다.

"웅아, 너 저거 보니까 즐거워? 저거 가지면 좋을 거 같아?"

"그럼 좋겠지."

막연하게 대답을 하던 대웅이 돌연 미호를 돌아보며 어이없는 웃음을 터뜨렸다.

"왜? 사주게?"

"비쌀 것 같던데."

정말로 살 것처럼 고민하는 모습이 하도 같잖아서 대웅이 쥐어박듯이 말을 했다.

"겁나 비싸지. 네가 저걸 어떻게 사냐? 그나저나 배고프다. 뭐 먹지?"

캠코더고 뭐고 먹을 데를 찾아 두리번거리는 대웅의 뒤를 따라 걷다가 미호가 등을 돌려 다시 한 번 광고판을 쳐다보았다.

"대웅이가 저걸 좋아하는구나."

그러더니 광고판 옆에 걸린 벽걸이 TV 화면에 나온 가수를 보고 우와 탄성을 지르며 매장 쪽으로 걸어갔다. 갑자기 뒤가 허전한 것 같아 뒤를 돌아본 대웅이 당황하여 미호를 찾았다.

"미호야! 또 어디 갔어. 하여간 잠시도 줄을 놔줄 수가 없다니까."

주변을 두리번거리다가 전자제품 매장 안에서 티아라의 춤을 따라 추고 있는 미호를 발견했다. 어처구니가 없다. 춤사위도 어색하고 지적하고 싶은 점이 한 두 가지가 아니다. 꾹 참아 주고 있는데 미호가 대웅을 쳐다보며 묻지도 않은 말을 꺼냈다.

"나 이거 알아. 동주 선생네서 봤어."

순간 대웅이 깐깐한 춤 선생의 표정을 지으며 어설프기 짝이 없는 미호의 안무동작을 수정하기 시작했다.

"그게 아니지. 이거지, 이거. 동주 선생한테 제대로 배운 게 없구먼. 용녀용녀도 안 돼, 뽀삐뽀삐도 안 돼."

대웅이 필요이상으로 못마땅한 표정을 지으며 혀를 찼다.

"여기 좋다. 신기한 거 되게 많네."

전자제품 매장 안을 휘 둘러보며 눈을 동그랗게 뜨고 있는 미호 앞에 서서 대웅이 한숨을 푹 내쉬었다.

"기본적인 가전제품이 아직도 파악 안 돼? 동주 선생네 만날 놀러 다니면서 뭐 배웠냐?"

미호가 새침한 표정으로 말했다.

"동주 선생한테 정말 많이 배웠어. 나 여기 있는 거 거의 다 알아. 텔레비전, 냉장고, 세탁기, 컴퓨터, 에어컨, 압력밥솥."

본격적으로 동주 선생 편을 들고 나서는 미호의 모습에 사나이 오기가 대웅의 가슴을 뜨겁게 불 질렀다.

동주 선생한테 배운 게 모두 다 헛거였다는 것을 보여주마.

"그래? 그럼 정말 다 아는지 테스트 해볼까?"

대웅이 매장 안을 스윽 훑어보다가 요즘엔 찾아보기 힘든 카세트 플레이어를 집어 들었다.

"너 이거 뭔지 알아?"

"이건 처음 보는데."

당연히 그렇겠지! 속으로 쾌재를 부르며 몹시도 한심스럽다는 듯 혀를 쯧쯧 찼다.

"이걸 몰라? 이런 최첨단 기계를 안 가르쳐줬단 말이야?"

미호가 카세트 플레이어에 꽂혀 있는 이어폰을 집어서 관자놀이 부근에 대보더니 고개를 갸웃거렸다. 그 순간 대웅의 머릿속으로 멋진 생각이 스쳐갔다.

"이건 전화기랑 비슷한 거야. 이쪽에서 전화기에 대고 말하면 저쪽에서 들을 수 있지? 이걸 여기다 대면 생각하는 걸 들을 수 있어."

이어폰을 미호의 관자놀이에 붙여주고 대웅은 카세트 플레이어의 스피커에 귀를 갖다 댔다.

"생각해봐."

대웅의 지시에 미호가 곰곰 생각에 잠겼다. 오 초쯤 지났을까? 대웅이 미호의 머릿속을 들여다본 것처럼 말했다.

"너 고기 생각했지?"

"어떻게 알았어?"

미호가 기겁한 표정으로 대웅을 쳐다보았다. 하루 스물 네 시간 고기 노래를 부르는 주제에 그걸 알아 맞혔다고 놀라는 게 더 놀랍다.

"다 들리는 거라니까."

대웅이 어깨에 힘을 팍 준 채 저쪽으로 걸어가자 미호가 얼빠진 표정으로 이어폰을 관자놀이에 댄 채 스피커에 귀를 기울이며 툭툭 쳤다.

체중계는 나이 알아맞히는 기계, 매직 고데기는 고기 구워먹는 젓가락, 다이얼식 전화기는 음악 트는 기계, 심지어 전자계산기를 사람 조종하는 리모컨이라고 속이는데도 전혀 의심 없이 믿는 미호가 어찌나 어리바리하고 웃긴지, 대웅은 동주 선생의 가르침이 헛거라는 걸 알린다는 초심을 잃고 점점 미호 놀리기에 열을 올렸다.

무선 진공청소기 앞을 지나가는 순간 또 다시 장난기에 발동이 걸렸다. 대웅이 미호의 어깨를 툭 친 다음 청소기를 들어 보였다.

"이거는 주변에 있는 거 전부 빨아들이는 거야."

미호가 믿기지 않는 표정으로 청소기 흡입구를 들여다보았다.

"이 조그만 데로?"

"안 믿겨져?"

대웅이 자신만만한 표정을 짓자 미호가 두 번은 안 속는다는 얼굴로 팽팽하게 맞섰다.

"얘가 이건 진짠데 안 믿네. 한 번 해볼까?"

대웅이 전원 버튼을 켜자 청소기에서 윙 소리가 났다. 깜짝

놀란 얼굴로 바라보는 미호에게 보이려고 대웅이 자신의 소맷
자락을 청소기 흡입구 쪽으로 바싹 갖다 댔다. 무시무시한 굉
음과 함께 흡입구로 빨려 들어가는 소맷자락을 바싹 긴장한
표정으로 지켜보는 미호에게 대웅이 다급한 비명을 질렀다.

"어어어! 내 손! 내 손!"

흡입구 안으로 손을 집어넣으며 마치 빨려 들어가고 있는
것처럼 엄살을 떨고 있는데 미호가 번개처럼 달려들었다.

"대웅아!"

그 순간 대웅은 망했다는 생각과 함께 멈춰야 할 때를 알지
못하고 나대던 스스로를 책망했다.

대웅은 부딪쳐 부서진 청소기를 들고 계산대 앞에 섰다.

"이 조그만 게 날 잡아먹을 거라고 생각하는 게 말이 돼?"

아무 말 않고 지나가기엔 너무 열이 받아서 미호에게 따지
듯이 물었다.

"네가 속였잖아."

당당하게 맞서는 미호의 얼굴을 쳐다보다가 그만 한숨을 내
쉬었다.

"그래, 너 데리고 장난친 내가 야단맞을 놈이다."

모른 체하며 저쪽으로 걸어가는 미호의 등짝을 얄밉게 쳐다
보다가 부서진 청소기를 다시 한 번 들여다보았다.

아, 이거 필요도 없는 건데.

하여간에 미호랑 지내는 동안 사고 없는 날이 하루도 없다. 대웅이 필요도 없는 청소기를 계산하는 동안 사고의 원흉은 대형 선풍기 앞에 서서 아아, 소리를 내며 장난치는 데에 여념이 없다. 미호의 모습을 바라보며 열을 내던 대웅의 표정이 점점 누그러졌다. 선풍기가 돌아가는 방향에 따라 얼굴을 빙 돌리며 아아, 소리를 내며 신나하는 게 꼭 세 살 먹은 어린애 같다.

"저런 애가 날 잡아 먹을 거라고 생각한 것도 참 말이 안 되지."

빙글빙글 웃고 있던 대웅의 표정이 점점 심각해졌다.

"요즘 자꾸 마음이 깜빡깜빡 속네."

선풍기 바람에 미호의 결 좋은 머리카락이 허공에 흩날렸다. 그 모습이 보기 좋아서 대웅은 눈을 뗄 수가 없었다.

"저러고 있으면 미호가 그냥 사람 같잖아."

홀린 듯이 쳐다보고 있는데 갑자기 미호가 대웅이 있는 쪽으로 고개를 돌렸다. 시선이 정통으로 부딪친 순간 대웅의 심장이 격렬하게 꿈틀했다.

"웅아!"

그만 화해하자는 제스처를 취하며 활짝 웃는 미호에게서 시선을 돌리며 대웅은 난감해졌다.

왜 이러지? 도대체 마음이 왜 이러는 거야?

"이거는 되게 커서 앞에 있으면 날아다닐 때랑 똑같아."

이게 선풍기 바람 때문이야. 대웅이 선풍기의 전원을 발로 확 걷어차 뽑았다.

"선풍기 바람 많이 쐬면 얼굴 호빵처럼 부어, 간다."

화난 사람처럼 혼자서 뚜벅뚜벅 걸어가는 대웅의 뒷모습을 야속하게 쳐다보며 미호가 볼멘 소리를 했다.

"청소기 부쉈다고 화났구나? 그러게 사람이 왜 구미호한테 장난을 치냐?"

잠깐이지만 분명하게 스쳐지나간 묘한 감정이 대웅을 화나게 만들었다. 그러니까 생길 수도 없는 불가능한 감정인데, 어떻게 그걸 느낄 수가 있느냐는 거다. 저벅저벅 걸어가던 대웅이 갑자기 등을 획 돌려 미호를 쳐다보았다. 볼에 바람을 잔뜩 불어넣고 있다가 갑자기 맞닥뜨린 시선에 미호는 눈을 동그랗게 뜨고는 황급히 볼을 빵 터뜨리며 히죽 웃는다. 영락없는 동네 바보다.

말도 안 되지. 어떻게 내가 쟤를 상대로. 절대, 절대 아니야. 절대, 절대!

대웅은 싱크대 앞에 서서 고기를 굽는 척하며 미호가 하는 행동을 주도면밀하게 관찰했다. 미호는 샤워를 한 후 파마기 풀린 머리를 선풍기에 말리며 퍽이나 아쉬운 표정을 짓고 있다.

"여우털이라 인간 빠마는 오래 안 가네. 빠마 좋았는데."

그리고는 상자에 모아두었던 갈비뼈를 끄집어내더니 거기에 머리카락을 돌돌 말았다.

"빠마 이렇게 했는데."

미호가 고무줄로 갈비뼈를 고정하는 데 성공하고는 좋아라 손뼉을 쳤다.

"빠마다."

갈비뼈로 머리카락을 말아 고무줄로 고정하고 있는 미호의 모습에 대웅이 안심하며 고개를 끄덕거렸다.

역시 저건 구미호야. 구미호가 맞아. 대웅의 열렬한 시선을 이제야 느껴졌는지 미호가 의아한 표정으로 쳐다보았다.

"왜?"

대웅이 진지한 표정으로 미호의 갈비뼈 파마 작업을 적극 장려하였다.

"계속해. 정신 나간 사람은 꽃으로 정체성을 드러내고 너는 소뼈로 정체성을 드러내고. 네가 뭔지 머릿속에 확실하게 정리돼서 좋다. 잠깐 헷갈릴 뻔했어."

대웅이 고개를 절레절레 저으며 유유자적 안도의 미소를 그렸다.

"미호는 구미호지. 미호는 구미호."

노랫가락처럼 흥얼거리는 대웅을 빤히 쳐다보던 미호가 돌연 새침한 표정을 지으며 머리에 묶인 갈비뼈를 확 잡아 뺏다.

"안 할래. 나 구미호처럼 보이는 거 싫어."

미호가 싱크대로 와서 프라이팬에 있는 고기를 날름 집어 먹었다. 그리고는 대웅의 턱 밑으로 얼굴을 바싹 들이대며 필 살 애교를 떨었다.

　"웅아, 우리 다음에 또 데이트 언제 해?"

　대웅이 경기하듯 째려보자 미호가 황급히 단어를 바꾸었다.

　"산책 언제 해? 나는 자주, 자주 했으면 좋겠어. 너랑 산책하는 거 너무 좋아!"

　대웅이 한 발 자국 뒤로 물러서서 경계하는 눈빛을 더욱 세게 쏘아댔다.

　"영화가 되게 좋았구나. 거긴 혼자 갈 수 있으니까 혼자 가."

　미호가 당치 않다는 얼굴로 고개를 격하게 저었다.

　"너랑 같이 가야 좋지. 영화가 아니라 네가 좋은 건데."

　숨이 꼴딱 넘어갈 소리를 태연스레 내뱉더니 미호가 프라이팬에 있는 고기를 주워 먹으며 다시 한 번 카운터펀치를 먹였다.

　"아, 맛있다. 웅아, 네가 너무 좋아."

　바싹 졸은 얼굴로 그대로 멈춰 서 있던 대웅이 그제야 조심 조심 말문을 열었다.

　"미호야, 너 고기 좋아하지?"

　"응."

　미호가 고기를 우물우물 씹으며 1초의 망설임도 없이 대답했다.

"내가 고기 사주니까 좋지?"

제발 그렇다고 말하라는 눈길로 미호를 바라보는데 미호가 고개를 갸웃거리며 대답을 미루었다.

"응?"

질문의 뜻을 제대로 이해 못 하는 것 같아 대웅이 프라이팬을 뒤로 감췄다.

"내가 고기 뺏으니까 싫지?"

"왜 그래. 내 놔."

기겁하며 달려드는 미호를 쳐다보며 대웅이 냉정하게 잘라 말했다.

"이제부터 나 너 고기 안 사줄 거야."

미호가 믿을 수 없다는 얼굴로 대웅을 쳐다보았다.

"고기 안 사주면 싫지?"

제발 싫다고 말해라. 미호가 시무룩한 표정으로 어깨를 축 늘어뜨렸다.

"그럼 할 수 없지 뭐."

바라는 대로 행동하지 않는 미호에게 왈칵 성질이 치솟았다.

"야! 너 정말 왜 그래! 너는 구미호야! 고기 안 사준다 그러면 죽고 싶냐. 고기 내놔 그래야지 할 수 없지 그러는 게 구미호냐?"

미호가 목에 핏대를 세우며 달려드는 대웅을 곤혹스럽게 바라보았다.

"이제는 나 너 무섭게 하기 싫어."

안 그래도 혼란스러운데 혼란을 가중시키는 미호 때문에 대웅은 미치고 환장하고 팔짝 뛸 지경이었다.

"네가 그러는 게 나는 더 무서워!"

흥분해서 될 일이 아니라는 생각에 대웅은 감정을 추스르고 차분한 목소리로 타일렀다.

"미호야, 그냥 무섭게 해. 네가 무섭게 해야 나도 너 무서워해주면서 네가 구미호라는 걸 안 까먹지. 바라는 거 있으면 다 들어준다 그리고 웅아 너무 좋아 이러면 네가 사람인지 구미혼지 헷갈리잖아."

미호가 답답하다는 표정으로 야단맞을 소리를 한다.

"그럼 나를 그냥 사람이라고 생각해!"

"네가 어떻게 사람이야! 구미호지! 꼬리 값 좀 해! 아홉 개나 있으면서."

호되게 야단을 치기는 했는데 이게 미호를 향한 것인지 아니면 자신을 향한 것인지 모르겠다. 어쩌면 둘 다를 향한 것인지도.

"알았어."

마지못해 대답하는 미호를 붙잡고 앞으로 취해야 할 행동방향에 대해 강의를 시작했다.

"자, 내가 네가 먹던 고기를 뺏었지, 그러면?"

미호가 지나가던 개미 한 마리 못 세울 것 같은 표정으로 마지못해 중얼거렸다.

"죽고 싶냐. 고기 내놔."

그러자 대웅이 산속에서 호랑이라도 만난 것처럼 기겁하며
호들갑을 떨었다.

"아우, 무서워라. 자, 고기 줄게. 드세요!"

프라이팬을 미호 앞으로 밀어놓고 대웅은 침대로 가 드러누
웠다. 식욕이고 뭐고 저만치 날아간 지 오래였다.

관계 정리를 확실히 해야 돼. 쟤도, 나도 헷갈리면 안 돼.

대웅은 앞으로 미호와 지내야 할 시간을 카운트다운 하기
위하여 1부터 100까지 적힌 백 일짜리 달력을 만들어 벽에 붙
였다. 미호에게서 구슬을 받고 벌써 7일이 지났으니, 100일에
서 94일까지는 붉은 펜으로 엑스 표시를 해두었다.

"자, 이제 93일 남았어. 이렇게 해놓으니까 한 눈에 정리되
고 좋네."

"웅아!"

바깥에 나가있던 미호가 손에 야채주스를 들고 신이 나서
방 안으로 뛰어 들어왔다. 그리고는 달력의 위치를 조정하고
있는 대웅의 등에 대고 반갑게 소식을 전했다.

"요 앞에 새로 짓는 건물에 큰 고기집이 생길 거래. 그래서
닭집 아줌마가 걱정해."

대웅이 코웃음을 치며 빈정거렸다.

"이제 동네 소식도 주워듣고 오고 주민 사정 걱정도 하고 그러다 부녀회장 되겠다."

"그렇게 큰 고기집이 생기면 정말 좋겠다. 가만히 앉아 있어도 만날, 만날 소 굽는 냄새가 날 거잖아."

소 굽는 냄새를 그리며 설레는 표정을 짓고 있는 미호에게 대웅이 당치도 않다는 표정을 지어 보였다.

"새로 짓는 건물이면 내년이나 생기는 거잖아."

대웅이 말하는 의도를 전혀 눈치 못했는지 미호가 거리낌 없이 고개를 끄덕였다.

"음. 요구르트 아줌마가 내년 봄에 다 짓는대. 아줌마 가방 들어줬더니 이거 줬다."

미호가 들고 있던 주스를 대웅에게로 내밀었다. 주스는 거들떠보지도 않고 대웅은 미호에게 얼굴을 바싹 들이밀며 범인을 취조하는 탐정 같은 예리한 눈빛으로 말했다.

"내년 봄에 생기는 고기집에서 소 굽는 냄새를 네가 여기 앉아 맡을 일은 절대 없을 텐데?"

영문 모르겠다는 표정으로 쳐다만 보고 있는 미호에게 대웅이 여봐란 듯 달력을 팡팡 쳤다.

"앞으로 94일! 네가 여기 있을 시간도 94일! 내년 봄, 소 굽는 냄새가 진동할 때 너는 여기 없어."

대웅이 피고인에게 형량을 내리는 판사처럼 냉정하고도 단호하게 말하자 미호가 맹한 표정으로 고개를 갸웃거렸다.

"이거 다 칠하고 나면 나는 어디 있어?"

"삼신각에 가는 거 아니야?"

멀뚱히 바라만 보는 폼이 거기 가는 것은 아닌 모양이다.

"그럼 어디……."

물어보려다가 말고 그만 입을 다물었다.

"아니다. 내가 상관할 일이 아니지. 미호야, 너랑 나는 여기까지야. 그 뒤는 없어."

대웅이 삼팔선보다 더 분명하게 선을 긋자 미호의 얼굴이 실망으로 일그러졌다.

"간다."

대웅은 고개를 돌려 미호와 시선을 피했다. 눈을 오래도록 마주하는 것도 이젠 부담스러웠다.

가방을 들고 나서는데 미호가 힘없이 손을 흔들어 보였다. 대웅이 고개를 도리도리 흔들며 그건 아니라는 신호를 보냈다. 주먹을 불끈 휘두르라고 강요를 하자 미호가 내키지 않는 얼굴로 맥없이 주먹을 휘둘렀다.

그래, 잘 했어. 대웅이 만족스러운 얼굴로 고개를 끄덕이며 손바닥을 모았다.

"올 때 고기 사올게."

낮에 잠깐 눈을 붙여 잠을 청한 사이 꿈속에서 길달을 보았다.

"달아, 소중한 나의 길달. 너는 영원히 내 곁에 함께 있어라."

― 인간을 사랑하게 되었습니다. 제가 인간이 되게 도와주세요.

돌아서는 길달을 바라볼 때마다 동주는 꿈속에서조차 가슴이 찢어졌다.

"그는 너를 배신했다. 죽여라."

― 그 사람을 죽게 할 수는 없습니다. 저를 죽여주세요.

길달에게 칼을 꽂는 동주와 미안해요라고 슬프게 말하며 허공으로 흩어지는 길달.

매번 같은 꿈, 같은 모습. 꿈에서 깨어나면 한참 동안 가슴이 먹먹하긴 했지만 오늘처럼 눈물까지 보인 적은 처음이다. 유난히 생생하게 남는 여운 때문에 기분이 가라앉아 있는데 미호가 동주를 찾아왔다. 미호의 입장에서는 놀러온 것이겠지만.

"대웅이는 내가 잡아먹는 거보다 좋아하는 게 더 무섭대."

한숨을 내쉬며 근심 어린 표정을 짓고 있는 미호의 모습이 오늘 따라 유난히 신경에 거슬렸다.

"당신은 사람이 돼도 절대 차대웅 곁엔 못 있겠네요."

동주가 미호에게 시선도 안 준 채 차갑게 일갈하였다. 미호가 동주의 표정을 살피며 조심스레 물었다.

"나 사람 될 거라고 말할까?"

순간 동주의 머릿속에서 뭔가 팡 터지는 것 같은 느낌이 들었다.

"사람이 된다고 당신을 좋아해줄 거라고 기대하는 건가요? 당신 뭘 보고요?"

차분하지만 싸늘한 목소리로 몰아세우는 동주를 쳐다보며 미호가 발끈하여 달려들었다.

"또 뭐?"

"당신은 인간들이 좋아할 만한 걸 하나도 못 가졌잖아요."

"그게 뭔데?"

"일단 인간들이 가장 좋아하는 돈이 없죠. 돈을 벌 수 있는 직장도 없고 직장을 얻을 수 있는 지식도 없어요. 기술도 없고 배경도 없고 아무것도 없잖아요."

차분한 목소리로 차근차근 현실을 지적하는 동주의 말에 미호의 고개가 절로 푹푹 숙여졌다.

"나 이대로는 사람이 돼도 별 쓸데없는 인간이 되겠구나."

동주가 걱정스레 한숨을 내쉬는 미호를 향하여 냉랭한 시선을 던졌다.

"지금의 당신은 특별한 존재예요. 그걸 버리고 아주 쓸데없는, 하찮은 인간이 되려는 당신을 정말 이해할 수 없군요."

미호가 동주의 얼굴을 살피듯이 쳐다보았다.

"동주 선생, 오늘 기분이 안 좋아?"

동주가 고개를 돌려 시선을 피했다. 미호가 동주의 얼굴에 손바닥을 올리고 유심히 들여다보았다.

"동주 선생, 슬퍼?"

정곡을 찌르는 질문에 담담하던 동주의 표정이 일순 흔들렸다. 잠자코 대답을 않고 있으려니 미호가 주섬주섬 가방을 뒤져 주스 한 병을 꺼냈다.

"이거 대웅이 주려고 했는데 동주 선생 먹어. 동주 선생은 고기도 안 먹고 야채만 먹으니까 이거 먹어."

동주가 주스를 물끄러미 바라보는데 미호가 갑자기 뭔가 생각이 났는지 들고 있던 주스를 마구 흔들었다.

"아, 아줌마가 이렇게, 이렇게 흔들어서 먹으랬어."

실컷 흔들고는 이제야 됐다는 듯 미호가 동주에게 주스를 다시 내밀었다.

"자."

동주가 손을 내밀어 미호가 건넨 주스를 받아 들었다.

"고마워요."

맡은 바 책임을 다 끝내기라도 한 것처럼 미호가 홀가분하게 가방을 챙기고 일어났다.

"그거 또 얻으면 갖다 줄게. 기다려."

동주가 걸어 나가는 미호의 뒷모습을 멍하니 바라보았다. 뒷모습이 시야에서 완전히 사라지기를 기다렸다가 담담한 목소리로 대답했다.

"네, 기다릴게요."

동물병원에서 나온 미호는 대웅과 같던 쇼핑센터의 전자 매장으로 갔다. 캠코더 광고판 앞에 서서 물끄러미 바라보며 한숨을 폭 내쉬었다.

대웅이가 저거 좋다고 했는데. 돈을 주고 저걸 사다주면 대웅이가 우리 미호 인간 다 됐다고 칭찬해줄 텐데. 그러면 완전 좋을 텐데.

눈을 빤히 뜬 채로 꿈을 꾸고 있는 미호의 옆으로 점원이 지나갔다. 미호가 점원을 불러 세워 광고판을 가리켰다.

"이거 얼마야?"

그래, 내가 구미호 이름 석 자를 걸고 이거 하나는 대웅이에게 사주고 만다.

미호의 눈에 전에 없던 결의가 이글이글 하였다.

대웅은 빨간 펜을 들고 100일 달력 앞에 섰다.

"93일 남았어. 시간 되게 안 갈 줄 알았는데 생각보다 빨리 가네. 오늘 거의 다 갔으니까 92일이다. 근데 진짜 오늘 다 가게 늦었는데 얘는 어디 간 거야?"

대웅이 핸드폰을 집어 들고 미호에게 전화를 했다. 당연히 총알처럼 받아들고 "웅아!" 할 줄 알았는데 미호가 전화를 받지 않았다.

"안 받네. 이거, 이거 동주 선생네 놀러가서 정신 팔린 거 아니야?"

들고 있던 핸드폰을 소파 위로 팩 내던졌다가 도로 집어 들었다.

"동주 선생한테 전화를 해 봐?"

동주의 번호를 찾기 위해 버튼을 누르다가 멈추고 짜증스럽게 핸드폰을 집어던졌다.

"됐어. 뭔 상관이야."

아무리 그래도 시간이 이렇게 늦었는데 전화 한 통 해보는 게 인간적인 도리지.

소파에 내동댕이쳐진 핸드폰에 아쉬운 눈길을 던지고 있던 찰나에 벨소리가 울렸다. 대웅이 반색하며 핸드폰을 집어 들었다.

"미호야!"

— 웅아, 전화했어?

주위가 시끌시끌한 게 집안은 아닌 모양이다.

"너 어디야? 왜 이렇게 시끄러워."

— 나 바빠. 전화하지 마.

"뭐? 언제 와?"

— 나 늦어. 기다리지 마. 끊을게.

권총 든 킬러한테 쫓기기라도 하는 양 다급하게 전화를 끊어버리는 못된 매너에 대웅은 기함하기 일보직전이었다.

"바쁘니까 전화하지 마? 늦으니까 기다리지 마? 끊을게? 내가 다시는 전화하나 봐라!"

핸드폰을 소파에 내동댕이치고 침대에 몸을 내던지듯이 드러누웠다.

와, 열 받아.

상관을 안 하려고 했는데 새벽에 잠깐 눈을 떴을 때도 여전히 귀가하지 않은 것을 확인하고는 도저히 묵과할 수가 없어서 대웅은 소파에 던진 핸드폰을 주섬주섬 주워 다시 전화를 걸었다.

얘가 도대체 뭔 일이래. 이 시간 동안.

불안한 생각에 저도 모르게 발을 떨며 미호가 전화를 받길 기다렸다. 또 안 받는 것은 아닌지 불안해하는데 전화를 받는 소리가 들리자 저도 모르게 목소리 톤이 높아졌다.

"미호야! 너 왜 안 와?"

― 나 바빠. 왜 전화했어?

이 야심한 새벽에 뭔 일로 그렇게 바쁘냐는 말이 목구멍까지 올라왔지만 꾹 눌러 참았다.

"야, 밤 늦었는데 여자애가 아직까지 안 들어오니까 그렇지!"

그러자 미호가 대웅이 간과하고 있는 사실을 조심스레 알려주었다.

― 웅아, 나 구미호야.

무안해 아무 말 못하고 잠자코 있으려니 미호가 먼저 선수를 쳤다.

― 끊어.

순간 머리 뚜껑이 확 열렸다.

"에이씨, 내가 왜 그랬지? 다신 전화 안 해. 전원 꺼놔야지."

부스럭거리는 소리에 잠을 깨보니 아직 동이 트기 전인데도 미호가 벌써부터 나갈 준비를 하고 있었다.

"야, 너 언제 왔어? 내가 널 기다린 건 아니지만 그래도 같이 사는 사람, 아니 구미호가 뭘 하는지는 알아야 별일 없구나 생각하고 잠이라도 잘 거 아니야."

얼굴을 보자마자 목에 핏대부터 세우는 대웅을 향해 미호가 손바닥을 척 들어 보이며 말했다.

"나 바빠. 웅아, 갈게."

급하게 나가버리는 미호를 황당하게 바라보고 있다가 닫힌 문에다 대고 때늦은 질문을 던졌다.

"야, 또 어디가?"

벌써 며칠 째 새벽에 나갔다가 새벽에 들어오는 미호 때문에 대웅은 영 일이 손에 안 잡혔다. 어제는 아예 전화기까지 꺼 놓았다. 역시 동주 선생은 선생이 아니라 선수였던 게 분명하다. 천하에 구미호를 바람나게 만들다니.

"야, 의상 봤어? 네 역할 의상 죽이지 않냐?"

제작사 휴게실에 기운 없이 앉아 있는데 병수가 제 일처럼 흥분하며 대웅에게 영화 의상 사진첩을 디밀었다.

"어."

대웅이 시큰둥한 표정으로 사진첩에 흘끗 시선을 주고 말아
버리자 병수가 의아한 얼굴로 물었다.

"근데 얼굴이 왜 그래? 피곤해 보인다. 잠 못 잤니?"

대웅이 당치도 않다는 얼굴로 과하게 정색했다.

"못 자기는! 아주 잘 잤어. 너무 잘 자서 부은 거야."

"미호 씨랑은 잘 지내?"

별 뜻 없이 물어본 질문에 대웅이 발끈하며 달려들었다.

"미호? 뭐 어디서 고기 뜯으면서 방실방실 웃으면서 잘 있
겠지."

뺀질뺀질한 선수 자식이랑 어울려서 고기 뜯고 있는 미호의
모습을 그리며 씩씩거리고 있는데 병수가 대웅의 등 뒤에 있
는 TV를 가리키며 얼빠진 표정을 지었다.

"어, 미호 씨다!"

깜짝 놀라 돌아본 TV 화면 속에 미호가 고기를 뜯으며 방실
방실 거리고 있다.

"그러게. 쟤가 왜 저기 나오지?"

황당해 하며 TV를 보고 있는데 느닷없이 고모가 반 감독과
함께 휴게실로 들어왔다.

"대웅아!"

대웅이 고모의 옆에 있는 반 감독을 발견하고 잽싸게 텔레
비전 앞에 서서 화면을 가렸다.

"우리 밥 먹으러 갈 건데 같이 갈래?"

대웅이 절레절레 고개를 흔들었다.

"난 밥 생각 없는데."

— 모델 분이 소갈비 드시는 모습 보고 있는 거 보면 참기 힘드시죠? 바로 주문하세요!

바로 등 뒤에서 들리는 홈쇼핑 호스트의 흥분된 목소리에 반 감독이 화면을 유심히 바라보았다. 혹시나 미호가 보일까 봐 대웅이 진땀을 흘리고 있을 때 반 감독이 고모를 쳐다보며 넌지시 물었다.

"우리도 소갈비 먹는 거 어떨까요?"

"그것도 좋죠. 가세요."

고모와 반 감독이 나가자 대웅은 그제야 몸을 돌려 홈쇼핑 광고를 제대로 쳐다보았다.

"이거 생방이네. 어, 닭집 아줌마도 있네."

갑자기 화면에 잡힌 강 여사를 발견하고 깜짝 놀랐다가 곧이어 화면에 크게 클로즈업된 미호의 모습을 보며 울컥 성질을 냈다.

"걱정시켜놓고 지는 신났네."

쓸쓸한 심정으로 창고방으로 들어서는데 웬일로 일찍 들어온 미호가 활짝 웃는 얼굴로 대웅을 반겼다.

"웅아, 우리 오랜만이다."

"그런가? 난 모르겠는데."

모르는 척 딴청을 피우고 있는데 미호가 대웅에게로 바싹 다가왔다.

"대웅아, 나 그동안 되게 바빴다. 너무 바빠서 네 얼굴도 못 보는 바람에 나는 너 너무 보고 싶었어."

대웅이 손을 들어 다가오는 미호를 막았다.

"나는 너 봤어. 갈비 들고 신났던데."

"어, 그거 닭집 아줌마가 데려간 거야. 거기서 되게 좋았어."

분위기 파악 못 하고 신이 나있는 미호를 노려보며 대놓고 빈정거렸다.

"그래, 되게 좋아 보인다."

미호가 그제야 이상한 낌새를 눈치 챘는지 대웅의 안색을 살피었다.

"대웅아, 화났어?"

"닭집 아줌마랑 다니든 동주 선생이랑 다니든 내가 상관할 일은 아니지만 전화도 안 받고 연락도 안 하는 건 너무 한 거 아니야?"

며칠 간 쌓였던 불만이 봇물 터지듯 터져 나왔다.

"불판이 너무 많아서 전화할 시간이 없었어."

풀 죽은 목소리로 변명을 하는 미호를 쳐다보며 대웅은 그만 황당해졌다.

하고 많은 변명 중에 불판은 또 뭐야?

"불판?"

"어, 고기집에서는 불판이 계속, 계속 쌓여서 계속 닦느라고 너무 바빴어."

"네가 불판을 왜 닦아?"

"돈 벌라고."

"네가 돈을 왜 벌어?"

"네가 갖고 싶은 거 사주려고."

계속해서 이어지는 황당한 소리에 대웅은 이제 뭣 때문에 흥분했는지조차 기억이 가물가물할 지경이었다.

"내가 갖고 싶은 거?"

"응. 나도 너한테 네가 좋아하는 거 주고 싶다고 했잖아. 그래서 불판도 닦고 고기 먹고 돈 벌어서 네가 좋아하는 거 샀어."

대웅이 한 대 맞은 것처럼 멍한 표정으로 미호를 바라보았다.

"그러면 그동안 집에 안 들어오고 바쁘다 그런 게, 놀러 다닌 게 아니라 돈 벌러 다녔던 거야?"

"응. 돈을 벌어보니까 인간세상에 사는 게 쉽진 않은 거 같아."

피곤한 얼굴로 어깨를 두드리는 미호에게 미안하고 고마워서 대웅은 부러 퉁명스러운 목소리로 머리를 쥐어박았다.

"구미호가 별 걸 다 하네."

미호가 기대감으로 눈을 반짝이며 대웅을 바라보았다.

"네가 좋아하는 거 샀는데 지금 줄까?"

"내가 좋아하는 거, 뭐?"

아까부터 계속 네가 좋아하는 거라고 말을 하는데 그게 뭔지 짚이는 데가 없었다.

"지난번에 영화 보러 갔을 때 네가 멋있다고 했던 거."

대웅이 깜짝 놀라 입을 벌렸다.

세상에, 그냥 지나가는 말로 캠코더 멋지다고 했던 걸 마음에 두고 있었구나.

"정말 그걸 샀어? 비쌀 텐데. 너 불판을 얼마나 닦았기에 그걸 샀냐?"

미호가 어깨를 으쓱하며 뿌듯한 표정을 지었다.

"꼬리 빠지게 닦았는데도 그걸론 부족해서 오늘 닭집 아줌마 따라간 거야. 내가 선물 줄게. 깜짝 놀랄 거다."

들뜬 표정으로 다다다, 옷장으로 달려가는 미호의 뒷모습에 대고 피식, 어이없는 웃음을 지었다.

"이미 캠코던 거 다 말해놓고 깜짝 놀라기는."

대웅에게서 등을 돌려 선 채로 미호가 전에 대웅이 닭고기 인형을 주면서 했던 멘트를 그대로 인용했다.

"대웅아 네가 갖고 싶었던 거야. 짜잔!"

그러나 대웅을 향해 몸을 돌려 선 미호가 양손에 들고 있는 것은 캠코더가 아니라 캠코더 광고판이었다. 할 말을 잊고 망연자실 서 있는데 미호가 기대감으로 부푼 얼굴로 다가와 광고판을 내밀었다.

"자!"

난생 처음 받아보는 묘한 선물에 대웅은 어떤 반응을 보여야할지 몰라 그냥 허탈하게 웃고 말았다.

"정말 깜짝 놀라게 하네."

놀랐다는 말에 신이 났는지, 미호가 질문을 막 퍼부었다.

"대웅아, 좋지? 멋있지?"

캠코더가 아닌 광고판을 선물로 줘놓고선 뭘 저렇게 큰 기대를 하고 있는 건지, 그냥 웃음만 났다.

"어, 되게 멋있다."

미호가 실망스러운 표정으로 대웅을 향해 불안하게 물었다.

"그냥, 조금만 멋있어?"

대웅이 광고판을 턱 내려놓고 힘껏 박수를 쳤다.

"진짜 고맙다. 내가 정말 갖고 싶었는데 미호 너는 선물을 고르는 안목도 진짜 탁월하다. 이거 내 침대 옆에 걸어놔야겠다. 아, 나 너무 좋아서 눈물이 막 나올라 그러네."

과장이 섞인 연기였는데 대웅은 어쩐지 진심으로 눈물이 날 것 같았다.

"그렇게 좋아?"

"어, 되게 좋아. 우리 미호 돈도 벌고 선물도 하고 인간 다 됐네."

"네가 그렇게 좋아하니까 나도 너무 좋아서 꼬리 튀어나오겠다."

신이 난 얼굴로 엉덩이를 붙잡고 팔짝팔짝 뛰고 있는 미호의 모습이 너무 기특하고 예뻐 보여서 대웅은 오래도록 흐뭇하게 바라보았다.

미호가 난생 처음 스스로 마련한 고기를 구워서 대웅을 대접하였다.

"나한테 다음에 닭 봉 먹으러 오라고 하면서 남은 고기 싸 줬어."

"미호 너 이러다가 홈쇼핑 식품 모델계의 거성이 되는 거 아니냐."

대웅이 아부 장단에 힘입어 미호가 턱 끝을 세우며 잘난 척을 이어나갔다.

"나는 특별하잖아. 나를 쓰려고 하는 데가 너무 많아. 고기집 주인도 불판 닦으러 매일매일 와 달랬어."

"불판 닦는 건 힘들지 않았어?"

대웅이 안쓰러운 눈으로 미호를 바라보았다.

"어, 되게 힘들었어."

"밤낮으로 닦았으면 많이 벌었겠다. 얼마나 벌었어?"

미호가 실망스러운 표정으로 손가락 하나를 펴 보였다.

"하루에 한 장 밖에 안 줘."

"십만 원?"

"만 원짜리 한 개."

"뭐!"

형언할 수 없는 분노에 대웅은 자리를 박차고 일어나 고기 집으로 쳐들어가 주인을 테이블에 앉혀두고 말했다.

"생활의 달인에 나와도 아깝지 않은 애를 이렇게 취급하신 다면 긴급출동 에스오에스로 제보하겠습니다."

대웅에게서 받은 돈을 세보며 미호가 우울한 표정을 지었다.

"조금 준다고 생각은 했는데 이렇게 많이 못 받은 건진 몰 랐어. 내가 바보 같아서 속였구나."

"바보가 아니고 구미호라서 그런 거지. 인간보다 못한 게 아 니라 인간이랑 다른 거야."

"그래, 나는 구미호야. 사람처럼 하는 게 쉽진 않구나."

아무리 발버둥 쳐도 결국엔 제 자리인 것 같은 기분에 미호 는 마음이 씁쓸했다.

"미호야, 이런 일로 꼬리 꺾이면 안 돼. 구미호로써 자긍심 잃지 말고 당당해."

구미호를 강조하는 대웅의 위로가 미호에게는 조금도 위로 가 되지 않았다.

대웅은 미호를 데리고 제작사 휴게실로 들어갔다.

"가서 의상 나온 거 확인만 하고 올 테니까 여기서 기다리 고 있어."

"응."

순순히 고개를 끄덕이는 미호의 얼굴에 대고 대웅이 의미심장한 미소를 지었다.

"오늘은 밖에서 맛있는 거 사먹자."

"데이트?"

눈을 반짝이며 다른 소리를 하는 미호를 쳐다보며 대웅이 엄한 목소리로 정정해주었다.

"산책!"

휴게실에 앉아서 대웅을 기다리고 있는 미호의 귀로 어디선가 대웅의 얘기를 하는 소리가 들렸다.

누구지?

귀를 쫑긋 세우는 순간 대웅이 좋아하는 여자의 목소리라는 것을 알았다. 미호는 자리에서 일어나 목소리가 들리는 쪽으로 걸어갔다. 휴게실에서 멀지 않은 로비 의자에서 혜인이 어떤 아주머니와 나란히 앉아 있는 것이 보였다. 두 사람 뒤에 가만히 서서 얘기를 들었다.

"핸드폰에 사진이 있기에 혜인 씨가 대웅이 여자친군지 알았어요."

"아니에요, 고모님. 대웅이 여자친구 따로 있어요."

"어떤 앤지 얘기만 듣고 얼굴을 못 봐서 헷갈렸네요. 죄송해요."

대웅의 고모와 혜인이었는데 얘기는 혜인이 혼자 거의 다

하고 고모는 듣기만 하였다.

"어떤 앤지 제대로 들으셨어요?"

"자세히는 모르는데."

"제가 사람을 함부로 평가할 순 없지만 대웅이 걱정되는 마음에 솔직히 말씀 드릴게요. 걔 작정하고 대웅이한테 들러붙은 애예요. 자기 입으로 직접 뭐 얻어낼 거 없나 쫓아다니는 거라고 저한테 그랬어요."

"정말요?"

"어디서 뭐하다 온 애인지도 대웅이가 말 안 하고 숨기는 거 보면 좀 그런 애인 것 같아요. 걔가 대웅이 옆에 있으면서 대웅이가 되는 일이 없어요. 걔 때문에 영화 오디션도 다 망쳤다가 감독님 배려로 겨우 다시 하게 됐어요."

"그런 일도 있었어요? 아버지가 보고 와서 괜찮다 그랬는데 아닌가."

"그럼 대웅이 많이 다쳐서 아픈데도 영화 고집 피우면서 하는 건 아세요?"

"다치다니요?"

"제 생각에는 걔 만났을 때 다친 거 같아요. 의사가 무리하면 큰일 난다고 해서 제가 그렇게 말렸는데도 끝까지 하겠다고 고집 부리더라고요. 아마 그 여자애가 말리지도 않고 옆에서 잘 한다, 잘 한다 부추기는 것 같아요."

"얘기해줘서 고마워요. 전 빨리 가봐야겠네요."

고모가 가고 혜인이 후련한 표정으로 자리에서 일어선 순간 뒤에 있던 미호와 정통으로 눈이 마주쳤다. 화들짝 놀란 얼굴로 당황해 있다가 혜인이 갑자기 태도를 바꾸어 적반하장으로 화를 냈다.

　　"너 뒤에서 듣고 있었니?"

　　"너는 잘 알지도 못 하면서 남의 얘기 나쁘게 지어내고 소문내는 악플이야."

　　미호가 대웅에게 들었던 지식을 활용하며 혜인을 따끔하게 야단쳤다.

　　"뭐?"

　　화르륵 분한 표정으로 미호를 노려보고 섰던 혜인이 돌연 고개를 빳빳이 세우고 따지고 들었다.

　　"내가 틀린 말 한 거 있니? 다 맞는 말이잖아. 별 것도 아닌 모자란 애가 대웅이한테 들러붙은 거 맞잖아."

　　"나는 모자란 게 아니라 다른 거야."

　　단호하게 잘라 말하는 미호의 강한 눈빛에 제압되어 당당하던 혜인의 기가 한 풀 꺾였다.

　　"네가 어떻게 다른데?"

　　"그걸 알면 넌 죽어."

　　서늘하게 바라보는 미호를 어이없이 쳐다보던 혜인의 표정이 점점 두려움으로 굳어졌다.

　　"얘가 이제 협박까지 하네. 진짜 웃겨."

질세라 맞받아치는 혜인에게 한 소리 하려다가 그만 입을 다물었다. 여기서 더 혜인을 화나게 만든 걸 알면 대웅이 분명 화를 낼 것이다. 대웅을 생각해서 입을 다물었더니 혜인이 기세가 등등해져서 미호를 노려보았다. 그리고는 불쑥 들고 있던 쇼핑백을 미호에게 내밀었다.

"이거 대웅이한테 전해줘. 택배로 보내려고 했는데 마침 잘 됐네. 내 거 사면서 대웅이도 필요할 것 같아서 하나 더 샀어. 너도 양심이란 게 있으면 대웅이한테 얻어먹기만 하지 말고 좀 주면서 살아. 이거 비싼 거니까 어디 함부로 버리지 말고 꼭 전해줘야 돼. 나중에 대웅이한테 확인할 거니까 중간에 가로챌 생각 같은 건 아예 하지도 마."

당당하게 걸어가는 혜인의 뒷모습에 대고 미호가 야무지게 한 소리했다.

"내가 뭐가 모자라! 대웅이가 좋아하는 것도 사줬는데. 알지도 못하면서."

혜인의 이름이 크게 적혀 있는 쇼핑백에 얼마나 거창한 게 들었나, 열어본 순간 미호는 놀라움으로 입이 벌어졌다. 조그마한 박스에 미호가 대웅에게 선물한 광고사진과 똑같은 사진이 붙어 있는 것이 아닌가.

대웅이가 이걸 좋아하는 걸 얘가 어떻게 알았지?

심장이 바싹 졸아들은 채로 상자를 열어보았다. 상자 안에는 사진 속 남자가 들고 있는 것과 똑같은 모양의 캠코더가 들어 있었다.

"대웅이가 갖고 싶었던 건 이거구나. 나 정말 모자라다."

스스로에 대한 실망감과 며칠 동안 밤낮 없이 노력했던 결과가 전부 다 허사로 돌아갔다는 허망함에 미호는 가슴 한 쪽이 허물어지는 것만 같았다.

제작사 사무실에서 곧 오겠다는 반 감독을 오매불망 기다리며 대웅이 안절부절 못했다.

"감독님 왜 안 오시지? 빨리 보고 가야 되는데."

"밑에 미호 씨 기다려서 그러냐?"

병수가 다 안다는 눈빛으로 대웅의 어깨를 툭 치자 대웅이 당치도 않다는 듯 펄쩍 뛰었다.

"더워서 그런다, 더워서. 옷 위에 의상 걸치고 벌써 몇 분째냐?"

"잠깐 기다려봐. 내가 다른 의상도 마저 가져와 볼게."

병수가 잠깐 나간 사이 미호에게서 전화가 걸려왔다.

"어, 미호야."

반갑게 전화를 받던 대웅의 표정이 실망감으로 흐려졌다.

"먼저 간다고? 좀만 기다리면 되는데. 그래, 먼저 가라."

차마 기다리란 말을 못 하고 전화를 끊어놓고는 기운이 쭉 빠졌다. 모처럼 기분 내서 산책 한 번 해주려고 했더니.

병수가 의상을 챙겨 들고 사무실로 들어왔다.

"야, 감독님 어디 계시는지 안 보인다. 전화 한 번 해봐."

대웅이 자리에 털썩 주저앉으며 될 대로 되라는 식으로 얘기했다.

"뭐, 천천히 오시겠지."

미호는 동물병원으로 찾아가 동주에게 어처구니없는 실수를 털어놓았다.

"나는 되게 멋진 그림을 대웅이가 좋아하는 줄 알았어."

"광고판을 당신한테 십만 원이나 받고 판 직원도 참 나쁘네요."

"내가 불판 진짜 열심히 닦아서 모은 돈인데."

"일당 만 원 밖에 안 줬으니, 그 사람도 참 나쁘네요."

"그 여자한테 난 모자란 게 아니라 다른 거라고 했는데 그냥 모자란 게 맞는 거 같아."

허탈하게 말하는 미호의 얼굴에 대고 동주가 단호하게 정정해주었다.

"다른 거예요. 그게 맞아요."

미호가 기대하는 얼굴로 동주의 얼굴을 바라보았다.

"그런데 모자란 거보다 다른 게 더 어렵죠. 모자란 건 채워서 맞출 수 있는데 다른 건 그게 안 되거든요. 당신도 인간과 다른 걸 극복할 수 없어서 같아지려 하고 있잖아요."

"인간이 되면 대웅이가 좋아하는 거 다 맞출 수 있을까?"

"다른 사람은 몰라도 차대웅은 이미 당신이 다르다는 걸 알고 있잖아요. 당신을 모자라다고 생각하는 사람들과 어울려서 채워가면서 사는 게 좋아요. 다르다는 걸 알고 있는 사람과 맞추는 게 더 힘들 거예요."

인간을 오래도록 지켜보아왔고 많은 걸 아는 동주의 입에서 나온 얘기이니 틀린 말은 아닐 것이었다. 그럼에도 대웅이 아닌 사람과 어울리는 것은 미호가 원하는 게 아니었다. 미호가 원하는 것은 대웅과 함께 지내는 것이었다. 태생적으로 다른 대웅과의 거리가 지금 이 순간만큼은 가슴이 저미게 슬펐다.

의상 체크를 다 마치고 병수가 대웅에게 오랜만에 술자리를 제안했다.

"시원한 맥주 한 잔 하러 가자."

"안 돼. 미호한테 받은 거 있어서 나도 답례로 꽃등심 사들고 들어갈 거야."

병수가 어이없는 표정으로 되물었다.

"야, 꽃이 아니고 꽃등심?"

"우리 미호는 달라. 꽃 안 좋아하고 꽃등심 좋아해."

"미호 씨는 꽃 싫어한대?"

병수의 질문에 대답을 하려고 보니까, 그게 또 확실한 것만은 아니었다.

"글쎄. 싫어하나? 안 물어봤는데 아마 싫어할걸."

애매한 표정을 짓고 있는 대웅을 쳐다보며 병수가 거보라는 식으로 물었다.

"물어보지도 않고 어떻게 아나?"

"미호는 다른데. 설마 미호도 꽃을 좋아할까?"

병수의 말을 듣고 꽃을 사기는 했는데 막상 액션스쿨 건물로 들어서려니까 멋쩍은 기분이 들었다. 미호와 꽃이라니. 아무리 생각해도 그건 아니었다. 구미호와 꽃다발이라니 개그다, 개그. 비웃음을 사느니 차라리 숨겨두는 게 낫겠다는 생각에 마땅한 장소를 찾아 두리번거렸다. 연습실로 들어가는 통로 구석에 미호가 선물한 광고판이 버려져 있었다.

어, 이게 왜 여기 있지?

대웅이 놀란 얼굴로 광고판을 집어 들고 옥상으로 황급하게 올라갔다. 꽃다발을 숨겨야 한다는 생각은 이미 지워진 지 오래였다. 방문을 열고 미호가 없는 휑한 방안을 둘러보다가 혜인의 이름이 크게 적힌 쇼핑백을 발견했다. 쇼핑백을 들춰본 순간 암담한 기분이 들었다.

"미호가 눈치 챘나 보네. 큰일 났다."

누군가 계단을 올라오는 기척에 대웅은 방 안의 불을 죄다 끄고 광고판 주변에 미리 세워놓은 초에 불을 붙였다. 창고 문이 열리고 그대로 얼어붙은 채 문 앞에 서 있는 미호에게로 다가갔다.

"야, 저 멋있는 걸 갖다 버리면 어떡해?"

"너는 저걸 좋아한 게 아니잖아."

"그래, 처음에 저걸 볼 때 광고판을 좋아한 게 아니란 거 인정한다. 하지만 네가 나한테 준 거니까 이제부터 좋아해줄게."

가만 쳐다만 보고 있는 미호에게 대웅이 꽃다발을 불쑥 내밀었다.

"그리고 이건 네가 좋아할지 모르지만 답례로 준비해봤다."

멋없이 내민 꽃다발을 받아들고 미호가 한숨 섞인 탄성을 터뜨렸다.

"와, 너무 예쁘다."

"너도 꽃 좋아해?"

대웅은 미호가 꽃등심이 아닌 꽃다발을 보고 감탄을 한다는 사실이 그저 놀라울 뿐이었다.

"응. 난 꽃 되게 좋아해."

"난 너는 좀 달라서 싫어할 거라고 생각했는데 내가 틀렸네. 좋아해서 다행이다."

"나는 너한테 좋아하는 거 못 줬는데."

"너도 그냥 틀린 거야. 너도 나랑 달라서 내가 뭘 좋아하는지 모르고 틀린 것뿐이야. 틀린 건 서로 물어보면서 맞추면 돼."

대웅이 대수롭지 않게 말하고 소파에 털썩 주저앉았다. 미호가 꽃다발을 품에 꼭 끌어안은 채 대웅 앞에 섰다.

"그럼 내가 다 물어볼게."

"그래."

"웅아, 너는 지금은 내가 얼마만큼 무서워?"

"솔직히 하나도 안 무서워. 선을 긋자는 의미에서 무서운 척 하라고 한 거야."

기왕 물어보라고 해놓고서 거짓을 말할 수는 없어서 속내를 죄다 털어놓았다.

"너는 지금도 내가 같이 있는 게 싫어?"

미호가 한 발자국 앞으로 다가왔다.

"솔직히 별로 안 싫어. 적응된 것 같아."

미호와 얼굴을 마주한 채로 속마음을 얘기하자니 아무래도 어색해져서 대웅은 광고판에 괜한 시선을 주고 딴소리를 했다.

"여기 진짜 좋다. 나중에 같이 가볼까?"

"대웅아."

진지한 목소리에 대웅이 고개를 돌려 미호를 바라봤다.

"그럼 지금부터는 나를 좋아해줄 수도 있어?"

대웅은 그만 말문이 막혔다. 미호가 대웅의 바로 앞으로 다가와 다시 한 번 물었다.

"내가 너랑 달라도 나를 좋아해주면 안 돼?"

꽃다발을 품에 안고 수줍게 서 있는 미호의 모습이 소녀처럼 느껴져서, 그 낯선 감정에 대웅은 어째야 좋을지 알 수가 없었다. 꽃다발에서 꽃잎이 한 장 나풀거리며 대웅의 앞으로 떨어졌다. 대웅이 순간적으로 손을 내밀어 떨어지는 꽃잎을 붙잡았다. 미호에게로 시선을 돌린 순간 조심스럽게 내려다보는 미호의 설레는 표정에 가슴이 울렁거렸다.

나 왜 이래.

깜짝 놀라 꽃잎을 쥐고 있는 손을 꽉 움켜쥐는 순간 방문이 벌컥 열렸다. 예고도 없이 습격한 방문자가 어색한 정적을 깨뜨렸다.

"너희들 둘 안 되겠다. 이제 찢어져라."

"할아버지."

험악한 표정으로 벼락 같이 고함을 치는 할아버지의 노기서린 모습에 대웅이 놀라 멍하니 입을 벌렸다.

"차대웅, 당장 짐 싸!"

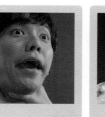